S

Sascha Reh
Gegen die Zeit

Roman

Schöffling & Co.

Den Opfern der chilenischen Diktatur
1973 bis 1989 gewidmet

Erste Auflage 2015

Satz: Fotosatz Amann, Memmingen
Druck & Bindung: Pustet, Regensburg
ISBN 978-3-89561-087-5

www.schoeffling.de

Gegen die Zeit

NULL

STROM AUS

Dann bedachte ich, dass alle Dinge einen genau treffen, genau jetzt.
Jahrhunderte um Jahrhunderte, und alles geschieht
nur in der Gegenwart; zahllose Menschen
in der Luft, am Boden und auf See,
und doch geschieht alles,
was wirklich geschieht,
mir …

Jorge Luis Borges: *Der Garten der Pfade, die sich verzweigen*

0000

11. SEPTEMBER 1973

Während draußen geschossen wurde, blieb ich in meinem Zimmer, hungrig, in dumpfer Sorge vor einer Infektion, in Gedanken bei Ana. Ich tat nichts als darauf zu warten, dass sie mich holten.

Es würde sich nicht ankündigen. Die Soldaten würden in der Nacht kommen oder am frühen Morgen, sie würden nicht klopfen. Ich malte mir aus, wie sie mich aus dem Haus schleifen und auf die Ladefläche eines ihrer Trucks prügeln würden. Ich stellte mir vor, wie ein Gewehrkolben meinen Kiefer bräche, fuhr mit der Zungenspitze über die Stelle, wo ein Zahn gewesen sein würde. Versuchte, mich vorgreifend an den Verlust von Dingen zu gewöhnen, die mir bislang selbstverständlich und teuer gewesen waren. Dachte an meine Freunde, für die meine Gedankenspiele womöglich in diesen Augenblicken Wirklichkeit wurden, an Óscar, unser Team im CORFO und bei INTEC. Meine Sorge lähmte jedes Handeln, betäubte mein Wollen, sogar den Hunger.

Señora Lorca, meine Vermieterin, hatte weder Telefon noch Fernseher, im Radio waren nur schnarrende Anweisungen zu hören, ansonsten Arbeiterlieder oder preußische Märsche, je nach Sender. Ich wusste und erfuhr nichts über die Lage draußen, konnte sie nur am Kreisen der Helikopter ermessen, mit denen man die Einhaltung der Ausgangssperre kontrollierte, und an der Häufigkeit der Feuergarben. Die Ereignisse schienen mich zu verhöhnen: Ich hatte im CORFO an der Beschleunigung unserer Informationen gearbeitet, an einem System, das alles erfährt und nichts vergisst, einem rauschenden Strom allen Wissens. Mit einem Mal war dieser Strom versiegt.

Señora Lorca hatte das Haus schon vor Monaten in Richtung Punta Arenas verlassen, wo ihr Bruder wohnte. Ich wusste, das war ein schlechtes Zeichen. Sie hatte am »Marsch der leeren Töpfe« teilgenommen, den scheinheiligen Protesten gegen die Mangelwirtschaft, vorgebracht von jenen, die die Lebensmittel in ihren eigenen Kellern und Garagen horteten: den Momios. Sie hatte sich aus dem Staub gemacht, weil sie wusste, dass etwas bevorstand.

Die Stimme Pinochets im Radio war verzerrt, Frequenzen pfiffen und knarzten, doch ich verstand alles, worauf es ankam. Ich redete mir ein, das Regime sei lediglich ein Provisorium, gültig für eine, vielleicht zwei Wochen, Diktatur auf Zeit. Ich dachte es, ohne daran zu glauben; mein Körper, von Panik vergiftet bis in die zitternden Nervenspitzen, wusste es besser.

Warum hatte ich das Land nicht verlassen?

Chile ist am Ende der Welt eingekeilt zwischen den Anden im Osten und dem Pazifik im Westen. Nördlich von Santiago beginnt, nach einem kargen letzten Aufbäumen von Vegetation im Kleinen Norden, die brüllende

Leere der Atacama-Wüste. Bleibt der Süden. Dort gibt es allerdings keine Länder mehr, keinen Fluchtpunkt, nichts, worauf die Hoffnung lohnte, nur die Pracht souveräner Geografie und schließlich das ewige Eis. Der Flughafen war geschlossen.

Selbst wenn es die Möglichkeit gegeben hätte: Ich war paralysiert. Es kam einem klinischen Zustand gleich. Man ist zur Entscheidung unfähig, obwohl man am Brennen seiner Nerven fühlt, dass man eine treffen muss, sofort, noch in diesem Augenblick. Gleichzeitig ist da die Furcht, es könne die falsche und letzte sein. Man hasst sich für die Schwäche, sich mit dem Vermeiden einer Entscheidung gegen seine Überzeugungen zu entscheiden.

Als der Putsch am Tag zuvor begonnen hatte, war der Alltag zunächst kaum merklich ins Stocken geraten, wie eine Landmaschine, deren Egge immer wieder im felsigen Grund stecken bleibt, bis sie schließlich unter dem Zug der Kräfte zerbricht. Hinter jeder Ecke wollte alles weitermachen wie bisher, wollte zum Schuster oder Bäcker oder sich in eine der Schlangen reihen, die immer dort entstanden, wo vage Gerüchte sich zu erhältlichen Waren verdichteten. Doch hinter jeder Ecke wartete jetzt das Militär. Vielleicht standen die Soldaten bloß herum und rauchten und stierten aus ihren jungen stumpfen Augen durch dich hindurch. Vielleicht waren sie damit beschäftigt, brennende Autoreifen von der Straße zu schleppen. Oder vorbeigehenden Frauen johlend die Röcke abzuschneiden. Übermütig in die Luft zu schießen. Auf Hunde. Auf die Männer, die mit verschränkten Armen Gesicht zur Wand standen.

Und sobald man die Ecke hinter sich gelassen hatte und freier atmete, weil ein leuchtendes Wiedererkennen die Calle Américo Vespucio menschenleer, doch unverändert zeigte und man sich alles als einen grauenvollen Albtraum einzureden begann, schreckte man unter der nächsten entfernten Salve zusammen, und das nahende Tosen eines Helikopters flutete die Luft und alles Denken, bis der Kopf, der ganze Körper mit Angst ausgegossen waren wie mit Zement.

Nach unserer Flucht aus dem CORFO waren Óscar und ich getrennt worden. Eine Wunde an meiner Schulter brannte, doch ich hatte keine Zeit, danach zu sehen. Ich litt in diesen Stunden, mehr als unter Schmerz und Furcht, unter dem narzisstischen Skandal, vielleicht durch nichts als die gleichgültige Ballistik eines Querschlägers zu sterben. Ich glaube, das war der größte Schock dieses 11. Septembers: dass ich mein bisheriges Leben in absurder Verkennung seiner objektiven Zufälligkeit verbracht hatte und dass auch alle anderen – Ana – von nun an in einer Welt leben würden, in der dieser fundamentale Irrtum für immer richtiggestellt wäre.

Ich war mit Óscar ein gutes Stück gerannt, erst die Calle Estado, dann die Calle Agustinas hinauf. Qualm trübte uns die Sicht, von der Innenstadt her hörten wir die Bomben. Erst später erfuhr ich, dass sie die Moneda getroffen hatten, während sich Allende drinnen seine letzten Worte an das chilenische Volk zurechtlegte. »Es ist sicherlich das letzte Mal, dass ich mich an euch wende. Die Luftstreitkräfte haben die Sendeanlagen von Radio Portales und

Radio Corporacion bombardiert. Meine Worte sind nicht von Bitterkeit geprägt.« Ich hatte einen großen schwarzen Reisekoffer mit Unterlagen bei mir, Skizzen und Blaupausen des Opsroom, taxonomische Diagramme, ein paar Diapositive, natürlich die Magnetbänder. Unter keinen Umständen durfte etwas davon den Faschisten in die Hände fallen.

Óscar wiederholte, ich müsse das nicht tun; mir als Ausländer würde ohnehin nichts geschehen. Ich solle ihm den Koffer geben, sagte er. Es klang nicht nur wie eine Forderung, es war eine; bloß verstand ich ihren Grund nicht.

»Wenn sie dich damit erwischen …«, sagte ich und beendete den Satz nicht. Es kam mir vor, als bäte ich ihn darum, ihm beistehen zu dürfen.

Mir war klar, dass uns die Soldaten, wenn sie uns stellten, entweder sofort erschießen oder in eines ihrer Verliese schleifen würden, um uns dort Elektroschocks zu verpassen oder in Fässer mit Exkrementen zu tauchen. Um den Bazillus des »Kommunismus«, wie sie das nannten, ein für alle Mal auszurotten. Ich rannte, den Koffer vor meiner Brust, hinter Óscar die Alameda hinauf Richtung Providencia, vorbei am Kongresszentrum, in dem ich Ana zum ersten Mal begegnet war, den Cerro Santa Lucia hinter uns lassend, während Panzer in der Gegenrichtung an uns vorüberrollten, wir rannten, bis wir das dünne braune Rinnsal des Mapocho erreicht hatten, in dessen Bett die kommenden Toten vom Schmelzwasser der Anden durch die Stadt gespült werden würden.

Auf der Brücke hatten Carabineros eine Sperre errichtet, wir liefen ihnen geradewegs in die Arme. Ich akzeptierte das vorzeitige Ende unserer Flucht mit einer Gleichgültigkeit, die mich rückblickend bestürzt. Die beiden Polizisten richteten in synchroner Bewegung ihre Gewehre auf uns und riefen etwas, das ich nicht verstand. Dann, als sei dies ein minutiös geprobter Akt, hörten wir hinter uns MG-Feuer, Mörtel spritzte aus der Wand neben mir, und noch ehe ich begriff, was geschehen war, brachen die beiden Polizisten vor uns zusammen. Mich umdrehend, während meine Beine schon wieder oder noch immer in Bewegung waren, sah ich Soldaten in einem Militärjeep, der eben wendete und davonfuhr: Man interessierte sich schon nicht mehr für uns, sondern raste unter aufgeregten Rufen einem anderen Ziel entgegen.

Die Demütigung, vom chaotischen Zucken solcher Geschehnisse en passant am Leben bedroht zu werden, während man so angstvoll bemüht ist, sich unter dem Funkenregen der Geschichte wegzuducken, empörte mich, doch auch das, natürlich, kümmerte niemanden, nicht einmal mich, wie es schien: Meine Beine rissen mich weiter, irgendwohin, weg. Ein Pochen tönte an- und abschwellend in meiner Schulter, ich wusste, ich war getroffen.

Auf einem der Balkone des Sheraton, in dem auch Stanley bei seinen Aufenthalten in Santiago gewohnt hatte, stand eine kleine Gruppe in Anzügen und blendender Laune: Man stieß miteinander an. Vor uns, mitten auf der Straße, lag ein Hund schläfrig in der Sonne. Als eine Jagdmaschine tief in Richtung Stadtzentrum vorüberschoss, schreckte der Köter auf und humpelte davon. Oben hob man die Gläser zum Salut.

Der Jubel nahm zu, je tiefer wir nach Providencia kamen, wo wir, verschwitzt und bärtig, sofort als die Fremdkörper auffielen, die wir hier waren. Die Momios hupten vor Freude, schlugen Töpfe, manche hissten eine chilenische Flagge zwischen Bäumen. Einer rief uns hinterher: »Jetzt rennt ihr! Rennt schnell, ihr Hurensöhne!«

Als wir das Geschäftsviertel hinter uns gelassen hatten, kamen wir an einer Autowerkstatt vorüber; das Tor war oben, aber niemand zu sehen. Der ganze Straßenzug war verlassen bis auf ein paar eingeschüchterte Hunde. Fernes MG-Geknatter hallte zwischen den Hauswänden, ich hörte das Fauchen weiterer Jäger und war verblüfft, wie bereitwillig man sich mit den Insignien des Sterbens abfindet, sofern sie bilderlos bleiben.

Wir gingen an einem verrosteten Renoleta, einem kleinen Renault, vorbei zu einer Treppe. Der stechende Geruch nach Nitroverdünnung beschwor das Bild meines Vaters in seiner Gartenlaube herauf, ohne Verstand an obskuren Werkstücken feilend, halb irr; ich konnte ihn hier und jetzt nicht gebrauchen, und ganz kurz erschrak ich darüber, dass das wohl auch in all den Jahren zuvor so gewesen war.

Am Ende der Treppe, im Büro der Werkstatt, machte Óscar ein Telefon aus, wählte; die Leitung war tot. Auf dem Tisch stand ein Becher mit erkaltetem Kaffee, ein brauner Rand hatte sich oben an der Tasse abgesetzt; ein Radio mit einem krummen Stück Draht als Antenne rauschte leise.

Wir wollten eben die Treppe wieder hinuntersteigen und verschwinden, als ein Trupp Soldaten in die Garage stürmte, zwei junge Männer vor sich hertreibend. Ich lehnte die Tür, die zu öffnen ich bereits im Begriff gewesen war, so langsam wie möglich wieder zurück und wartete mit angehaltenem Atem, ob die Soldaten zu uns heraufsteigen würden. Vorerst blieben sie in der Halle, mehr pflichtschuldig als neugierig Schubladen aufreißend und Kram von den Werktischen fegend.

Sie verlangten Papiere von den beiden Männern. Unwillkürlich griff ich an meine Innentasche, und für den Bruchteil einer Sekunde empfand ich, was diese empfinden mochten. Sie hatten ihre Papiere zurückgelassen oder weggeworfen und so versucht, sich um den Preis ihrer Identität Zeit zu erkaufen, in der wiederum irgendetwas, so hofften sie, den Lauf der Ereignisse aufhalten würde. Ich fühlte diese Hoffnung wie meine eigene.

Schnell offenbarten die Soldaten, dass es ihnen nicht um die Überprüfung von Personalien zu tun war. Stattdessen verspotteten sie die offenkundigen Studenten, schubsten sie herum, beleidigten sie als Schwanzlutscher und Sozialistenschweine. Ich sah mich nach einem anderen Ausgang aus dem Büro um; es gab keinen. In Óscars wässrigem Blick – sein Atem ging schnell und flach – sah ich meine eigene Ohnmacht, sah die Selbstvorwürfe für das, was gleich geschehen und was keiner von uns, weder er noch ich, verhindern würde.

Unten entbrannte wütendes Geschrei, dem zu entnehmen war, dass die Soldaten ihren Vorwand für rohe Gewalt gefunden hatten. Die beiden Männer verweigerten die Nennung ihrer Namen und beschimpften die Soldaten ihrerseits als dreckige Faschisten. Ich kämpfte gegen mein Herzklopfen und meine Atemnot und eine Art verzweifelter Langeweile, als ich mich fragte, warum man die bekannten Teile dieses durchschaubaren Spiels nicht überspringen konnte. Mein Gedanke schockierte mich, es war kein Spiel. Wie zum Beweis riss mich ein Schuss aus meinen Gedanken, von unten kam ein Schrei, und mir wurde klar, dass jemand, während ich über Durchschaubarkeit und mein Verhältnis zu ihr nachgedacht hatte, gestorben war.

Óscar presste die Hand vor den Mund.

Unten ein Wortwechsel, den ich nicht verstehen konnte. Jemand flehte.

Ein zweiter Schuss, kurz und kalt.

Ich konnte nicht anders, als gegen jede Vernunft durch den Spalt der Tür zu sehen. Einer der Soldaten, sehr jung, war von Blutspritzern getroffen, ich war mir sicher, dass der Schrei von ihm gekommen war. Er wirkte entsetzt, doch als der Kommandant der Einheit seine Pistole ins Holster zurückschob, wischte der Rekrut sich schon mit dem Ärmel übers Gesicht und lachte gequält auf. Seine blutverschmierte, die eigene Abscheu verleugnende Fratze sucht mich selbst mit dem Abstand fast eines ganzen Jahres noch manchmal heim.

Wir blieben bis zum Mittag in dem Büro; die Soldaten waren längst fort. Keiner von uns sprach oder versuchte es. Óscar hatte noch ein Päckchen Hilton, die rauchten wir, eine nach der anderen, stumm.

Ich versuchte mich von Zeit zu Zeit geradezu willentlich auf meine Verletzung zu besinnen, als sei sie der mindeste Tribut an die Lage des Landes; im Grunde schämte ich mich, dass meine Schmerzen nicht heftiger waren.

Wir gingen die Frequenzen durch, Radio Magallanes sendete noch, sie wiederholten Allendes letzte Rede in Endlosschleife.

»Meine Worte enthalten keine Bitterkeit, jedoch Enttäuschung. Sie werden die moralische Strafe für diejenigen sein, die ihren Eid verraten haben: Soldaten Chiles, amtierende Oberbefehlshaber und Admiral Merino, der sich selbst ernannt hat, der verachtungswürdige General Mendoza, der noch gestern der Regierung seine Treue und Loyalität schwor und sich ebenfalls selbst zum Oberkommandierenden der Carabineros ernannt hat. Angesichts dieser Tatsachen kann ich den Arbeitern nur eines bekräftigen: Ich werde nicht zurücktreten! Vor eine historische Situation gestellt, werde ich meine Loyalität gegenüber dem Volk mit meinem Leben bezahlen.«

Die Verbindung brach ab, erst viel später bekam ich den Text der Rede zu Gesicht. Wann immer ich sie seitdem las, hörte ich förmlich die weihevolle Intonation, mit der er seine Sätze in eine präsidiale Ansprache verwandelte, wohlklingende und eherne Worte, die sich gewiss waren, vom Katheder der Geschichte zu tönen. Noch im Untergang sprach Allende, als sei er nur nebenbei ein Mensch aus Fleisch und Blut, hauptamtlich aber ein höheres Wesen von unbezweifelbarer Integrität. Auf dem wurmstichigen Boden des Büros, zwischen Pin-up-Kalendern und Motorteilen kauernd, wusste ich nicht, ob ich seine Selbstüberhebung im Angesicht der Niederlage lächerlich oder heroisch finden sollte.

Auf den Sendern der Rechten wurde wieder und wieder die Ausgangssperre verkündet. Wer nach 15 Uhr auf der Straße angetroffen werde, müsse mit seiner unverzüglichen Erschießung ohne vorherige Warnung rechnen. Wir hatten die Wahl, die Garage jetzt gleich zu verlassen oder bis zur Dunkelheit zu warten.

»Aber was dann?«, fragte ich Óscar.

Ich solle mich lieber allein durchschlagen, sagte er mir. Sofort. Er komme schon zurecht. Dabei sah er auf den Koffer.

Ihn im Stich zu lassen kam für mich ebenso wenig infrage wie sein Misstrauen zu akzeptieren. Ich öffnete die Tür vorsichtig und stieg langsam die Treppe hinunter. Schlich, ohne sie anzusehen, an den beiden Leichen vorbei zum geöffneten Tor und spähte hinaus. Keine Soldaten zu sehen. Aus der angrenzenden Lackierhalle holte ich Lagen von Zeitungspapier und bedeckte die Körper damit. Eine der Schlagzeilen berichtete über das Plebiszit, mit dem der Präsident sich in der Regierung bestätigen lassen wollte, um einen Putsch abzuwenden. Allende hatte es heute der Öffentlichkeit ankündigen wollen.

In dem aufgebockten Renault steckte der Schlüssel. Ich gab Óscar, der die Werkstatt erfolglos nach einem weiteren Telefon oder Funkgerät durchsucht hatte, ein Zeichen.

»Wir fahren«, sagte ich.

»Nicht wir«, sagte Óscar. Es war unübersehbar, dass er

mich loswerden wollte. Er fand gute Argumente, sprach von seiner Verantwortung und meiner Unschuld. In alldem hörte ich bloß die Unterstellung, mir bedeute unser Projekt weniger als ihm oder jemand anderem aus unserem Team, weil ich Ausländer war, weil ich letztlich die Wahl hatte. Óscar war jemand, für den sich stets alles fügte, wie und wann er wollte. Er war der technische Leiter des Projekts, ich war sein Gehilfe und gewohnt, dass er selbstverständlich recht behielt. Jetzt aber empfand ich seine Unfehlbarkeit als anmaßend.

Ich löste die Hydraulik und ließ das Auto vom Wagenheber.

»Wir fahren«, wiederholte ich wie ein amerikanischer Filmheld, es sollte Entschlossenheit signalisieren. Ich war auch tatsächlich entschlossen, wenngleich ich nicht wusste, wozu.

Ein letztes Mal stieg ich die Treppe zum Büro hoch und schaute mich um. Dann deponierte ich den Koffer im Hohlraum unter dem durchgesessenen Sofa, das seit schätzungsweise zehn Jahren vor der Bretterwand stand und auch die nächsten zehn Jahre dort stehen würde, unbehelligt von allen politischen Systemen und künftigen Wirtschaftsordnungen.

Als ich die Treppe wieder hinunterkam, sah Óscar mich fragend an, dann verstand er. »No«, sagte er und schüttelte den Kopf. Das sei zu riskant.

Ihn mitzunehmen, sagte ich, sei viel riskanter. Ich sagte nicht, dass ich durch sein Misstrauen unsere Flucht ernsthaft gefährdet sah; ein paar Augenblicke später hatte er es selbst begriffen. Sein Blick war irgendetwas zwischen entschuldigend und trotzig, aber vielleicht bildete ich mir das nur ein. Es ging alles so schnell; ein ganzes bisheriges Leben in ein paar Vormittagsstunden.

Ich notierte auf einem Zettel, dass es sich bei der Ausleihe des Wagens um eine »casa de emergencia« handele, was Óscar in »caso« zu ändern genötigt war, denn es handelte sich um einen Notfall, kein Not*haus*; mein Spanisch war, auch nach knapp zwei Jahren im Land, noch immer stark vom Zufall bestimmt, und ich machte Óscar keinen Vorwurf, dass er mich verbesserte. Wütend war ich dennoch.

Er startete den Renault. Natürlich gab es einen Grund, warum er in einer Werkstatt stand: Der Auspuff fehlte, ein ohrenbetäubender Lärm brach los; keine idealen Voraussetzungen für eine unauffällige Flucht.

»Wohin fahren wir?«, fragte ich. Óscar schwieg, ich wusste, er wollte zu seiner Familie. Er wohnte in La Reina, einem eher bürgerlichen Viertel im Osten der Stadt, eine Dreiviertelstunde entfernt schon an normalen Tagen.

Es war kurz nach 14 Uhr; in diesen Minuten, so erfuhr ich später, stürmten die Putschisten die Moneda.

Die Straßen waren voller Soldaten. Sie marschierten in kleinen Konvois, fuhren in Jeeps und Lastern vor, kontrollierten Geschäfte und Hauseingänge. Immer wieder waren Schüsse zu hören, das Kreisen der Helikopter hatte sich in ein konstantes Hintergrundgeräusch verwandelt. Der Renault war laut, fuhr aber einwandfrei, wenngleich Óscar immer wieder abbremsen musste, weil Passanten oder aufgeschreckte Hunde ohne Ankündigung die Straße querten.

Auf der Tobalaba, wo wir an einer Kreuzung halten mussten, explodierte unvermittelt ein Brandsatz auf einem stehenden Panzerwagen. Er war offenbar aus dem Fenster eines Gebäudes hinabgeworfen worden. Der Panzer setzte sich sofort in Bewegung, entfernte sich vom Gebäude und wendete, immer noch brennend, sein Geschütz um 180 Grad in Richtung Hausfront. Im selben Moment, als er unter mächtigem Rückstoß feuerte und die Granate einen Großteil der Außenmauer wegriss, passierte ein alter Mann mit einem Eselskarren voller Schrott die Szenerie. Er ging keine zehn Meter entfernt von der Stelle, an der staubend die Trümmer herabregneten, doch sowohl Esel als auch der Mann zeigten sich völlig unberührt und setzten ihren Weg, so habe ich es in Erinnerung, stoisch fort.

Als Soldaten herankamen und in das Gebäude eindrangen, löste Óscar endlich die Bremse und seinen Bann. Immer wieder mussten wir Hindernissen ausweichen, schwelenden Barrikaden, zurückgelassenen Autos, sahen wir Ladenbesitzer, die eilig ihre Geschäfte zusperrten und davonrannten wie vor einem aufziehenden Sturm.

Hinter uns, über der Innenstadt, stand Rauch.

Ich informierte Óscar, dass unser Zigarettenvorrat erschöpft sei. Die Mitteilung hing eine Weile unbeachtet in der Luft, hilflos, ihrer Überflüssigkeit kläglich bewusst.

Unser Unfall war zufällig und vollkommen unnötig, sofern Notwendigkeit nicht ohnehin ein irreführendes

Kriterium der Geschichte ist. Im Vorbeifahren beobachteten wir, wie Männer mit erhobenen Händen abgeführt wurden und sich in einer Reihe aufstellen mussten. Zweihundert Meter weiter, genau vor uns, forderte ein weiterer Soldat jemanden winkend zum Anhalten auf. Óscar fluchte, *wir* waren es, die er meinte. So abgelenkt, sah ich aus den Augenwinkeln, wie einer der Männer in der Reihe, mit der wir jetzt gleichzogen, den Mund öffnete und die Zunge herausstreckte, während zwei Soldaten ihre Gewehre auf ihn gerichtet hielten. Der Anblick war grotesk. Óscar machte keine Anstalten, die Fahrt zu verlangsamen; der Soldat vor uns schrie unhörbar etwas in unsere Richtung und nahm seinen Karabiner von der Schulter. Óscar gab Gas.

»Was machst du?«, stieß ich unter dem erschrockenen Röhren des Motors hervor. Auch Óscar war inzwischen auf die Verhaftung der Männer aufmerksam geworden und antwortete atemlos, dass er nicht so enden wolle wie sie. Ich warf aus meinem geöffneten Fenster einen Blick zurück und konnte, während Óscars Ausweichmanöver den Renault hin und her warf, sehen, wie einer der Soldaten seinen Gewehrkolben gegen den Unterkiefer jenes Gefangenen mit der herausgestreckten Zunge krachen ließ. Unwillkürlich, wie unter Tränengas, schloss ich die Augen und zuckte in der nächsten Sekunde unter einem Schuss zusammen. Óscar lenkte den Wagen scharf in eine Einbahnstraße; der Soldat im Rückspiegel feuerte ein weiteres Mal, abermals ohne den Renault zu treffen.

»Wohl besoffen«, bemerkte Óscar. Es klang grimmig

und vollkommen humorlos, wie es überhaupt unserer gesamten Situation an jeder Voraussetzung für Humor fehlte. Als wolle er über diese Tatsache triumphieren, drehte sich Óscar um und wiederholte in Richtung des Schützen entschieden: »Wohl besoffen!« Ich wollte ihn warnen, aber als er sich wieder nach vorn drehte, hatte er die Kontrolle über den Wagen schon verloren, der Aufprall war nicht mehr zu verhindern. Er trat heftig auf die Bremse; die Windschutzscheibe splitterte, ich spürte einen Schlag am Kopf. Dann war alles in den weißen Dampf des Kühlwassers gehüllt.

Óscar hatte sich bei dem harten Zusammenstoß die Rippen geprellt, ich war mit einer Platzwunde an der Stirn davongekommen. Als wir uns aus dem Wagen befreiten, sah ich sofort nach dem Schützen, der auch tatsächlich auf uns zu lief. Die Schwaden des zischend austretenden Dampfes gaben uns für ein paar Sekunden Deckung, und so flohen wir um die nächste Ecke und dann weiter ohne Pause, endlos, wie mir schien, durch die orthogonalen Straßen dieses Teils der Stadt, den ich kaum kannte: links, rechts, links, immer gewahr, dass eine Patrouille uns offenkundig Flüchtende nicht erst nach unseren Personalien fragen, sondern sofort abknallen würde.

Ich sah Óscar zum letzten Mal, als er auf den Micro sprang, einen jener klapprigen Busse, die sich in halsbrecherischer Fahrt gegenseitig die Kundschaft streitig machten. Jetzt waren wegen der Ausgangssperre nur noch wenige unterwegs, diese dafür überfüllter denn je. Den Anblick von Arbeitern, Frauen und Kindern, die sich mit einem Fuß auf dem Trittbrett und einer Hand am Dachgepäckträger oder auch nur am Mantel des Nebenmannes notdürftig festhielten, war man mittlerweile gewohnt; in den Monaten im Herbst '72, während des großen Streiks, hatte man nicht selten sogar auf Dächern und Motorhauben Leute sitzen sehen.

Am Micro war nur noch ein Platz auf der hinteren Stoßstange frei, wobei »frei« nicht das treffende Wort ist. Ich verstand und akzeptierte Óscars Wunsch, bei der Familie zu sein. Ich konnte mich in seine Situation versetzen. Ich wusste: wenn ich eines Tages selbst eine Familie hätte, würde es mir gehen wie Óscar. Würde ich selbst jemanden lieben, dann ließe auch ich nichts zwischen die Geliebte und mich treten, ohne Rücksicht auf andere, und seien es die eigenen Freunde, wäre es nicht so?

So dachte ich, während der Micro schon längst verschwunden war und ich mich in einen Hauseingang kauerte. Während ich um Atem rang und schwitzte und mich verlassen fühlte wie seit meiner Ankunft in Chile nicht mehr. Während mir das Bild Anas in den Sinn kam, wie wir uns im CORFO gegenübergestanden und voneinander verabschiedet hatten – nah, aber still, fast wortlos, um den Kollegen nicht zu offenbaren, was sie schon längst wussten, in naivster Gottgläubigkeit darauf bauend, dass man aus alldem wundersam verschont hervorgehen würde.

Irgendwo schlug eine Kirchglocke drei Uhr.

Señora Lorca hatte bis zu ihrer Abreise Lebensmittel im Haus gebunkert. Also war sie wohlhabend genug, die

Schwarzmarktpreise zu bezahlen. Mir gegenüber hatte sie sich immer darüber beschwert, dass die Regierung ihr die Witwenrente gekürzt habe, was ungewöhnlich war, weil Allende alle anderen Sozialleistungen ebenso angehoben hatte wie die Löhne. Ihr musste ein Fehler bei der Beantragung unterlaufen sein; trotzdem machte sie die Funktionäre der Unidad Popular verantwortlich, wie um ihre Wut auf die armen Schlucker in den Poblaciónes zu nähren, die plötzlich einen halben Liter Milch am Tag umsonst bekamen, während sie selbst sich alles vom Mund absparen musste, wie sie behauptete. Dabei stimmte das nicht einmal; das Einzige, was in ihrem Haus fehlte, war ein Telefon. Allerdings war es das Einzige, worauf es mir im Moment ankam.

Es war der Tag zwei nach dem Putsch, ich war erst am frühen Morgen in mein Zimmer zurückgekehrt, nachdem ich den langen Weg nach Ñuñoa zu Fuß zurückgelegt hatte. Den ganzen Nachmittag hatte ich mich in dem Hauseingang versteckt, zusammengekauert hinter dem Windfang des Aufgangs. Ich musste pinkeln und traute mich nicht; ich hatte Angst um mein Leben. Das schreibt sich, als würde es nichts bedeuten, oder wenig, und so ist es.

Endlich war der Abend gekommen, es wurde kühl und kühler, und als die Temperatur fast den Gefrierpunkt erreicht hatte, setzte ich mich in Bewegung und rannte. Die Dunkelheit bot Vorteile, Fahrzeuge waren meist schon von Weitem an den Scheinwerferkegeln zu erkennen, auch Stimmen stachen scharf gegen die Stille ab. Ich lief von Block zu Block, den Kopf gegen das Brausen des Windes geneigt, hastige kleine Schritte machend, um gleichzeitig leise und in Bewegung zu bleiben. Eine ganze Weile hatte ich nicht die geringste Orientierung, dann gelangte ich zufällig wieder auf die Tobalaba, sah im Osten die dunkle Lücke der Kordillere in der Lichterwand der Stadt und wusste, dass ich auf dem richtigen Weg war.

Im Morgengrauen, kurz vor meiner Heimkehr, stieß ich in einer Gasse auf einen toten Journalisten. Er trug ein schmutziges weißes Hemd und blaue Jeans; die Kamera lag zerschlagen neben ihm auf der gestampften Erde. Sein Gesicht war nicht zu erkennen, nur verklebte Haarsträhnen in einer trocknenden Pfütze aus Blut. Seine Arme und Beine waren grotesk verdreht, als sei er in vollem Lauf gestürzt. Ich musste unwillkürlich an ein Pressefoto des Jahres denken, Kategorie Kriegsberichterstattung, Mahnung an die Welt. Angeekelt von mir selbst schüttelte ich mich und sah mich nach irgendetwas um, womit ich ihn bedecken konnte. Es erschien mir unmöglich, ihn einfach so liegen zu lassen, herzlos und unzivilisiert, wie wenn ein ausgelöschtes Leben auf der Straße nur ein verzichtbares Detail des ohnedies deutlichen Ganzen wäre, Routine schon beim ersten Hinsehen: der fehlende Film in der Kamera, die Flecken im Schritt der Hose.

Das Haus der Lorca lag still und unscheinbar zwischen den anderen, deren Bewohner sich eingeschlossen oder rechtzeitig die Stadt verlassen hatten. Ñuñoa, so schien es, war den Soldaten unverdächtig, mittlerer und gehobener Mittelstand; jedenfalls sah ich keine einzige Patrouille, überhaupt war es ruhig wie an einem Feiertag. Der Krieg war schon dabei, sich ins Nationalstadion und die Folterkeller zurückzuziehen.

Ich duschte lange, als könnten die Spuren meiner Erlebnisse sich allesamt abwaschen lassen. Als ich fertig war, erfüllte dichter Dampf das Bad. Das Frühlingslicht, flach durchs saubere Fenster fallend, illuminierte die Kondenströpfchen, die durch die Luft tanzten wie ein gewaltiger Aufmarsch, Millionen und Abermillionen. Ich versuchte, ein einzelnes zu fokussieren, doch schon mein bloßer Versuch verwandelte alles sofort in jene gegenstandslose Wolke zurück, aus der sich nichts Einzelnes lösen ließ. Ich stand minutenlang da, mein Handtuch vor dem Gesicht, und hatte schließlich vergessen, worüber ich nachzudenken versuchte.

Ich schreckte aus meiner nutzlosen Träumerei, als mir ein ungleich konkreteres Bild in den Sinn kam, nämlich wie man die Tür einschlagen und mich nackt unter der Dusche hervorzerren würde. Bewegung.

Als der Dampf durchs Fenster abgezogen war, betrachtete ich das winzige, inzwischen nässende Loch neben meinem Schulterblatt im Spiegel. Ich tippte auf einen Splitter oder Betonschrapnell, der durch die Luft geflogen war, als eine der Kugeln nahe der Brücke neben mir eingeschlagen war. In Señora Lorcas verbliebenen Utensilien suchte und fand ich eine Pinzette, die ich über meinem Feuerzeug sterilisierte. Doch ich schaffte es nicht, das Instrument in die jetzt wieder blutende Wunde zu bugsieren, geschweige denn, darin nach einem Splitter zu stochern. Der Schmerz war unaushaltbar, ich war nicht Charles Bronson.

Ich verband die Wunde notdürftig, setzte mich aufs Bett und unternahm den ebenso konzentrierten wie erfolglosen Versuch, klar zu werden; klar darüber, welche meiner Entscheidungen es gewesen waren, die mich in dem Geäst aus Schlussfolgerungen, Annahmen und Irrtümern bis an diesen Punkt geführt hatten, von dem nun nicht eine einzige Abzweigung mehr in die Zukunft zu führen schien. Dann schlief ich ein.

0001

DER DRITTE WEG

Ich war Anfang 1969 nach Frankfurt gekommen, nachdem ich an der Fachhochschule für Gestaltung in Ulm Industriedesign studiert und mein Diplom mit 23 abgelegt hatte – als einer der Jüngsten, seit es den Studiengang gab.

In einen Betrieb zu wechseln, kam für mich nicht infrage. Forschung und Lehre hätten mir durchaus offengestanden und interessierten mich weitaus mehr als Lohnerwerb, doch ich wollte nicht in Ulm bleiben. Einige Monate lang erschien mir alles, was ich hätte beginnen können, als die Art Falle, in die, jeder auf seine Weise, auch meine Eltern geraten waren. Ich wollte nicht in irgendeiner Firma landen, um dort Tand so aufzuhübschen, dass ein Bedürfnis an die Stelle trat, wo vorher keines gewesen war. Ich wollte kein Teil jener Maschinerie sein, die die Menschen lediglich als Werktätige oder Konsumenten sieht. Meine Euphorie ist mir nach allem, was geschehen ist, abhandengekommen, aber noch vor drei Jahren war ich überzeugt, Sullivans »form follows function« könne tatsächlich die Gesellschaft verändern. In Ulm hatte ich dafür eine zeitgemäße Formensprache gefunden, die Design wirklich in die Lebenswelt der Menschen zu integrieren versuchte.

Über diese, wahrscheinlich ist das der Preis für fachliche Obsession, wusste ich allerdings wenig.

Ich ging nach Frankfurt, um mich dort für Soziologie einzuschreiben. Ich weiß nicht, ob es tatsächlich das Studium war oder die Protestbewegung, die mich dorthin zogen; vielleicht war es auch etwas, das über beides hinausging. Ich besorgte mir ein kleines Zimmer und fand schnell einen Hilfsjob als Bauzeichner, mit dem ich mein Studium finanzieren konnte.

Meine Immatrikulation an der Goethe-Universität wäre allerdings fast vereitelt worden. Mehrere Tage im Frühjahr hatten Studenten die Verwaltung der Universität blockiert, um alle Immatrikulationen und Rückmeldungen zu verhindern. Daniel Cohn-Bendit hatte zu diesem Boykott aufgerufen, wenngleich erst, so wurde kolportiert, nachdem er selbst sich zurückgemeldet hatte. Jedenfalls protestierten Tausende auf dem Campus und hinderten die Studenten am Zugang zur Verwaltung, selbst unter Polizeischutz gelang es den meisten nicht, die Blockade zu durchbrechen. Und so musste auch ich draußen bleiben.

Am Anfang schloss ich mich den Protesten nicht an, im Gegenteil, schließlich war ich von ihren Auswirkungen betroffen. Außerdem hatte ich durchaus meine Schwierigkeiten herauszufinden, was überhaupt ihr Anlass war. Während ich neugierig durch die hin und her schwappende Menge mäanderte und gelegentlich nach Feuer sowie den näheren Umständen der Veranstaltung fragte, erhielt ich die unterschiedlichsten Antworten. Es gehe selbstverständlich um den Krieg, sagte einer, oder vielmehr gegen die Militärdiktatur in Griechenland, wie ein Zweiter präzisierte, was allerdings Unfug sei, so ein Dritter, weil jeder wisse, dass man gegen den kalifornischen Gouverneur Ronald Reagan protestiere, der die Studenten in Berkeley vom Militär hatte niederknüppeln lassen. Von alldem wusste ein Vierter wiederum nichts, ließ sich allerdings mit mir gemeinsam von einem kundigen Fünften belehren, dass unsere Unkenntnis der *Situation* von bourgeoiser Ignoranz, wenn nicht barem Schwachsinn zeuge. So ging das noch einige Zigarettenlängen weiter, bevor meine beharrlichen Erkundigungen schließlich ergaben, dass im Fokus der Proteste ein iranischer Student stand, den die Bundesregierung nach irgendeiner nichtigen Verfehlung in den Iran hatte abschieben wollen; seine »Deportation« sei allerdings in letzter Sekunde von einem »Kommando« des SDS noch auf dem Rollfeld des Frankfurter Flughafens vereitelt worden. Nun wolle sich der Perser wieder an der Goethe-Universität einschreiben, was ihm aber behördlicherseits verboten worden sei.

Irgendwo vor uns brach Lärm aus, Glas splitterte; durch die Luft kroch der gärende Gestank von Buttersäure.

»Das heißt, weil der Perser sich nicht einschreiben darf, soll es keiner dürfen?«, wollte ich wissen. Mein Gegenüber, ein bärtiger Student mit fränkischem Einschlag, unterwies mich in beeindruckender Rhetorik, dass der Fall Taheris, so der Name des Persers, als Symptom der allgemeinen Beschneidung verbürgter Freiheitsrechte interpretiert werden müsse und dass es auf der Weltbühne imperialer Repression letztlich ein Minimalanspruch des

Klassenbewusstseins sein sollte, seine Kritik in konkreten Aktionen wie diesen zu entfalten – die affirmativen Kräfte des Bestehenden würden andernfalls jedwede Solidarität ersticken.

Wiewohl der Mensch von knöchernem Ernst war und seine in der Frühlingssonne spiegelnden Brillengläser mich daran hinderten, ihm in die Augen zu sehen, nahmen mich sein vertrauter Dialekt und mehr noch die fraglose Selbstverständlichkeit seines Vortrags für ihn ein. Er redete, als könne sich das alles jeder, der nur wolle, ohne große Mühe selbst herleiten, statt sich von der offiziellen Meinungsindustrie dumm machen zu lassen.

Um uns herum wurde ein Katalog von Parolen skandiert, eine Art Medley all der Beschwerden des Zeitgeistes, denen die Studenten Gehör verschaffen wollten. Natürlich hatte ich sie auch in Ulm schon gehört – die Meldungen über das Massaker von My Lai, den Obristenputsch der Rechten in Griechenland, die Unruhen in Berkeley –, allerdings war mir das alles dort unten sehr fern geblieben. Hier hingegen, in Frankfurt, war es kaum möglich, sich dem allgemeinen Gefühl zu entziehen, dass die Zeit zum Handeln gekommen sei, wie auch immer.

An diesem Tag schrieb ich mich nicht ein, weil die Belagerung des Campus durch die Studenten und in wachsendem Maße durch die Polizei schließlich in einen heftigen Straßenkampf mündete. Die Aggression sei – zumindest war das so am nächsten Tag in den Zeitungen zu lesen – von den Demonstranten provoziert worden, die »ohne Anlass« Flaschen, Steine und sogar Molotowcocktails gegen die Polizei geworfen hätten. Die Frage, wer angefangen hatte, war für mich allerdings irrelevant geworden, seit ich in der Nacht gemeinsam mit einer fröhlichen Hebammenschülerin namens Claudia Wuppke und ihrer politisch, so schien es, eben im Erwachen begriffenen Clique bei einer friedfertigen Sitzblockade von einer offensichtlichen Übermacht der Polizei mit Wasserwerfern und Schlagstöcken überrannt worden war. Eben noch hatten wir geschwatzt und gesungen, zum Zeltlager hatte eigentlich nur noch ein Lagerfeuer gefehlt, eine Flasche Wein machte die Runde, da tauchte eine teils berittene Garde der Polizei in Kampfmontur auf, und unsere zufällig konstituierte Gruppe zerstob in ihre Einzelteile. Ich rannte; als ich mich umsah, hatte ich die anderen aus den Augen verloren. Während ich selbst, ich weiß nicht wie, mich allen Handgreiflichkeiten entziehen konnte und mich ein wenig fühlte wie bei einer erwachsenen Version von Räuber und Gendarm, ging es für viele nicht so harmlos zu. Männer wie Frauen wurden, teilweise an ihren Haaren, über den Asphalt gezerrt, während drei, vier oder fünf Polizisten wie im Rausch auf sie eindroschen. Diese Übergriffe durchkreuzten schon bald Strategie und Ziel meiner eigenen Bewegungen, irgendwie schloss ich mich einer anderen Gruppe an, und bald entsann ich mich schon nicht mehr, welche Absperrung wir zu überwinden versuchten und aus welchem Grund. Was wir wollten, schien überhaupt unerheblich: Plötzlich waren wir im Widerstand.

Irgendwann tauchte aus der nur von Leuchtgranaten erhellten Dunkelheit ein Karren mit Pflastersteinen auf, wie eine Lieferung per Expressversand, bitte bei Erhalt quittieren: Ausgestattet mit diesem Kampfmaterial erschien es nicht nur mir völlig folgerichtig, es auch zu benutzen. Ich spürte wenig von meiner Furcht, geschweige denn Skrupel, dafür eine mir bis dahin völlig unbekannte Erregtheit, die Furcht in Aktion übersetzte. Mir stand das Bild eines Abenteurers vor Augen, eines Gerechten, der in irgendwelchen Wirrnissen kämpft, über deren Zusammenhänge er kaum etwas weiß, nicht für sich selbst, sondern für andere, und sich darin für einen Gesandten in heiliger Angelegenheit hält.

Letztlich entkam ich im allgemeinen Durcheinander durch Bockenheimer Nebenstraßen, in denen brusthoch das Tränengas stand, wie ein Nachtschwärmer nach reizvollen, aber kraftraubenden Ausschweifungen.

Auf meiner Bude am nächsten Morgen fühlte ich mich wie verkatert, während mir nach und nach die Details jener Dummheiten wieder ins Bewusstsein stiegen, zu denen ich mich in der Menge hatte hinreißen lassen. Mein erster Gedanke nach dem Aufwachen galt jenem gesichts- und namenlosen Beamten, den ich vielleicht verletzt, jenem unbeteiligten Privatmenschen, dessen Auto ich ganz sicher beschädigt hatte. Wozu, fragte ich mich: Was hatte mich da geritten? Mein Gerechtigkeitsgefühl? Die Inbrunst der Nacht war mir peinlich. Von dem Perser hörte ich nie wieder.

Wenn ich zurückdenke an die Monate im Sommer 1969, als die Motoren des Protestes auf höchster Umdrehung heißliefen und sich schließlich an dem festfraßen, was damals wie heute gesellschaftlicher Konsens war, kann ich in mir keine Wut entdecken, nicht einmal Empörung, lediglich Erstaunen. Es war vermutlich mein schlechtes Gewissen angesichts fehlender Solidarität, das mein Engagement, oder was ich dafür hielt, entfacht hatte.

Das schlechte Gewissen blieb; mein Engagement aber nahm ich mir nicht ab. Nach der Befreiung Baaders erlebte ich den Verfall einer politischen Kultur, die Argumente durch unablässiges Geschrei ersetzte. Ich beobachtete das mit einem Gefühl wachsenden Heimwehs nach dem Frankfurt, das ich mir ersehnt hatte, so als wären die, deretwegen ich gekommen war, gegen Fremde ausgetauscht worden, mit denen ich kaum Gemeinsamkeiten hatte. Adorno war tot, Krahl und Dutschke zumindest außer Gefecht; die deutsche Linke wohnte ihrer Zersplitterung als ihr eigenes johlendes Publikum bei. Die Außerparlamentarischen – oder was noch von ihnen übrig war – gerierten sich nur noch als hypertrophe Schwätzer, die Baader-Gruppe hingegen hatte es mit ihren konfusen Aktionen geschafft, sogar die meisten Studenten gegen sich aufzubringen. All den Grabenkämpfen war schmerzlich die Sinnlosigkeit eingeschrieben, die Lebensbedingungen von Menschen verbessern zu wollen, denen sie längst gut genug waren. Man trommelte weiter und versuchte, sich nicht am hohlen Tönen zu stören, doch es fiel sicher nicht nur mir auf, dass der Beat niemanden mehr wirklich ergriff.

Im März 1971 erhielt ich einen Brief von der Bundesstelle für Entwicklungshilfe in Bonn. Einer meiner Professoren in Ulm hatte mich dort ins Gespräch gebracht, nachdem er selbst eine Anfrage aus Chile aus gesundheitlichen Gründen hatte ablehnen müssen. Der dortige Verband für staatliche Wirtschaftsförderung, die Corporación de Fomento de la Producción, CORFO, suchte einen Leiter für eine Projektgruppe an der Universidad de Chile in der Hauptstadt Santiago, die schnellstmöglich auf den State of the Art im Fachbereich Industriedesign, genauer: Produktentwicklung, gebracht werden sollte. Nach der Wahl des Sozialisten Salvador Allende zum Präsidenten verließen die Fachkräfte seit Ende 1970 massenweise das Land, weil sie erwarteten, dass Chile unter Allende auf eine wirtschaftliche Steinzeit zusteuern würde.

Allendes Regierungsbündnis, die Unidad Popular, war als erste sozialrevolutionäre Bewegung in der Geschichte durch freie, demokratische Wahlen an die Macht gelangt. Niemand mochte so recht glauben, dass sie sich dort lange würde halten können, denn aus dem bürgerlichen Lager blies ihr eine Sturmfront entgegen. Schon die Stichwahl, in der die UP ihre hauchdünne Mehrheit hatte verteidigen müssen, wäre beinahe gescheitert, nachdem der Dienstwagen des Militärchefs General René Schneider am Morgen des 22. Oktober, zwei Tage vor der Entscheidung, in der Nähe seines Hauses von drei Fahrzeugen eingekeilt und beschossen worden war. Schneider erlag seinen schweren Verletzungen wenig später im Krankenhaus. Offenkundig war er als Anschlagsopfer ausgewählt worden, weil er als Oberkommandierender und überzeugter Loyalist der Verfassung entscheidenden Einfluss auf die gesamten Streitkräfte hatte; im Falle von Allendes Wahlsieg wäre er somit für einen sofortigen Putsch der Opposition nicht zu gewinnen gewesen.

Der Anschlag auf Schneider war indes bei Weitem nicht Allendes einziges Problem. Unter den Konservativen war er wegen seiner sozialistischen Agenda, unter vielen Linken wegen seiner duldsamen Amtsführung verhasst. Die Arbeiter und Landlosen allerdings verehrten ihn wie einen Heiligen, weil er in kürzester Zeit die Löhne angehoben, die Preise gesenkt, die Großgrundbesitzer enteignet und eine staatliche Gesundheitsversorgung eingeführt hatte. Für diese und andere Maßnahmen hatten ihm wiederum USA und Weltbank den Geldhahn zugedreht und die heimische Bourgeoisie den Krieg erklärt. Allende weigerte sich dennoch beharrlich, die Bürgerrechte einzuschränken, was zur Folge hatte, dass er weder politische Saboteure wirksam verfolgen noch die reaktionäre Propaganda etwa durch die Tageszeitung *El Mercurio* einschränken konnte, deren Finanzierung durch die CIA ein offenes Geheimnis war. Kurz gesagt bot der neue Präsident seinen Feinden jede nur erdenkliche Flanke.

Sein größtes Problem war allerdings, das hatte ich mir aus Zeitungsberichten zusammengereimt, dass ihm mit rasender Geschwindigkeit das Geld ausging. Er war darauf angewiesen, möglichst schnell die Importabhängigkeit seiner Wirtschaft zu überwinden, um Devisen zu sparen, musste also so viel wie möglich selbst produzieren – während ihm täglich die Spezialisten wegliefen, die er ohnehin nicht hätte bezahlen können. Leute wie ich waren für ihn ein Geschenk zur richtigen Zeit. Ich glaube, ich hätte sogar zugesagt, wenn sie mich nicht bezahlt hätten.

In der folgenden Woche gab ich mein Zimmer auf und verkaufte mein Auto sowie meine sämtlichen Schallplatten. Für das Geld buchte ich einen einfachen Flug nach Chile und kaufte ein spanisches Wörterbuch. Meiner Mutter schickte ich erst aus Santiago eine Postkarte.

0010

ANA

Auf der anderen Seite der Calle Juan Moya wohnten Juna und Carlos Morales mit ihren drei Kindern. Carlos arbeitete in einer Futtermittelfabrik und war in der Gewerkschaft. Ich wusste, sie hatten ein Telefon. Als Nachbarn kommt man gewöhnlich durch ein Schwätzchen am Gartenzaun in Kontakt, man tauscht Neuigkeiten des Tages aus; doch den Morales' hatte ich immer nur von der anderen Straßenseite aus zugewinkt, wenn ich morgens aus dem Haus ging und Carlos die Kinder zur Schule brachte. Wirklich gesprochen hatten wir nur ein einziges Mal miteinander.

Seine Frau Juna hatte den Jüngsten auf dem Arm, als sie die Tür öffnete. Sie bat mich nicht herein, sondern sagte gleich zur Begrüßung, dass das zu gefährlich sei; sie sagte nicht, was und für wen. Ich verstand sie: Wir wussten kaum etwas voneinander, ich hätte ein Spitzel sein können, ein Denunziant, Vorbote für Verhaftung und Verderben. Ich sagte ihr, es sei wichtig; dass ich verzweifelt war, konnte sie mir ansehen. Sie zögerte trotzdem, bis Carlos neben sie trat und mich hereinbat.

Die beiden größeren Kinder saßen vor dem Fernseher,

Laurel & Hardy; sie kümmerten sich nicht um mich. Ich holte den abgegriffenen Zettel aus der Tasche, die schön kalligrafierte Zahlenfolge, die ich seit einem Jahr in meiner Hemdtasche trug, Anas Handschrift an meinem Herzen. Ihre Mutter klang reserviert; ich war nicht mehr nur die gesichtslose Stimme eines Arbeitskollegen ihrer Tochter. Alles hatte sich verändert. Beinahe widerwillig rief sie Ana ans Telefon.

»Juan«, sagte sie. »Are you okay?«

»Ich habe mir Sorgen gemacht«, sagte ich. Wir ließen die Leitung für einen Moment rauschen und bildeten uns ein, dass dieses Rauschen mehr sagte als alle Wörter, die wir für unsere Erleichterung hätten finden können. *Ich* bildete es mir ein.

Ob ich verletzt worden sei, wollte sie wissen, ob es Óscar gut gehe, was mit dem Koffer sei.

Ich hatte keinen Grund, vom zielstrebigen Dreisprung ihrer Frage gekränkt zu sein. Es hatte heftige Diskussionen gegeben am Morgen des Putsches, jeder hatte eine andere Meinung gehabt. Unter den Teammitgliedern wie auch überhaupt im CORFO waren die meisten der Ansicht gewesen, der Komplex müsse unter allen Umständen gegen die Faschisten verteidigt werden. Allerdings gab es im gesamten Gebäude nur einen alten Browning-Revolver und einen Karabiner aus der Zeit des Salpeterkrieges. Es ging mir nicht darum, mich in aussichtsloser Lage aus dem Staub zu machen; jedem hatte einleuchten müssen, dass ich als Ausländer die besten Chancen hatte, unser Material in Sicherheit zu bringen. Die Verbindungs- und Produktionsdaten zu den großen Betrieben der Schwerindustrie, den Textil- und Lebensmittelfabriken, den Kraftwerken – all dies war in dem Koffer. Die Kontrolle über die gesamte Wirtschaft – zumindest deren überlebenswichtigen Teil – lag in unserem Netzwerk, mit dessen Komplexität wiederum außer Óscar und mir nur Stanley und Alfonso umzugehen wussten. Aber Stanley war längst wieder in England, und Alfonso, den Allende zuletzt zum Wirtschaftsminister ernannt hatte, war entweder auf der Flucht oder verhaftet oder tot. Und ebenso würden die Faschisten hinter uns her sein, hinter Óscar und mir; sicher hatte es Spitzel im CORFO gegeben. Ana hatte als eine der Ersten unsere Optionen durchdacht und meinen Vorschlag unterstützt.

»Ich habe den Koffer versteckt«, sagte ich. »Unterwegs.«

»Du hast was?«

»Es war die einzige Möglichkeit. Da waren überall Soldaten.«

»Das liegt daran, dass da draußen ein Militärputsch stattgefunden hat!« Ihr Sarkasmus traf mich. Ich suchte in ihrer Stimme nach etwas, das mit der Angst vergleichbar war, die ich um sie gehabt hatte. Stattdessen hörte ich Vorwürfe: Niemals hätte ich den Koffer aus der Hand geben dürfen, es sei nicht auszudenken, wenn er verloren ginge; sie verstehe nicht, wie Óscar das habe zulassen können. Als hätte Óscar so etwas wie die Aufsichtspflicht über mich gehabt. Ich wollte das sagen, allerdings wusste ich »Aufsichtspflicht« weder ins Spanische noch ins Englische zu übersetzen.

In der Küche redete Juna, wie zur Illustration unseres Streits, aufgebracht auf Carlos ein. Inzwischen lief Zorro. Das weitere Gespräch zwischen Ana und mir ähnelte einem eilig geschriebenen Dialog, den zwei Schauspieler lieblos vom Blatt ablesen; jedes Wort kam hölzern in die Welt und fiel plump zu Boden. Dass sie mit unserer Entscheidung nicht einverstanden war, konnte ich noch akzeptieren. Aber es ging um mehr als den Koffer. Ich hatte geträumt, die Militärs hätten sie verhaftet, hätten sie verhört, ich verstand nicht, dass sie mit keinem Wort …

Juna unterbrach mich. Ich müsse das Gespräch sofort beenden und nach Hause gehen, sagte sie, sofort! Ich drehte mich mit dem Telefon weg, aber es war zu spät: Sie hatte bereits die Gabel heruntergedrückt.

Zurück im Haus der Lorca zerfloss die Zeit wie Magma und bildete erstarrend eine endlose Gesteinswüste, in der jeder Fluchtpunkt im Flimmern des Horizontes verschwand. Hunger und Schlafbedürfnis gaben mir nur behelfsmäßig Orientierung. Ich fühlte mich unausgesetzt der mitleidlosen Erkenntnis unterworfen, dass es kaum noch einen Unterschied für das große Ganze machte, ob ich darin vorkam oder nicht, jetzt oder wann immer.

Ich erinnerte mich an den einzigen Urlaub, den meine Eltern mit mir unternommen hatten, in jenen paralysierten Jahren nach dem Krieg, ich muss etwa fünf Jahre alt gewesen sein. Es war der aussichtslose Versuch der Eltern gewesen, das fortzusetzen, was sich vor Ausbruch des Krieges zu einer Beziehung hätte verfestigen müssen, dann aber verschoben und niemals wieder aufgenommen worden war. In unserem Ferienhaus hatte es genauso gerochen, wie es jetzt im Haus der Lorca roch, ein unmöglich zu beschreibendes Gemisch aus Holz, Asche und Politur, grundiert vom Geruch des Erdgases, mit dem man hier wie dort kochte. Mutter und Vater waren zu einem gemeinsamen Spaziergang aufgebrochen, ich blieb im Haus, vermutlich, weil der Gang schwerwiegende Beschlüsse herbeizuführen bestimmt war. Ich hatte damals, ebenso wie jetzt, kein Zeitgefühl gehabt; schon die erste halbe Stunde kam mir vor wie ein unglückliches Leben. Das Haus war fremd, ich hatte kaum Spielzeug, und als es zu regnen begann, bildete ich mir ein, die Eltern seien im Unwetter umgekommen und würden nie mehr zurückkehren. Ich fühlte mich wie der einzige Mensch in einer Welt von unermesslicher Größe und Gewalt, verlassen von denen, die für mich zu sorgen versprochen hatten. Nach draußen zu gehen, um mich wenigstens in der Suche noch als handelnd fühlen zu können, fiel mir nicht ein; ich war ausgeliefert, ganz gleich, was ich tat oder nicht tat, ich bestand aus nichts als der ziellosen Angst, allein zu sein und es zu bleiben.

Aber natürlich, irgendwann kamen sie zurück, ich war erleichtert, und man sollte meinen, ich hätte durch diese Erfahrung das Vertrauen zurückgewonnen, dass die Dinge niemals so aussichtslos waren, wie sie schienen; dass das Ende immer gut sein würde. Doch sie kehrten zurück, als hätten sie unterwegs schreckliche Dinge gesehen, wort- und fassungslos, und meine restliche Kindheit glich dem

Versuch, mit bloßer Menschenkraft zwei auseinanderdriftende Kontinente zusammenzuhalten.

Das Klingeln an der Tür nahm ich zunächst teilnahmslos hin wie den Anblick der Carabineros auf der Brücke, fast wie ein Urteil, mit dem man lange gerechnet hatte. Dann hörte ich Anas Rufen: »Juan, are you there?«

Das Gefühl der Erleichterung, an das ich mich noch kurz zuvor nicht mehr hatte erinnern können, war doch irgendwo in meinem Körper gespeichert gewesen, ein vergessener Lochstreifen, der hervorgeholt und eingelesen werden konnte: Als ich neben Ana lag, ihren warmen Körper an meinem spürte und alles erfüllt sah, was ich in den letzten Tagen unwiderruflich verloren geglaubt hatte, war ich so glücklich wie nie mehr seitdem.

Ana sah furchtbar aus. Als sie die Sonnenbrille abnahm, war ihr Gesicht gerötet und eingefallen, die Augen dunkel gerändert wie nach mehreren durchwachten Nächten. Ein Veilchen erstreckte sich furchteinflößend von der Schläfe bis hinunter zur Wange; ich wollte mir die Frage verkneifen, schaffte es aber nur zur Hälfte. »Was ist passiert? Wer war das?«

Sie sah mich an, rätselhaft, und wandte den Blick ab.

»War er das? Emilio?« Ich biss mir auf die Lippen; Anas Augen blitzten, ob ein Vorwurf oder das Eingeständnis ihrer Hilflosigkeit in ihrem Blick lag, war damals für mich nicht zu entscheiden. Ich spürte den heftigen Impuls, sie zu umarmen, und genau das tat ich, ohne weiter eine Antwort zu erwarten, die sie nicht geben wollte. Sie erwiderte die Nähe erst zögernd; dann aber standen wir minutenlang unbewegt auf der Schwelle, schweigend, tief atmend, und erst als Ana sich, während sie die Tür schloss, nervös noch einmal nach der Straße umsah, ging mir auf, dass sie sich die ganze Zeit über verfolgt gefühlt haben musste. Und dennoch stillgehalten hatte.

»Was ist mit deinem Gesicht?« Ihre Frage, als hätte ich nicht kurz davor dieselbe gestellt. »Tut es weh?« Sie deutete auf meine Stirn; ihre Stimme war belegt.

Während ich Wasser aufsetzte, erzählte sie, dass die Junta dabei sei, das gesamte öffentliche Leben einzustampfen; alle Parteien und Zeitungen, ja selbst die Nachrichten seien verboten worden. »Pinochet«, sagte sie verächtlich. »Und wir haben ihn für jemanden wie Prats gehalten. Er hat den Eid geschworen, keine drei Wochen ist das her! Wenn Verrat einen Namen hätte –«

Ich ließ mich auf einen Küchenstuhl sinken, versuchte einen Schluck zu trinken, verbrühte mir die Lippe. Durch die Jalousien am Küchenfenster malte die Sonne dunkle Streifen über Anas Körper.

Um das Thema zu wechseln, fragte ich, was am Morgen des Putsches im CORFO geschehen sei, nachdem Óscar und ich es verlassen hatten. Ihr Bericht war fahrig, immer wieder wich sie meinem Blick aus. Die Soldaten hätten das Gebäude den ganzen Vormittag über belagert. Nach Allendes Radioansprache sei Pedro Vuskovic, der Vizedirektor des CORFO, mit einer weißen Fahne vor die Tür getreten. Ein paar hätten sich geweigert, sich zu ergeben, immerhin war einige Stunden zuvor noch von Kampf die Rede gewesen. Nach einer kurzen Verhandlung und einer

Ansprache von Vuskovic an die Belegschaft seien die Soldaten schließlich ohne Waffengewalt hereingekommen und hätten Pässe kontrolliert. Alle Mitarbeiter hätten sich draußen in einer Reihe aufstellen müssen; ein paar seien weggebracht worden.

»Wer?«

»Luisa. Mario. Fernando.«

»Was ist mit Óscar?«

»Niemand hat etwas von ihm gehört.«

Da wusste ich, dass wir ihn lange nicht wiedersehen würden, ebenso wie die anderen. Und fühlte mich schuldig, ohne zu wissen, wofür.

»Was hast du jetzt vor?«, fragte ich. Was ich damit meinte, war: Was sollen wir jetzt nur tun?

Sie zuckte die Achseln. Was konnte man tun? Aus irgendeinem Grund, als sei ein Bekenntnis zu diesem Zeitpunkt das Einzige, das überhaupt sicher war, sagte ich: »Ich werde auf keinen Fall für die Faschisten arbeiten.« Als ich das sagte, meinte ich es so, aber gleichzeitig kam mir der Satz vor wie für die Galerie; als erwartete Ana, ihn von mir zu hören.

Sie sagte lange nichts. Ich sah, konnte sogar spüren, dass ihr Körper sich versteift hatte. Ich fragte sie nicht, was mit ihr sei, denn ich wusste ja, was war, oder glaubte, wie so oft, dass das, was ich wusste, schon alles war.

Ich sah in meine inzwischen leere Tasse.

Wir rauchten.

»Erinnerst du dich an Jochen?«, fragte sie mich nach einer Weile.

Es war eine rhetorische Frage. Jochen war neben mir der einzige Deutsche im CORFO, ein Wirtschaftsberater aus Ost-Berlin. Honecker hatte ihn nach seinen Antrittsbesuchen in Kuba und Chile Mitte 1972 geschickt, um die Verstaatlichung der Minen und Baustoffindustrie zu unterstützen und ganz allgemein beim Aufbau des Realsozialismus zu helfen. Ich hatte lange den Eindruck gehabt, dass niemand rechte Verwendung für ihn hatte, er selbst eingeschlossen; irgendwann war ich dann sicher gewesen, dass es so war. Alles, worüber er redete, waren Señoritas und die politischen Fehler Allendes.

»Was ist mit ihm?«

»Er verließ das CORFO kurz nach euch beiden. Er wollte versuchen, sich zur deutschen Botschaft durchzuschlagen.«

»Zu welcher?«

Sie zuckte wieder die Achseln, ihr Blick war abwesend. Überhaupt ging etwas von ihr aus, das mich frösteln machte; als sei sie nicht richtig da. Ihre Haare hingen halb vor ihrem Gesicht, als gehörten nicht einmal sie dorthin.

»Kann ich duschen?«, fragte sie.

Der Kessel begann zu pfeifen; Ana stand auf, schon wollte ich ihr verbieten, sich hier für die Bewirtschaftung zuständig zu fühlen, aber sie ignorierte den Herd und ging ohne ein weiteres Wort nach oben. Ich dachte daran, wie wenig ich, jenseits des Bildes, das ich mir von ihr gemacht hatte, über ihr Leben wusste. Ein wenig ahnte ich, was und wie sie dachte: über Design, Sodbrennen nach scharfem

Essen, über die kleinen und die großen Themen. Über Männer und Frauen. Ich hatte in Deutschland nie mit einer Frau ungezwungen über *Themen* reden können. Die Fremdsprache aber und unser bisweilen etwas überspannter Jargon, in dem zum Beispiel »Liebe« meist in einem Atemzug mit »Sozialtechnik« erwähnt wurde, wie um eine besonders scheußliche Medizin überhaupt genießbar zu machen, ließen die Intimität zwischen uns zu einer diskursiven Notwendigkeit werden, die höchstens zufällig, wenn überhaupt, sie und mich betraf. Aber auch darin war die Intimität noch vorhanden, und unsere Übereinkunft bestand früh darin, sie durch diese Hintertür wieder zuzulassen.

Wer von uns beiden den ersten Schritt gemacht hatte, als ich ihr ein Handtuch hinlegte und sie, mir nachrufend, ein größeres verlangte, weiß ich nicht mehr. Sie zog den Vorhang zur Seite, nass, dampfend; nackt. Sie nahm das kleine Handtuch und hielt es selbstvergessen vor die Brust, wartete darauf, dass ich ihr das andere gab. Ist Erwartung ein Handeln?

»Don't you like it?« Anas atemlose Frage an meinem Ohr, als sie spürte, wie mein Körper sich unter ihren Berührungen spannte, war meine eigene. Es gefiel mir; wie lange hatte ich mich danach gesehnt. Andererseits war ich im Zweifel, ob ich es zulassen durfte. All das, ihr Körper, die Nähe, ihr Geruch, fühlte sich aufregend und echt an. Überzeugend. Doch unter dem Diktat des Körpers mochte alles überzeugend sein, man redet sich, wie unter Folter, alles nur Erdenkliche ein, um sein Begehren zu rechtfertigen. Woher sollte ich wissen, welche Absichten Ana hatte? Ob sie jemanden und wen sie betrog? Meine Hypothesen mussten sich auf eine lächerliche Datenbasis stützen, ich verfügte nur über wenig Erfahrung in diesen Dingen. Deswegen versuchte ich, keine Hypothesen aufzustellen, fiel, als wir uns schwitzend voneinander lösten, wie durch ein endloses Fallrohr aus der Welt der Objekte dämmernd in mein monadisches Selbst zurück. Ob es einen anderen oder warum es ihn jetzt nicht gab, war mir, geborgen in Anas erschöpfter Wärme, gleichgültig: Sie und ich waren die betäubende Gesamtheit aller menschlichen Gesellschaft.

Hinterher, als man Sätze wieder zu Ende sprach, oder überhaupt wieder in Wörtern kommunizierte, war es dann nicht mehr Begehren, das mich an ihr bannte, sondern der vertraute Klang ihrer Stimme, das Tröstliche ihrer bloßen Gegenwart.

»I felt something«, sagte Ana erstaunt, als sei das durchaus ungewöhnlich. Ich weiß nicht, ob mich Eifersucht oder die Unterdrückung eines affektierten Stolzes dazu veranlassten, die Frage nach Emilio, die schon die ganze Zeit über uns kreiste, endlich laut auszusprechen.

Wir saßen erneut in der Küche, bei einem letzten Rest Nescafé; ein weiterer Tag in dieser neuen Welt ging zu Ende, abermals war alles verändert. Ich wollte mich meines Glücks versichern, war das nicht natürlich? Mein verdammter Zweifel, die verfluchte Skepsis.

»It doesn't matter«, sagte sie rauchend und sah mich nicht an. Ich erforschte ihren Blick und ihr versteinertes

Schweigen und wagte schließlich nicht, mehr von ihr zu verlangen.

Am Abend war ich wieder allein. Gegen 21 Uhr fuhren auf der anderen Straßenseite Soldaten vor. Ich beobachtete aus dem Dunkel meiner Stube, wie sie an Carlos' Haus klingelten, Juna beiseitestießen und ohne zu zögern eindrangen. Ich hörte die Schreie gedämpft durch die verschlossenen Fenster. Lichter in Nachbarhäusern gingen an und sofort wieder aus. Nur eine Minute später kamen die Soldaten mit Carlos heraus, der die Hände über den Kopf hob wie zum Schutz vor Schlägen oder zum Beweis seiner Fügsamkeit. Er blieb in unnatürlicher Haltung auf dem Vorrasen stehen und schien auf Anweisung zu warten oder darauf, dass sie ihn gleich vor den Augen seiner Kinder erschießen würden, die sich halb hinter der weinenden Mutter verbargen. Nach einer weiteren Minute kamen zwei Soldaten mit Kartons aus dem Haus, ich konnte nicht erkennen, was sie enthielten. Sie stießen Carlos in den Wagen und fuhren weg.

Sie hatten keine anderen Häuser im gesamten Viertel durchsucht. Nur dieses eine. Das von Carlos und Juna.

Lange spielte ich mit dem Gedanken, zu ihr hinüberzugehen. Würde sie mich beschimpfen? Anklagen? Würde sie sich von mir trösten lassen? Letztlich traute ich mich nicht, vor ihr zu stehen und ihr nicht in die Augen sehen zu können. Natürlich gab es keinen Zusammenhang zwischen meinem Telefonat und Carlos' Verhaftung; doch wir sind daran gewöhnt, es für Kausalität zu halten, wenn Donner auf Blitz folgt.

Ich stieg hinauf in mein Zimmer und zog zwei der Bücher aus dem Regal, die ich nach Chile mitgenommen hatte: Maos *Rotes Buch*, dessen Besitz mir plötzlich nicht nur unverantwortlich, sondern vollkommen töricht vorkam, sowie Marcuses *Eindimensionaler Mensch*. Wieder unten, nahm ich die Streichhölzer, entfachte ein Feuer im Ofen und schob die Bücher nacheinander hinein. Rauch drang in die Stube, der Kamin zog nicht richtig, dennoch machte ich weiter. Ich tat es ohne Bedenken, ohne Panik, und ich schob es auf meine Gewissenhaftigkeit, dass ich im Anschluss abermals hinaufstieg und auch Proudhons *Theorie des Eigentums* sowie Debords *Gesellschaft des Spektakels* verbrannte, die kein chilenischer Fußsoldat als linke Literatur, zumal nicht auf Deutsch, erkannt hätte.

Letztlich verbrannte ich an diesem Abend alle meine Bücher, nicht nur die politischen, sondern auch Stanleys, die die Grundlage unserer Arbeit hier waren und so durchweg unpolitisch wie ihr Gegenstand: Kybernetik und Management. Ich war nicht ängstlich, von Panik war, wie gesagt, keine Rede. Ich war gründlich. Sogar *Jonathan Seagull* ließ ich nicht aus, das Kinderbuch, das Stanley uns allen reihum zum Lesen gegeben hatte, eine etwas schwelgerisch geratene, jedenfalls harmlose Fabel über eine Möwe, die ihre Bestimmung darin findet, anders und höher zu fliegen als alle anderen. Den Einband zierte ein Schwarm Vögel, neben denen handschriftlich die Vornamen derer notiert waren, die das Buch bereits gehabt hatten: Ana,

Óscar, Hernán, Mario, Octavio. Wenn ich überhaupt etwas dachte, als sie auf dem Einband Blasen warfen und zu Asche wurden, dann, dass die Stube ohnehin voller Rauch war. Und dass es jetzt nicht mehr darauf ankam.

0011

ENTSCHEIDUNGSMASCHINE

Während meiner ersten Monate in Santiago war mein einziger Arbeitsplatz die Universidad de Chile, wo ich eine kleine, engagierte Gruppe von nur unwesentlich jüngeren Studenten darin anleitete, den allgegenwärtigen Mangel lindern zu helfen und dabei nach Möglichkeit noch etwas zu lernen. Wir zeichneten Designstudien und Konstruktionspläne für Landmaschinen, Steingutgeschirr, alle Arten von Mobiliar und auch ein paar Konsumgüter wie etwa für einen Kofferplattenspieler – Produkte des täglichen Bedarfs, die Chile bisher nur aus dem Ausland beziehen konnte. Sie sollten einfach, zweckmäßig und kostengünstig gestaltet sein. Besonders stolz war ich auf einen Messlöffel, den wir für Allendes Milchprogramm entwarfen. Zahlreiche Kinder in Chile waren auch im ersten Jahr nach der Einführung der Milchsubventionen noch immer unterernährt oder litten an Mangelerscheinungen, was daran lag, dass das Milchpulver oftmals falsch dosiert wurde. Unser Messlöffel wirkte dem entgegen, indem er schnell herzustellen war, kostenfrei verteilt werden konnte und die Dosierung selbst für Analphabeten intuitiv verständlich machte. Dieses kleine, unscheinbare Ding verkörperte damit ziemlich genau das, was ich mir unter gutem Produktdesign und sinnvoller Arbeit vorstellte.

Ich kann nicht sagen, ob Chile meinen Erwartungen entsprach oder nicht; ich hätte dafür wohl wissen müssen, was meine Erwartungen waren. Auf den ersten Blick konnte man Santiago für eine gewöhnliche Großstadt halten, vor allem im Zentrum oder den bürgerlichen Vierteln Las Condes und La Reina im Osten, wo das Straßenbild mit Bürgerhäusern im Kolonialstil, großzügigen Parks und seiner Infrastruktur beinahe europäisch anmutete. Zum Stadtrand hin entsprach es mit den Poblaciónes mehr und mehr dem geläufigen Bild unterentwickelter Slums: Wellblech- oder Bretterverschläge auf gestampfter Erde, ohne Strom- und Wasserversorgung, mit einer Säuglingssterblichkeitsrate von über 30 Prozent und allen nur erdenklichen Arten von Elend.

Doch davon sah ich zunächst wenig. Nach meiner Ankunft in Chile war ich vollauf damit beschäftigt, mich langsam zurechtzufinden mit meinem Intensivkurs-Spanisch und der Aufgabe, plötzlich Lehrer in einem fremden Land zu sein. Dabei hielt sich die Fremdheit, bis auf das schwer zu verstehende chilenische Spanisch, durchaus in Grenzen. In meiner Reiseführervorstellung lebten in Chile hauptsächlich Indios und Mestizen, die den ganzen Tag im Poncho herumliefen und auf Cocablättern herumkauten. Tatsächlich bestand die städtische Mittel- und Oberschicht fast ausnahmslos aus den Nachkommen der Konquistadoren. Viele meiner Studenten hatten in der

Schule Englisch gelernt, was die Verständigung beträchtlich erleichterte; einige der Älteren waren sogar schon im Ausland gewesen, auch in den USA. So privilegiert sie waren, viele äußerten unverhohlen ihre Sympathie für Allende, selbst wenn ihre Eltern zu den Leidtragenden seiner Verstaatlichungen geworden waren. Dadurch bemerkte ich schon sehr früh die Risse, die sich durch Allendes Wahl im Land aufgetan hatten.

Der Fachbereich Produktdesign, der in Ulm mitentwickelt worden war und selbst in Deutschland noch Nischenstatus hatte, war in Chile gänzlich unbekannt. Meine Studenten hatten von industrieller Massenfertigung oder Materialkunde zwar vage gehört, sich bisher aber noch keine konkrete Vorstellung davon machen können. Sie kannten den Umgang mit natürlichen oder naturnahen Werkstoffen aus den vielen kleinen und mittelständischen Handwerksbetrieben Chiles, und der Gedanke, dass einige Formen und Bauweisen zweckmäßiger waren als andere, war ihnen selbstredend bekannt. Von modernen Verbundstoffen wie etwa Polyester- oder Epoxidharzen mit ihren verschiedenen Verarbeitungsverfahren, die in Mitteleuropa inzwischen zum Standard gehörten – in erster Linie natürlich der Druckguss –, hatten sie hingegen zum großen Teil noch nie gehört.

Doch obwohl ich ihnen abverlangen musste, in kurzer Zeit die Entwicklung vom Sägen und Feilen über moderne Schichtholzbiegetechniken bis hin zu Kunststofflaminierungen nachzuvollziehen, wirkten sie niemals überfordert, sondern waren fasziniert von dem, was ich ihnen in den Werkräumen zeigen konnte. Sie sogen, was ich mitbrachte, förmlich auf, und so füllte ihre gespannte Aufmerksamkeit oft genug jene Lücken, die meine fehlerhafte Grammatik riss.

Ich gewöhnte mich recht schnell an die Transformation meines Alltags wie etwa die, mein Trinkwasser abzukochen, Verspätungen nicht als Unhöflichkeit zu interpretieren und Telefon oder Fernseher nicht als Selbstverständlichkeit. Bei anderen Dingen dauerte die Gewöhnung etwas länger. Die Busse verkehrten zum Beispiel völlig unberechenbar, nicht nur, was ihre Abfahrtszeiten, sondern – viel schlimmer – oft auch, was ihre Fahrtrichtung anging. Außerdem war so gut wie immer die Dämpfung der Fahrzeuge defekt oder nicht mehr existent, was auf eine Fahrweise zurückging, die ich nur als wahnsinnig bezeichnen konnte. Der Bau einer U-Bahn war noch unter Allendes Vorgänger Eduardo Frei begonnen worden, doch bis zur Inbetriebnahme der ersten Linie würden noch Jahre vergehen, gerade eine Handvoll Stationen befanden sich im Bau.

Noch bei meiner Ankunft hatte ich befürchtet, von den Chilenen als blasierter Europäer angesehen zu werden, entweder beargwöhnt oder demütig respektiert. Dass ich vorerst isoliert blieb, hatte aber nicht das Geringste mit den Menschen um mich herum zu tun, sondern ausschließlich mit mir. Ich tat mich schwer damit, wirklichen Kontakt herzustellen, der über ein paar Fragen und Antworten hinausging. Ich ging nicht mit den Studenten aus, weil mir das unangemessen vorgekommen wäre; zu den anderen Lehrkräften, die überwiegend deutlich älter waren als ich, bekam ich erst recht keinen Draht. So blieb ich allein mit mir und den Büchern, die ich mitgebracht hatte, unternahm weite Spaziergänge durch Santiago, um wenigstens die inneren Bezirke dieser riesigen Stadt ein wenig kennenzulernen, und ging hin und wieder in das Kino Arte Alameda, um mir amerikanische oder französische Filme anzusehen.

Im September 1971 war ich auf einem Empfang der deutschen Botschaft eingeladen, den die Gesellschaft für Entwicklungshilfe ausrichtete. Dort sprach mich Alfonso Acuña an, damals Projektleiter im CORFO. Er war kaum älter als ich, verfügte aber bereits über vollendet parkettsicheres Auftreten, ohne dabei jovial oder selbstgefällig zu wirken. Tatsächlich brachte er das Kunststück fertig, einen zugleich bescheidenen und selbstsicheren Eindruck zu hinterlassen. Er fragte mich mit leiser Stimme und auf Englisch, ob ich gut in Chile angekommen sei, mich zurechtfinde, ob mir die Heimat fehle und so weiter. Wir redeten eine Weile über Dinge, über die man bei Anlässen wie diesen eben redet, bevor er mich völlig unvermittelt fragte, ob ich mich jemals mit Kybernetik auseinandergesetzt hätte. Er hatte eine leicht beunruhigende Art, einen anzusehen, ja zu prüfen mit seinem Blick, nicht direkt zudringlich, aber forschend und unnachgiebig.

Nun, was man so unter »Auseinandersetzen« verstehen wolle, sagte ich. Ich wusste, dass diese ziemlich junge, interdisziplinäre Denkweise zur Beschreibung von Steuer- und Regelungsprozessen genutzt wurde und auf Norbert

Wiener zurückging, dessen Buch *Mensch und Menschmaschine* ich gelesen hatte. Wiener hatte im Zweiten Weltkrieg den Amerikanern dabei geholfen, eine selbststeuernde Flugabwehrkanone zu konstruieren, die das fundamentale Problem lösen sollte, Ziele zu treffen, die sich mit hoher Geschwindigkeit auf einer nicht konstanten Flugbahn bewegten. Der Kerngedanke des Mathematikers Wiener war der, dass man die statistische Auswertung aller in der Vergangenheit praktizierten Ausweichmanöver der Piloten – unter Berücksichtigung so verschiedenartiger Parameter wie Schwerkraft, Windgeschwindigkeit oder Stresspegel des Piloten – in die Zielmechanik integrieren müsse. Auf der Grundlage dieser Daten lasse sich aus der Summe bisherigen Verhaltens das mögliche zukünftige errechnen.

»That's quite a lot«, sagte Alfonso, ohne dass ich den Eindruck hatte, er sei überrascht; viel eher wirkte sein gemessenes Lächeln, als entspräche meine Antwort seiner Erwartung. Ich sei nicht mehr als ein halb informierter Laie, wiegelte ich ab. Das war nicht kokett gemeint; die Kybernetik war eine Art Forschungsmode, insofern war es unausweichlich gewesen, sie nicht zumindest am Rande zur Kenntnis zu nehmen.

Alfonso nickte höflich. Dann fragte er mich, ob ich Interesse hätte, an einem kybernetischen Projekt teilzunehmen.

»Was denn für ein Projekt?«

Er könne noch nicht allzu viel darüber sagen, aber es sei etwas, das in seinen Projektbereich im CORFO fiele. Es handle sich um den Versuch, eine ganz bestimmte Art von Flugbahn zu errechnen.

»Welche denn?«

»Die der chilenischen Wirtschaft«, sagte Alfonso.

»Der was?«

»Um genau zu sein, der gesamten Industrieproduktion unseres Landes. Der Fabriken. Stahlfabriken, Fahrradfabriken, Konservenfabriken. Ölraffinerien, Energieerzeugung, Papier, Pharmazeutik – alles.«

Ich sah ihn mit offenem Mund an.

»Und zwar alles gleichzeitig«, sagte Alfonso, hob sein Sektglas an meines und stieß an. So perplex ich auch war – meine Bereitschaft erkannte Alfonso, noch bevor ich ja gesagt hatte. Er lächelte.

»Es gibt da einen englischen Kybernetiker«, sagte er, ein interessanter Mann namens Stanley Baud sei das, der in London als Professor und Unternehmensberater arbeite und eine Reihe von Büchern über kybernetische Prinzipien im Management geschrieben habe; Alfonso stelle sie mir gern zur Verfügung. »In ein paar Tagen wird er nach Santiago kommen. Ich habe ihn eingeladen. Wenn du willst, stelle ich euch einander vor.«

»It's a kind of decision-machine«, sagte Stanley in jenem distinguierten British English, das ich, wie so vieles an ihm, schnell zu schätzen lernte. Neben mir, um mich herum, saß eine Gruppe von etwa zehn mir unbekannten Personen. Als ich den großen Konferenzraum des CORFO betrat, waren bereits alle versammelt; Baud stand neben

Alfonso an der Kopfseite eines langen Tisches, an dem nun auch ich als letzter Platz nahm. Alfonso schloss hinter mir die Tür und erteilte, ohne selbst etwas zu sagen, sofort dem Briten das Wort.

Er war sehr groß und ein wenig untersetzt; das nackenlange Haar hatte er sich quer über die bereits lichten Stellen gekämmt; ein sehr langer Vollbart relativierte den Eindruck, er könnte das aus Eitelkeit getan haben. Ein über der Hose getragenes knittriges Hemd, das nicht einmal den Versuch unternahm, seinen fortgeschrittenen Bauchansatz zu verhüllen, machte einen solchen Verdacht endgültig zunichte. Eine schmale Panatela-Zigarre war derart zwischen seinen Fingern befestigt, dass man hätte meinen können, es handle sich um einen angeborenen Ausstattungszusatz; ohne dieses Utensil, glaube ich, sah ich ihn nie.

»Ich bin Stanley Baud«, sagte er freundlich. »Alfonso hat euch sicher gesagt, weshalb ich hier bin.«

Ich sah mich unter den Anwesenden um. Niemand machte den Eindruck, als könnte er sich an irgendwelche diesbezüglichen Absprachen erinnern. Mir war sofort klar, dass Alfonso ihnen genauso viel über das Projekt erzählt hatte wie mir, nämlich so gut wie nichts. Jetzt saßen wir hier bestellt, aber noch nicht eingeweiht, und fühlten uns ein wenig pennälerhaft, so als sei an unserer Unwissenheit mangelhafte Vorbereitung schuld. Einige schrieben, um diesen Eindruck zu zerstreuen, eifrig mit. Die Frau mir gegenüber – die einzige in der Gruppe – versah ihre Kladde mit kleinen Randzeichnungen. Alle außer mir schienen Einheimische, zumindest aber Lateinamerikaner zu sein. Es war unmöglich zu sagen, welchen Fachrichtungen sie entstammten; wie Akademiker sahen alle aus.

»Ich bin erst heute Morgen in Chile angekommen«, sagte Stanley strahlend. »Ich habe seit 36 Stunden nicht geschlafen, aber ich muss sagen: Selten bin ich so glücklich gewesen, übermüdet vor Menschen zu sprechen. Was in Chile vorgeht, seit euer Compañero Presidente die Wahl gewonnen hat, erfüllt mich mit großer Freude und Hoffnung. Natürlich könnt ihr das alles viel besser beurteilen als ich, aber ich habe das Gefühl, dass für das chilenische Volk eine große Zeit angebrochen ist. Allende hat sich vorgenommen, dieses Land aus seiner historischen Benachteiligung gegenüber den Industrienationen zu führen. Ich bekenne hier und jetzt, dass ich stolz darauf bin, ihm dabei helfen zu dürfen. Das ist der Grund, aus dem ich hier bin: Alfonso und ich wollen den neuen Präsidenten unterstützen. Und dazu brauchen wir eure Hilfe.«

Stanley nahm zu jedem Einzelnen von uns Blickkontakt auf, als vergewissere er sich, dass die Wirkung seiner Worte erwartungsgemäß eintrat.

»Jeder von euch wurde für dieses Projekt vorgeschlagen, weil er – oder sie – in einem bestimmten Bereich über Kenntnisse verfügt, die für uns von entscheidender Bedeutung sein werden. Jeder von euch wird der Kopf einer Arbeitsgruppe sein, die einen essenziellen Teil zum Ganzen beisteuert, ob ihr nun Designer, Elektrotechniker, Statistiker oder Fernmeldespezialisten seid. Für unser Projekt brauchen wir eure Fähigkeiten in all diesen Disziplinen, um sie zu einer einzigen großen Unternehmung zu integrieren.« Stanley ließ eine Pause entstehen, die, obwohl sie diese Wirkung hatte, nicht unbedingt als dramatische gemeint war, denn er hatte sich lediglich die Nase geschnäuzt und stopfte jetzt sein Taschentuch wieder zurück in die Hosentasche. Dann sagte er betont sachlich: »Our project, by the way, is running the whole Chilean economy by computers.«

Die Frau mir gegenüber hatte während Stanleys Rede ihr ansonsten leeres Papier mit Schnörkeln und Ornamenten bedeckt. Dabei berührte ihre Nasenspitze fast das Papier, was noch komischer wirkte angesichts der Tatsache, dass sie ihre Brille als eine Art Haarreif auf dem Kopf trug. Jetzt hob sie den Kopf, und mit einer knappen Handbewegung manövrierte sie die Brille auf die Nase, als hätte sie etwas verstanden, das Baud unmöglich gesagt haben konnte.

»Was wir zusammen schaffen werden, meine Freunde, ist nicht weniger revolutionär als das, was der Compañero Presidente seit seiner Wahl im letzten Jahr vollbracht hat. Allende ist, wie ihr besser wisst als ich, ein leidenschaftlicher Politiker. Während seine Revolution eine politische ist, wird unsere eine technische sein – ein Wagnis, das selbst in den hoch entwickelten Industrienationen noch niemand versucht hat, zu vergleichen vielleicht nur mit dem Mondflug der Amerikaner. Auch wir werden die Ersten auf unserem Gebiet sein. Aber der Zweck unserer Anstrengungen liegt nicht im Profit, nicht einmal in wissenschaftlichem Ehrgeiz. Der Zweck von Cybernet – so nenne ich das System – liegt darin, dem chilenischen Volk zu dienen, so wie euer Präsident es tut.«

Wieder machte er eine Pause und sah uns an, als wolle er uns auf eine erste wichtige Lektion vorbereiten. Ich schlug eine Seite auf und zog die Kappe von meinem Füller.

»Lasst uns ein wenig über Wirtschaft reden, einverstanden? Alle wirtschaftlichen Probleme, ob hier oder anderswo, sind das Ergebnis von Knappheit. Das ist ein wichtiger ökonomischer Lehrsatz. Die Ressourcen einer Gesellschaft sind begrenzt; deswegen müssen sie zugeteilt werden. Wer soll dafür verantwortlich sein? Wie viel bekommt jeder? Wann? Wo? Was muss er dafür tun? In England, wo ich herkomme, und auch sonst in der westlichen Welt wird behauptet, dass die beste Art der Zuteilung auf einem freien Markt stattfinden müsse. Nun ist der Kapitalismus allerdings auf Ungleichheit aufgebaut; er dient vielleicht der Innovation und dem Fortschritt, aber er dient nicht dazu, allen Menschen ein menschenwürdiges Leben zu ermöglichen.

Der Kapitalismus betrachtet sowohl die Arbeitskraft als auch die Bedürfnisse der Menschen als Ware. Arbeit und Bedürfnisse sind aber viel mehr als nur Ware: nämlich ein anderer Name für das, was das Leben überhaupt ausmacht. Wenn eine Wirtschaftsform das menschliche Leben nur noch als Ware betrachtet und entsprechend behandelt, dann wird sie die menschlichen Beziehungen und schließlich die gesamte Gesellschaft zerstören. Darum geht es bei sozialistischen Revolutionen wie dieser: Ein würdiges Leben für alle Menschen ist nur möglich, wenn man ein besseres Verteilungssystem einführt als den Kapitalismus. Euer Präsident ist angetreten, weil er davon überzeugt ist, dass in Chile die Zeit dafür gekommen ist. Und ich bin stolz, heute vor euch zu stehen und sagen zu dürfen, dass ich ihm dabei helfen werde, so gut ich kann.«

Alle hatten ihre Stifte wieder beiseitegelegt und sahen Stanley an, noch immer reserviert, aber mit großer Neugier.

»Das Verteilungssystem, das ich vorschlage«, sagte Stanley nun fast beiläufig, so als ginge es dabei nicht um die Überwindung der bisherigen Weltordnung, »ist allerdings nicht die Planwirtschaft. Um es gleich vorweg zu sagen: Ich habe zwar mein Leben lang große Sympathien für den Sozialismus gehabt, aber ich bin kein Kaderkommunist. Ich bin kein Mitglied irgendeiner Partei, und ich halte eine zentrale Verwaltungswirtschaft für keine leistungsfähige Alternative zum Kapitalismus. Sowenig mein Modell die Menschen zu Konsumsklaven machen will, so wenig sollen damit ihre vitalen Bedürfnisse der Willkür von Bürokraten unterworfen werden. Es will stattdessen nichts anderes sein als ein Instrument, das ein hochkomplexes, multikausales und gleichzeitiges Geschehen kontrollierbar macht, sodass möglichst viele Menschen einen Nutzen davon haben. Dieses Instrument interessiert sich nicht für Profit, sondern nur für Effizienz. In Chile herrscht Knappheit an beinahe allem, und nur durch Effizienz wird es möglich sein, trotzdem alle Menschen mit dem Nötigen zu versorgen.«

Stanley redete weit über eine Stunde, sehr ruhig und

konzentriert, als würde er uns aus einem Buch vorlesen, das vor langer Zeit geschrieben worden war. Alles darin klang, als sei es längst geschehen: Stanley hatte eine Stimme, der man alles glauben wollte. Was er sagte, sagte er ernst und verbindlich, aber niemals humorlos, vielmehr mit großer Selbstverständlichkeit und einer leisen Ironie, die wiederum nicht der Vermeidung einer Haltung, sondern nur der höflichen Milderung ihrer sonst womöglich penetranten Deutlichkeit diente. Er kritisierte, wenn er kritisierte, sehr angelsächsisch: Die Worte »schlecht« oder »falsch« kamen in seinem Sprachgebrauch nicht vor, er sagte: Nun, dein Entwurf lässt erkennen, dass du die Richtung verstanden hast, warum versuchst du es nicht mit …? Am Anfang machte mir diese Art, Versäumnisse so zu umschreiben, dass daraus Leistungen wurden, Schwierigkeiten; ich brauchte einige Zeit, um zu begreifen, dass dahinter keine Konfliktscheu stand, sondern die Kunst, ein Team zu motivieren.

Es ist leicht, jemandem wie mir als Vaterfigur zu erscheinen. Mein Vater hatte sich, als meine bewussten Erinnerungen einsetzten, aus der Welt der Erwachsenen bereits für immer zurückgezogen. Mein Vater war der Mann, der in der Gartenlaube unseres Grundstücks wohnte und auf Ideen kam wie die, unseren Cockerspaniel Bilbo ein Jahr nach seinem Tod wieder auszugraben und seine Knochen mit Draht zu seiner ursprünglichen Statur zusammenzufügen, weil er ernsthaft glaubte, er könne mir damit eine Geburtstagsfreude machen. So war mein Vater.

Man kann nicht einmal sagen, dass Stanley immer für

uns da war; tatsächlich kam er nur etwa alle zwei Monate zu uns nach Chile. Aber er war es, der unserem Projekt, so absurd es mir auch zwischenzeitlich erschien, seine unbezweifelbare Integrität verlieh. Sein Herz.

An jenem Tag bei unserem ersten Treffen im Konferenzraum des CORFO umriss Stanley jedem von uns seine Aufgabe. »Óscar«, sagte er, indem er eine weitere Zigarre anpaffte, »wir werden hier eine Computerzentrale einrichten. Du wirst ihr Leiter sein.« Óscar nickte, als hätte er diese Information bereits vorher erhalten. »Hernán, du und deine Leute bei ENTEL seid Spezialisten für Telekommunikation. Wir werden stabile Telefonleitungen in die entlegensten Teile des Landes benötigen, egal wie hoch oder wie abgeschieden. Jede einzelne relevante Fabrik in diesem Land wird an unser System angeschlossen sein.«

Hernán runzelte die Stirn. »Inwiefern angeschlossen?«

Stanley signalisierte ihm, sich noch ein wenig zu gedulden. »Javier, von deinem Team brauchen wir die Produktionsdaten dieser Unternehmen: ihre Kapazität, Auslastung, Energieverbrauch, Tonnage des Rohstoffbedarfs, die Arbeitskräfte, deren Fachabteilungen und Arbeitsbrigaden, die Schichten. All diese Daten werden uns direkt aus den Fabriken über die Telefonleitungen übermittelt. Dann fasst ihr die wichtigsten davon zu Indizes zusammen, mit denen wir unsere Computer füttern können.«

Stanley sah sich abermals fragend in der Gruppe um. »Mario? Wer von euch ist Mario?«

Alfonso bedeutete ihm einen Mann in Jeans und Alpakapulli, der sich mit einem schüchternen Handzeichen zu erkennen gab. »Mario, du koordinierst das Statistikteam, das diese Indizes verwalten und auswerten wird.«

»Wenn ich kurz etwas fragen darf«, sagte Mario. »Wir reden hier von Daten aus wie vielen Fabriken?«

Stanley antwortete mit dieser so typischen Mischung aus Vorsicht, Sachlichkeit und Übermut: »Wir peilen etwa 400 an.«

Mario hob die Augenbrauen. »Wir reden also von Daten aus 400 Fabriken, die sich täglich ändern?«

Stanley verriet mit einem unscheinbaren, aber unverkennbar zufriedenen Seitenblick auf Alfonso, dass er auf einen solchen Einwand vorbereitet war.

»Um genau zu sein, ändern sich die Daten nicht täglich, sondern stündlich. Wir wollen kein überholtes Wissen über diese Fabriken, sondern immer die aktuellsten Daten. Wir wollen die Daten in dem Moment, in dem sie entstehen. In Realtime.«

»Das ist unmöglich«, sagte Mario mit höflicher Zurückhaltung und sah, wie um sich seine Einschätzung bestätigen zu lassen, abermals Hernán an, doch dieser schien inzwischen zu überlegen, ob die Datenleitungen, für die sein Team zuständig war, nicht so etwas wie der Schlüssel zu Stanleys Plan sein konnten. Sofern man es einen Plan nennen konnte.

»Ein Team von Programmierern in London ist in diesem Augenblick dabei, eine algedonische Software mit dem Namen Cyberstride für diese Daten zu schreiben. Octavio: Alfonso hat dich mir als den besten Computerspezialisten Chiles angepriesen.« Octavio, gedrungen und untersetzt, trug eine Malcolm-X-Brille und ein Kreuz um den Hals. Später sollte ich mich noch oft darüber wundern, dass kaum etwas an ihm wirklich zusammenpasste – seine technische Brillanz, die nachlässige Kleidung, seine Vorliebe für Pilze und besonders deren psychotrope Exemplare –, doch vermutlich lag das an jener sanften Selbstsicherheit, mit der er jetzt auch Stanleys Schmeichelei hinnahm: »Danke, Alfonso«, was in der Gruppe aus irgendeinem Grund für Gelächter sorgte. Alfonso deutete eine Verbeugung an; es kam nicht oft vor, dass er sich auf einen Spaß einließ.

»Aber was sollen wir mit all diesen Daten anfangen?«, dies wieder von Mario. »Wir werden darin ersticken!«

»Well«, sagte Stanley gedehnt, wie er es immer tat, wenn er eine gute Antwort wusste. »We will anticipate the future.« Er genoss unsere Aufmerksamkeit. Stanley, diesen Eindruck gewann ich schon bei unserem ersten Treffen, hatte alles bereits bis in die kleinste Einzelheit durchdacht. Sein Modell gab es nicht erst seit ein paar Tagen oder Wochen; er hatte Jahre daran gearbeitet. Und ebenso lange hatte er auf die Chance gewartet, es auf die Probe stellen zu können, in einem Kontext, wie er gewaltiger nicht sein konnte. »Wir lassen Chiles Wirtschaft vom Computer simulieren und spielen auf diese Weise verschiedene Szenarien durch. Zum Beispiel setzen wir die gesamte Warenmenge eines einzelnen Tages in Beziehung zur Inflation, zur momentanen Kaufkraft der Bevölkerung, damit zum erwarteten Absatz, zum Aktienmarkt und so weiter. Die Parameter sind völlig variabel. Auf diese Weise können wir den Produktionsbedarf vorhersagen und Engpässe verhindern, bevor sie entstehen. Unser System wird nicht nur alles wissen, was in den chilenischen Fabriken in einem bestimmten Moment geschieht, sondern auch, *was geschehen könnte!*«

Mario wirkte noch immer, als nähme er kein Wort ernst, wagte aber angesichts des aufmerksamen Schweigens der Restgruppe nicht, noch eine weitere Frage zu stellen.

»Unser Prophet«, fuhr Stanley unbeirrt fort, »wird unser Operations Room sein, der jede gewünschte Information auf Knopfdruck zur Verfügung stellen kann. Im Opsroom wird es nicht einen einzigen Fetzen Papier geben. Wir wollen uns weder durch Texte noch durch umständliche Zahlenkolonnen quälen, sondern uns einzig und allein auf intuitiv verständliche Grafiken stützen. Das heißt, aus allen Informationen, die bei uns ankommen, muss unsere großartige Grafikdesignerin Ana«, hier sah er die Frau mir gegenüber an, »*Bilder* machen. Diagramme, um genau zu sein.«

»Das schaffe ich nicht allein«, sagte Ana, die Frau mit der Brille, die sie, als Stanley sie angesprochen hatte, sofort wieder ins Haar geschoben hatte. »Ich brauche auch ein Team. Keiner hat bisher mit mir über mein Team gesprochen.«

»Sicher«, fiel Alfonso begütigend ein und trat einen Schritt vor. »Es dürfte ja mittlerweile klar geworden sein, dass wir für dieses Unternehmen alle Ressourcen zu nutzen bereit sind, die wir haben. Wir werden über die Details im Anschluss …«

»Ich kann das auf keinen Fall alleine machen«, sagte Ana. »Nicht dass es hinterher heißt –«

»Lasst mich zu eurer Beruhigung eines klarstellen«, sagte Stanley an uns alle gerichtet. »Vor uns liegt eine immense Herausforderung. Alfonso und ich wissen das. Wir verlangen von niemandem Unmögliches. Wir werden keinen von euch im Regen stehen lassen, wenn es ein Problem gibt.« Er sah in die Runde; schließlich trafen sich unsere Blicke.

»Du bist Hans, richtig? Wir haben dich für das Design des Opsrooms vorgesehen. Der Opsroom ist das Interface der Anlage, die Schnittstelle zwischen Mensch und Computer. Eine Kathedrale des Wissens, wenn ihr mir ein wenig Pathos verzeihen könnt. Hier laufen alle Informationen in Form der grafischen Diagramme auf Bildschirmen zusammen. Ausschließlich Bildschirme! In einer Kathedrale kramt man nicht in seinen Zetteln.«

»Man blättert in der Bibel«, gab ich zu bedenken, was zu einem nervösen kleinen Gelächter führte, dem nicht eindeutig anzumerken war, ob man mich als Witzbold oder Eiferer einstufte.

»Die Bibel ist das Wort Gottes«, sagte Stanley, »und Gott ist allwissend. Das ist ungefähr die Richtung, in die wir denken wollen.«

»Wann immer der Mensch versucht hat, sich mit Gott zu messen, ist er furchtbar bestraft worden«, sagte Ana ernst.

»Das ist wahr«, sagte Stanley. »Ich habe mich vielleicht ein wenig hinreißen lassen. Wir wollen nicht *alles* wissen, sondern nur genug, um die richtigen Entscheidungen über die chilenische Wirtschaft zu treffen. Dazu brauchen wir Informationen, und wir werden dafür sorgen, dass jeder, der die Informationen benötigt, sie auf dem einfachsten und schnellsten Wege bekommt.«

»Gibt es noch irgendwelche Fragen?«, erkundigte sich Alfonso und trat einen Schritt vor. Niemand meldete sich, obwohl an allen Gesichtern abzulesen war, dass sich dahinter noch immer Ratlosigkeit verbarg. Das Vorhaben, das uns Stanley umrissen hatte, klang vollkommen irrwitzig. Auf der Basis dessen, was wir bisher erfahren hatten, konnte keinem von uns klar sein, was er als Nächstes zu tun hatte.

»Entschuldigung«, sagte ich. In dem Konferenzraum war es sehr still, plötzlich hatte ich Sorge, nicht die richtigen Worte zu finden und mich womöglich nochmals ungünstig zu exponieren. In einem von Stanleys Büchern, die mir Alfonso gegeben hatte, *The Brain of the Firm*, hatte ich die Grundzüge seines Denkmodells kennengelernt, das *Viable System Model*. Ich kannte einige der kybernetischen Begriffe, die ihm zugrunde lagen, aber Stanleys Konzept ging weit darüber hinaus. Ich räusperte mich. »Was Sie da eben skizziert haben, Mr. Baud, klingt nach einer vollkommen neuartigen Infrastruktur für Informationen. Es erscheint mir … ambitioniert.«

Es war immer noch still; Stanley nickte bedächtig. Natürlich war das keine Frage gewesen, nicht einmal Kritik; am ehesten klang es wohl wie Anbiederei.

»Wenn du damit meinst, dass es größenwahnsinnig

klingt, dann bist du nicht der Erste. Aber immerhin habe ich Alfonso überzeugt. Und den Präsidenten. Wenn ich also größenwahnsinnig bin, dann sind wir es jetzt wenigstens alle.« Er lächelte breit. »Und übrigens: Bitte nennt mich Stanley.«

0100

FALSCHE FREUNDE

Meine Abholung aus dem Haus der Lorca erfolgte in allen Einzelheiten vollkommen anders, als ich sie mir vorgestellt hatte.

Ich hatte geduscht, Kaffee getrunken und mich angezogen, als sei es ein normaler Arbeitstag, und vielleicht war es das sogar. Ich wusste nicht, ob ein Bus unterwegs sein, nicht einmal, wohin ich fahren würde. Dennoch ließ mein Verhalten nur den Schluss zu, dass ich unmittelbar davor stand, das Haus zu verlassen.

Als ich gerade meine Jacke angezogen hatte, hörte ich ein Auto vorfahren. Ich sah hinaus: Ein Militärjeep hatte direkt vor dem Haus gehalten. Nur der Fahrer saß darin. Er stieg aus, kam zur Tür, klingelte; ich hielt den Atem an. Er klingelte wieder, wir standen vielleicht einen Meter voneinander entfernt, nur getrennt durch die Tür. Dann klopfte er. Es war dieses höfliche, fast zaghafte Klopfen, das mich die Tür öffnen ließ. Davor stand ein junger Soldat mit grotesk vorstehendem Adamsapfel und hängenden Schultern. Er sagte mir, er habe Auftrag, mich ins CORFO zu bringen, ich würde dort erwartet.

Ich fragte, warum.

Das wisse er nicht.

Die Fahrt verlief schweigend, überhaupt in gespenstischer Stille; der Verkehr, in Santiago sonst ein ohrenbetäubendes Hupkonzert, kroch dahin wie sediert. Als wir ankamen, sah ich meine Kollegen, die Sekretärinnen, Kopiergehilfen, bekannte Gesichter: Einige von ihnen trugen zum ersten Mal Uniform. Kollegen, die ich täglich gesehen und gegrüßt hatte, jetzt plötzlich wie in Verkleidung. Dann aber traf mich die Erkenntnis, dass sie jetzt gerade nicht mehr verkleidet waren.

Sie trugen Schreibtische und sonstiges Mobiliar umher, das CORFO war in den wenigen Tagen meiner Abwesenheit einer schon oberflächlich sichtbaren Restrukturierung unterzogen worden. Selbst die Dinge, die auf den ersten Blick gleich geblieben waren – die kunstvoll verzierten Bodenplatten im Foyer, das Fresko der Schlacht von El Roble im Unabhängigkeitskrieg, selbst der aseptische Bohnerwachsgeruch –, schienen gespenstisch wesensverändert.

Ich mied die Blicke, die mir durch das Großraumbüro folgten. Irgendwo lief ein Radio mit dieser amerikanischen Schnulze von Johnny Nash. Der Fahrer blieb vor Óscars Büro stehen und klopfte. Ich wusste, dass nicht Óscar mich erwartete.

Der Offizier, der aufstand und mir die Hand entgegenstreckte, war um die vierzig, vielleicht älter. Er trug eine Uniform mit zwei Ehrennadeln; sein Haar war dunkel und glatt zurückgekämmt, der Ansatz offenbar schon länger im Zurückweichen begriffen, das Gesicht darunter gebräunt, fast sonnengegerbt. Von der Zeit geschliffen, dachte ich, wie ein Stein von den Gezeiten.

»Herr Everding, bitte entschuldigen Sie, wenn wir Sie alarmiert haben!«

Dass er deutsch sprach, war zugleich Schock und Erleichterung. In diesem Raum, unter diesen Leuten, kam ich mir beim Hören der vertrauten Sprache vor, als beobachtete man mich bei etwas sonst Wohlgehütetem, und mehr noch: als hätte man längst noch das unscheinbarste Geheimnis über mich ans Licht gebracht. Andererseits bewegte es mich bis an die Grenze des Sentimentalen, nach langer Zeit, in der ich mich des Spanischen wenig mehr als notdürftig bemächtigt und eigentlich insgeheim verweigert hatte, endlich wieder die deutsche Sprache zu hören. Zwei Jahre lang hatte ich in der beständigen Unsicherheit gelebt, enigmatische Bedeutungen nicht oder nur zerhackt entschlüsseln zu können, war Fremder geblieben, wo ich Freund sein wollte, hatte mich noch mehr wie ein Zaungast gefühlt als vordem in Frankfurt. Auch die gelegentlichen Gespräche mit Jochen hatten meinem Bedürfnis keinen Halt zu geben vermocht, im Gegenteil; in seinen nihilistischen Dunstkreis einzutreten verlangte äußerste Wachsamkeit. Lediglich im Team, in dem das Englische selbstverständlich zu unserer Umgangssprache geworden war, wurde mein Gefühl der Isolation gemildert.

Dem Lächeln des Mannes nach zu urteilen wusste er um die Wirkung seines Auftritts. Er lächelte nicht eigentlich mit den Lippen, die verzog er kaum; die Freundlichkeit illuminierte von den Augen her sein ganzes Gesicht.

»Ich heiße Ignacio Brauer. Comandante Ignacio Brauer. Das ist bei Ihnen in Deutschland ein Major, nein?«

Sein offener Blick verriet die zutreffende Annahme, dass ich mich mit militärischen Diensträngen nicht auskannte, schien sich an meiner Abneigung gegen sie aber auch nicht zu stören. Sein Händedruck war trocken und kräftig. Ich roch starkes Rasierwasser, etwas Klassisches, Old Spice. Er setzte sich und bot mir in derselben Bewegung den freien Stuhl an, der vor dem Schreibtisch bereitstand.

»Sie sind vielleicht überrascht, dass ich Ihre Sprache beherrsche.« Er nahm eine Schachtel Gitanes vom Tisch, schwer zu bekommen in diesen Zeiten, bot mir eine an und brach sich, nachdem ich abgelehnt hatte, die Hälfte einer Pfefferminzpastille ab. Er steckte sie in den Mund und erst dann seine Zigarette an, es wirkte wie ein Ritual. »Hat man Sie gut behandelt auf Ihrem Weg hierher?«

»Kann nicht klagen«, sagte ich und konnte nicht anders, als mir in meiner patzigen Wortkargheit undankbar vorzukommen.

Ich fand Óscars Büro in eine Art Abstellraum umfunktioniert: In der Ecke stand ein nagelneuer Xerox Alto. Er konnte kaum länger als ein paar Wochen auf dem Markt sein. Dem US-amerikanischen.

»Ich habe meinen Leuten angeordnet, Sie nicht zu misshandeln. Leider kann man in dieser Zeit nicht sicher sein, dass solche Befehle immer befolgt werden. Jetzt geschehen so viele unautorisierte Dinge, es ist wirklich, wirklich schlimm, wenn Sie mich fragen, aber …« Er unterbrach sich. »Entschuldigen Sie. Haben Sie Durst? Möchten Sie etwas Wasser trinken? Kaffee?«

Ich schüttelte den Kopf. Obwohl ich mich zwang, nicht mehr als das unbedingt Notwendige zu reden, verlangte meine Höflichkeit, Brauer zumindest im ganzen Satz zu antworten. »Ich habe gefrühstückt. Danke.«

»Sehr schön, wir haben eine Gemeinschaft! Das Frühstück ist leider nicht die Spezialität der Chilenen. Allerdings, das ganze andere Essen auch nicht.« Er sah über meine Schulter hinweg zum noch immer bei der geöffneten Tür wartenden Fahrer und bedeutete ihm mit einem Kopfnicken, uns allein zu lassen.

»Sie sind also nicht arrestiert«, fuhr Brauer beiläufig fort. Ich wusste nicht, was ich darauf zur Antwort geben sollte, ob es überhaupt eher Frage oder Feststellung gewesen war, und sagte deswegen unbestimmt: »Ich verstehe.« Das wiederum war gelogen. Meiner Erleichterung traute ich nicht.

Brauer sah mich prüfend an und rauchte. Er schien sich zuvor nur wenig länger in diesem Raum aufgehalten zu haben als ich; mit halber Neugier zog er einige Schubladen auf und kramte abwesend darin herum. Expect the unexpected – das hat Stanley immer wieder gesagt, wenn er hier war. Bei meinem Versuch erkannte ich jetzt, dass der einzige Vorzug dieser Phrase darin bestand, zupackend zu klingen.

»Herr Everding«, sagte Brauer, gab seine Suche nach einem Aschenbecher auf und aschte schließlich in die hohle Hand, »ich habe Ihnen noch nicht expliziert, warum ich deutsch spreche. Ich fürchte, es ist nicht ganz die Praxis, die Sie gebrauchen.«

»Ich gebrauche das Deutsche ebenfalls zum Sprechen.«

Brauer kräuselte zum ersten Mal ein wenig die Lippen. »Das war sehr komisch. *Ebenfalls zum Sprechen*. Wirklich!«

Ich legte es nicht darauf an, ihn zu verstimmen; ich hatte nur das Gefühl, ein solcher Versuch gehöre der Umstände halber hierher. Brauer schien diese Art Pflichtschuldigkeit bereits zu kennen.

»Meine Mutter war aus Frankfurt, mein Vater aus Danzig. Sie sind beide schon lange gestorben.«

»Frankfurt«, wiederholte ich, doch bevor daraus eine leichtfertige, womöglich fraternisierende Anekdote werden konnte, biss ich mir auf die Lippen. »Das tut mir leid.«

Brauer winkte ab. »Sie hatten eine respektable Existenz. Sehr glücklich. Wir kommen aus Valdivia, dort ist es … Waren Sie schon mal da? Dort lebt eine große deutsche Kommune. Sie kamen nach Chile in den zwanziger Jahren.«

Óscars Schreibtisch war voller Büroutensilien. Brauer nahm scheinbar wahllos ein Bild in die Hand, eingefasst in einen roten Lederrahmen, ein Foto von Óscars Frau Marta und den beiden Kindern. Er betrachtete es eine Weile wie selbstvergessen, dann stellte er es wieder zurück. Falls er damit irgendeine Reaktion meinerseits provozieren wollte, so schien er nun nicht darauf zu achten, sondern sah stattdessen aus dem Fenster, obwohl es außer der engstehenden Fassade des angrenzenden Gebäudes nichts zu sehen gab.

»Ich bin immer kurios für alles, was deutsch ist. Vielleicht berichten Sie mir ein bisschen von der alten Heimat?«

»Kurios ist es dort jedenfalls nicht«, sagte ich. Sofort fixierte Brauer mich und hob eine Braue, es wirkte, als hätte er dafür längere Zeit vor Spiegeln gestanden.

»Sie sagen nicht *kurios*, nein? Wie sagen Sie das noch mal?«

»Neugierig. Wir sagen neugierig.« Wer, *wir*, dachte ich – wir Deutschen? Wir jungen Leute? Wir Menschen?

»Ja, klar. Neu-gierig. Das ist sehr schön, gierig für das Neue. Das bin ich.«

»Kann ich vielleicht doch ein Glas Wasser haben?«

»Ja, klar!« Er rief den Fahrer, der somit auch als Wasserträger, Faktotum und vielleicht sogar Handlanger erkennbar wurde, wieder herein und trug ihm die Bestellung auf. Sein Spanisch war vokabelreich, schnell und sicher, aber irgendetwas daran klang sonderbar. Mir fiel nicht gleich auf, was es war. Er sprach weniger melodisch, kantiger, verschluckte das S am Silbenende nicht, wie es die meisten Chilenen tun, er sprach es überhaupt viel lehrbuchmäßiger, wie eine Fremdsprache.

Als das Wasser kam, nahm ich meinen Mut zusammen und stellte die Frage, die mich vom Beginn dieser Unterhaltung an beschäftigt hatte. »Was ist mit den anderen, die hier arbeiten?«

»Mit den anderen? Wen meinen Sie?«

Ich zuckte unwillkürlich die Achseln. »Alle«, sagte ich.

»Sie meinen Ihre … Freunde?« Er verlieh dem Wort eine ironische Färbung, vielleicht täuschte ich mich auch. »Ich hoffe, ihre Residenzen von Ihnen zu erfahren!«

Sofort versteifte sich jeder meiner Muskeln, spannten sich die Sehnen; mein Körper eine einzige Verweigerung. »Ich habe niemanden gesehen. Ich weiß nicht, wo sie sind.«

»Also, Sie haben nicht Óscar Fuentes gesehen, nein?«

Ich sagte nichts. Bewegte mich nicht.

»Sie wissen nicht, wo Óscar Fuentes ist, und wir wissen es auch nicht. Dann weiß niemand. Das ist sehr kläglich – kläglich? –, denn ich habe dringend konkrete Fragen an ihn. Wichtige Fragen. Wenn Sie also etwas sagen können über ihn …«

»Was soll das?«, platzte ich heraus. »Er ist nicht zu Hause, seine Familie kommt um vor Sorge. Er hat zwei Kinder!«

»Sie haben also mit seiner Frau gesprochen.«

»Was wollen Sie von mir? Sie wissen doch genau, wo er ist!«

»Bitte beruhigen Sie sich. Ich sagte Ihnen ja erstmals schon, wie verwirrt diese Zeit ist. Viele Menschen tun viele Dinge, und nicht immer weiß die eine Hand von der anderen. Das ist auch gültig für das Militär. Zweitens, Sie waren ultimativ zusammen mit Óscar Fuentes. Sie wissen exakt, was mit ihm passiert ist.«

»Was soll das heißen? Wer sagt das?«

»Ihre *Freunde* sagen das, Herr Everding.«

»Was?«

Unvermittelt stand Brauer auf und streckte mir die Hand entgegen. »Ich muss Sie jetzt leider entlassen.«

Ich sah verständnislos zu ihm auf.

»Ich muss dringende Befehle erteilen. Bitte warten Sie vor der Tür.« Er hatte den Telefonhörer aufgenommen und fing an zu wählen; sein Blick wies mich zur Tür.

»Wie haben Sie das eben …?« Aber er schüttelte den Kopf und sprach schon spanische Anweisungen in den Hörer. Als ich die Klinke drückte, sagte Brauer, indem er die Hand über die Muschel legte: »Ich habe noch eine Rekommendation für Sie, Herr Everding. Rasieren Sie den Bart ab. Es ist sicherer in dieser Zeit mit Ihrem wahren Gesicht.«

Draußen entdeckte ich Octavio. Er sah ebenso verwirrt aus, wie ich es war. Soweit ich wusste, war er kein Mitglied irgendeiner Partei; obwohl wir kaum jemals direkt darüber gesprochen hatten, war ich aber immer sicher gewesen, dass er unserem Projekt und Allende gegenüber absolut loyal gewesen war. Doch ich konnte nicht wissen, ob das jetzt, im Angesicht der großen Wende, noch immer so war, und er konnte es von mir auch nicht wissen.

Er hatte sein Büro bei ENTEL ein paar Straßen weiter, doch jetzt suchte er Vuskovic, der nirgends aufzufinden war.

»Was ist hier los?«, fragte ich.

Die allgemeine Geschäftigkeit um uns herum machte einen reichlich kopflosen Eindruck, niemand schien recht zu wissen, welche Aufgabe er hatte, jetzt, da die alte Ordnung außer Kraft gesetzt war.

»Wissen die selbst nicht«, sagte Octavio mit gesenkter Stimme und hielt mir seine Zigarettenschachtel und dann das Feuerzeug hin. »Die haben nicht einmal eine Ahnung, was in diesen Büros vorher gemacht wurde. Nichts als …« Hier brach er ab und warf mir einen prüfenden Blick zu, dann setzte er neu an. »Egal. Hast du eine Ahnung, wo unser Zeug ist, Juan?« Im ersten Moment fürchtete ich einen Vorwurf, weil er vielleicht den Inhalt des Koffers meinte, aber er schüttelte den Kopf. »Der Opsroom«, sagte er leise.

Ich antwortete, dass wir die gesamte Einrichtung am Vortag des Putsches wie besprochen in Kisten verpackt hatten.

»Aber wo sind die Sachen jetzt? Ich war heute Morgen bei Quimantú. Alles ist leer.«

Eine Ahnung gehabt zu haben schließt Bestürzung eigentlich aus, dennoch spürte ich, wie etwas in mir zusammensackte. Wir hatten an den Kontrollsesseln und Projektionsanlagen des Opsrooms ein Jahr lang hart gearbeitet; nichts hatte ich mir mehr gewünscht als zu erleben, wie dies alles funktionstüchtig im dafür vorgesehenen Raum des Regierungspalastes installiert werden würde. Jetzt musste ich annehmen, dass die Militärs die gesamte Konstruktion vernichtet hatten.

»Wie geht es dir?«, fragte ich Octavio nach einer Pause. »Hast du jemanden von uns getroffen?«

Er sah mich seltsam fragend an, antwortete aber nicht.

Natürlich, dachte ich. Er hatte mich aus Óscars Büro kommen sehen, in dem er einen neuen Befehlshaber der Junta wusste. Ich nahm ihm sein Misstrauen nicht übel.

»Hör zu, Octavio«, sagte ich und versuchte ein unbeschwertes Lächeln, »ich versichere dir, ich bin nicht beim chilenischen Militär, okay?« Ich hätte erwartet, dass ihn das ebenfalls zum Lächeln bringen würde, doch er schien durch mich hindurchzusehen. Jedenfalls dachte ich das zuerst. Tatsächlich sah er mir über die Schulter. »Du musst vorsichtig sein«, sagte er leise.

Im nächsten Moment nahmen mich ohne weitere Ankündigung zwei Soldaten links und rechts bei den Armen und gaben mir Anweisung, sie zu begleiten. Erst erschrak ich, doch dann beruhigte ich mich schnell. Die beiden Soldaten waren vier oder fünf Jahre jünger als ich selbst, im gleichen Alter wie die Studenten meiner Designklasse, einem Alter, in dem man noch nicht einmal ganz weiß, wer man ist. Dass sie mit mir im Befehlston sprachen, kam mir, zumal nach dem Gespräch mit Brauer, völlig unangebracht vor. Ich lächelte sie an, wie um ihnen das Wohlwollen zuzusichern, mit dem ich ihr Missverständnis zu betrachten bereit war. Ihre Gesichter blieben ausdruckslos, und sie stießen mich vorwärts.

Wir verließen das Gebäude durch den Hintereingang, der in die Sackgasse der Calle Ramón Nieto mündete. Dort stand ein Armeejeep, ähnlich dem, mit dem ich gekommen war. Die beiden Soldaten verlangten meinen Pass; ich ging davon aus, dass dies die Aufklärung des Missverständnisses nur beschleunigen konnte. Die Gasse war menschenleer, es war warm; vielleicht zum ersten Mal bemerkte ich, dass es Grund gab zu schwitzen.

Einer der Soldaten sagte, ich müsse mitkommen, und wies auf den Jeep; die Art, wie der andere mich am Arm fasste, ließ mich Widerstand leisten. Ich sagte, dass ich noch vor fünf Minuten mit Comandante Brauer gesprochen habe, der mir aufgetragen habe … Sofort schrie der Soldat, dass ich mein Maul zu halten habe, seine Wut überraschte mich. Ich weigerte mich, in den Jeep zu steigen; daraufhin traf mich etwas hart im Gesicht, ich begriff erst, als ich am Boden saß, dass es der Gewehrkolben gewesen war. Die beiden versuchten mich hochzuziehen; jetzt schlug ich um mich und schrie meinerseits, dass ich deutscher Staatsbürger sei und man so nicht mit mir umgehen dürfe. Der Kolben traf mich erneut, diesmal an der Stirn. Ich sackte zusammen und landete abermals auf dem Boden, mit einiger Verzögerung kam das Schmerzsignal an, auch die Angst; bittend hob ich eine Hand, als entspräche dies dem vereinbarten Zeichen zum Spielabbruch. Aber das Spiel hatte gerade erst begonnen. Sie traten und schlugen mich wieder und wieder mit ihren Gewehrkolben, ich konnte nur schützend die Arme über meinem Kopf verschränken und hoffen, dass es schnell gehen würde, was auch immer. Sie beschimpften mich, ich habe vergessen, wie und womit. Irgendwann rissen sie mich hoch und legten mir Handschellen an, dann knallten sie mich gegen den Jeep, um mich zu durchsuchen.

Als sie die Tür öffneten, um mich auf den Rücksitz zu verfrachten, ertönte von oben eine Stimme, und ich kann mich erinnern, wie absurd mir der Anblick Brauers erschien, der sich wie der Haustyrann aller lärmenden Nachbarskinder aus dem Fenster lehnte und herunterrief, was da vor sich gehe. Die Soldaten antworteten, ein »Subversiver« werde verhaftet. Ich staunte, wie schnell Brauer es auf die Straße schaffte, schon deckte er die beiden mit einer für mich kaum verständlichen Suada ein, in der es, wie ich erschloss, um die Reinigung von Latrinen in chilenischen Militärschulen mit Zahnbürsten ging. Er war wütend, aber beherrscht, und forderte die beiden auf, sich unverzüglich fortzuscheren.

Als ich kurz darauf erneut in Óscars Büro saß, kam es mir vor, als seien Monate seit dem letzten Mal vergangen. Mein Gesicht brannte, meine Rippen schmerzten vor Prellungen. Ob Monate oder Minuten, Entscheidungen werden in Sekunden getroffen. Es war noch kein schlimmer Schmerz, mehr so, als sei man in einer Rauferei unter Jungs ein wenig hart geboxt worden, es hatte fast etwas Lustvolles. Der Unterschied war, dass dies nicht im Spaß geschehen war. Brauers Büro kam mir vertrauter vor als beim ersten Mal. Sicherer.

»Herr Everding, ich muss mich verzeihen im Namen für das, was geschehen ist. Ich habe Ihnen ja gesagt … aber nein, ich will keine schlechte Ausrede gebrauchen, meine Männer haben einen fatalen Fehler gemacht. Ich habe hier etwas Pisco … nehmen Sie! Trinken Sie! Das ist gut gegen Ihren Schock!«

Er reichte mir eine kleine Metallflasche; ich trank, ohne nachzudenken.

»Das Ganze war ein horribler Irrtum. Zeigen Sie!« Er besah sich mein Gesicht. »Nur ein kleiner Hämatom, seien Sie nicht besorgt!« Er ließ sich zufrieden in seinen Stuhl zurückfallen, brach sich eine Pastille durch, rauchte.

»Diese ... Bastarde! Sie sind wie Kinder, die den Kröten die Beine ausreißen. Ein bisschen stupido, aber brutal. Ich sagte Ihnen ja schon: das ist der Bart. Die halten Sie für einen Guerillero!«

»In einem Regierungsgebäude?«, fragte ich verwirrt.

Er strich sich ratlos über die Haare. Ich hing gekrümmt auf meinem Stuhl, plötzlich drehte sich alles, ich fürchtete, mich übergeben zu müssen. Auf das einsetzende Bewusstsein, zum Ziel realer körperlicher Misshandlung geworden zu sein, hatte mich in meinem Leben bisher kaum etwas vorbereitet.

»Sie sind ganz weiß! Sie fallen ja gleich vom Stuhl!«, sagte Brauer. Er stand auf und kam um den Schreibtisch herum. »Kommen Sie. Kommen Sie!«

Ich ließ mich von ihm hinausführen, fragte nicht, wohin; unten auf der Straße atmete ich freier. Die Luft war klar wie nach einem Regen, ich erinnere mich, dass mir die Konturen der Häuser und Autos übernatürlich scharf vorkamen, die Farben intensiver, der Verkehrslärm unwahrscheinlich deutlich differenziert in die Einzelgeräusche von Fords, Citroëns, VW-Käfern. Die Normalität lief wieder an wie eine überholte, aber veraltete Maschine. An einer Hauswand überstrich ein Mann eine Parole, »Viva la CUT!«, eine Frau machte, als sie Brauer sah, kehrt und ging schnell davon.

Brauer führte mich in ein nahe gelegenes Lokal, wo sofort ein Tisch freigeräumt und eingedeckt wurde; er bedeutete mir, mich zu setzen, und ließ die Mittagskarte kommen. Ich behauptete, nicht hungrig zu sein; in Wirklichkeit wollte ich nicht mit ihm essen. Er insistierte und bestellte das Hühnchen.

Das sei aus, sagte die Kellnerin verschämt.

»Was soll das heißen? Es steht aber doch auf der Tafel!«

Die Versorgungslage, sagte die Kellnerin.

»Dann die Plateada!«

Die sei ebenfalls aus.

»Auch die Versorgungslage?«, fragte Brauer spitz; die Kellnerin sank noch ein wenig weiter in sich zusammen. »Was ist mit Fisch?«

Abermals Kopfschütteln; ich bekräftigte, keinen Hunger zu haben, doch Brauer schien eine persönliche Angelegenheit daraus gemacht zu haben.

»Empanadas. Empanadas werden Sie doch wohl haben!«

Für sich genommen war seine Sorge rührend.

Schließlich trank ich mehr Pisco und aß eine Art Gulasch mit Nudeln, wahrscheinlich aus Resten, allerdings ausgezeichnet. Brauer erzählte, er habe von jungen Soldaten gehört, die an Hunden ihre Kaltblütigkeit schulten, indem sie ihnen bei lebendigem Leib Gliedmaßen abschnitten und studierten, auf welche Weise besonders große Schmerzen zu erzielen seien. Sie übergossen etwa die Wunden mit ätzenden Flüssigkeiten. Ich schnitt mein Fleisch, folgte halb seinen Räuberpistolen und wurde auf meine Indifferenz erst aufmerksam, als Brauer sich entschuldigte, Derartiges beim Essen zur Sprache zu bringen. Allerdings erzählte er sofort weitere Gräuelgeschichten, während ich mit immer größerer Hingabe mein Essen hinunterschlang, sei es, um mich von seiner Rede abzulenken, sei es, weil mein Appetit sich zur Gier steigerte, so sehr, dass ich mir schließlich verkneifen musste, meinen Teller abzulecken. Brauer hatte lediglich Coca-Cola getrunken.

Im Hinausgehen, während er mich beiläufig, fast freundschaftlich bei der Schulter fasste und seine Sonnenbrille aufsetzte, sagte er, ich solle mir keine Sorgen machen, er werde auf mich aufpassen, *mein Junge*. Sein Old Spice drang mir in Nase und Hirn und vermischte sich mit dem Nachgeschmack des Pisco, und an dieser Stelle, zur Straße hinaus, das gleißende Mittagslicht auf den Messingknöpfen seiner Uniform und der spiegelnden Sonnenbrille, verblassen meine Erinnerungen an diesen Tag. Wie unter Narkose ging er zu Ende, und am Abend, ich weiß nicht, warum, schreckte ich aus dem Bett noch einmal auf, um wie unter Zwang ins Bad zu gehen, die Schere zu nehmen, immer wieder zu zögern, schließlich den Rasierer. Als ich fertig war, blickte mir aus dem Spiegel ein vollkommen unbekanntes Gesicht entgegen.

0101

MÁXIMO LÍDER

Ende 1971, an einem Samstag nicht lange nach unserem ersten Treffen, fuhr ich mit Alfonso in die Innenstadt, um die Baustelle des neuen Kongresszentrums zu besichtigen. Allende ließ es anlässlich der 3. United Nations Conference on Trade and Development bauen, die von April bis Mai 1972 in Santiago stattfinden würde. Der Bau erstreckte sich über die Breite von zwei Fußballfeldern an der Avenida Bernardo O'Higgins und dominierte die gesamte Umgebung mit seiner vielleicht ein wenig sinister geratenen Stahl- und Glaskonstruktion. Obwohl die Konferenz, wie sich dann im April des folgenden Jahres zeigen sollte, dem Land bei allem Prestige wirtschaftlich kaum weitergeholfen hatte, war dieses Gebäude doch immer als Allendes Vermächtnis an das chilenische Volk gedacht gewesen; nach der Konferenz sollte es als Kulturzentrum und Begegnungsstätte genutzt werden.

Alfonso besorgte sich beim Bauleiter zwei Helme und führte mich durch die Flure. Das Team, das Stanley und er zusammengestellt hatten – unser Team –, existierte noch immer nur rein formell; gearbeitet hatten wir noch nicht miteinander, nicht einmal ein zweites Treffen hatte nach

Stanleys Einführung stattgefunden, und ich hatte mich bereits ernsthaft mit dem Gedanken befasst, ob Stanley Baud nicht einfach seinen Honorarvorschuss eingestrichen und sich auf und davon gemacht hatte. Alfonso, obwohl er als Planungsbeauftragter im CORFO an der Quelle der Informationen saß, war mit ihrer Herausgabe sehr zurückhaltend; ich konnte aus seiner leicht linkischen Körperhaltung und Miene keinerlei Schlüsse darauf ziehen, ob aus Kalkül oder nur aus persönlicher Neigung.

Überall in dem Gebäude wurde noch gearbeitet, der Termin der Konferenz war in greifbare Nähe gerückt. Hier, wie überall in der Stadt, war zu spüren, welche Kräfte Allendes Regierung mobilisiert hatte. Der Bau war innerhalb von zehn Monaten aus dem Boden gestampft worden, Hunderte von Arbeitern waren Tag und Nacht im Einsatz gewesen. Vielleicht bildete ich es mir nur ein, aber die Arbeiter, die im Casino etwa mit dem Einbau des Buntglasdaches oder mit dem Gießen des Estrichs beschäftigt waren, wirkten auf mich bei aller Hektik geradezu beseelt, nicht weniger als die Kunsthandwerker, die ihre maßgefertigten Messingtürgriffe (in Form geballter Fäuste) an den Pforten zum Konferenzsaal montierten. Die Hingabe, die ich bei ihnen allen spürte, war mir schon oft begegnet, seit ich im Land war.

Alfonso führte mich zu einer Gruppe von Leuten, die in einem Wartebereich mit eben angelieferten Möbeln über irgendwelchen Entwürfen saßen. Ich erkannte als Einzige Ana wieder, ausgerechnet daran übrigens – sie stand mit dem Rücken zu mir –, dass sie sich tief über eine der Skizzen gebeugt hatte, wobei die Brille wieder auf ihrem Kopf saß. Sie trug einen engen Rollkragenpullover und Schuhe mit Absätzen, die vielleicht ihre, wie ich jetzt sah, recht geringe Größe kaschieren helfen sollten. Die Augen zu Schlitzen verengt, die Stirn in Falten gezogen, wollte sie ihren Platznachbarn, als den sie offenbar jemand anderen als mich erwartet hatte, eben fragen, was er davon halte. Jetzt allerdings stieß sie überrascht und auf Spanisch hervor: »Oh. Du bist es. Was hältst du davon?«

Aus irgendeinem Grund imitierte ich ihre Kurzsichtigkeit und antwortete auf Englisch, dass ich leider meine Brille nicht finden könne.

»Oh, you!« Sie lachte und griff wie automatisch nach oben. »Do you like this better?«

Obgleich mich freute, wie bereitwillig Ana mir ins Englische gefolgt war, gab ich ein wenig dümmlicher als beabsichtigt zurück, dass mich nicht so sehr ihr Aussehen, sondern ihre Entwürfe interessierten.

»Oh, que simpático«, und ohne sich darum zu scheren, ob sie sich von meiner Barschheit nun ernstlich brüskiert oder bloß ein wenig aufgezogen fühlen sollte, wandte sie sich Alfonso zu, um ihn nach den Details jenes ominösen Projektes zu fragen, dessentwegen er uns zusammengebracht hatte. Statt aber Ana und auch mich von unserer Verlegenheit abzulenken, gab Alfonso weiterhin kaum etwas preis, sondern beschränkte sich darauf, uns in den nächsten Tagen wieder mit Baud zusammenführen zu wollen, der inzwischen, so verriet Alfonso immerhin, einen Plan of Action ausgearbeitet habe. Er zeigte ihn uns; ein großes Blatt mit allerlei Planungsschritten samt Anmerkungen und Querverweisen, das Alfonso nicht weiter kommentierte. Erst später fand ich heraus, dass er zu diesem Zeitpunkt nicht viel mehr davon verstanden hatte als wir.

Während ich mich vergeblich bemühte, kryptischen Anweisungen wie »Geography Cybernet study« oder »Profile analysis tests« irgendeine verwertbare Information zu entnehmen, sagte Ana, indem sie mir das Papier aus der Hand nahm: »Du arbeitest an der *Chile*, no? Für einen Dozenten bist du ganz schön jung«, und der Abschuss dieses Pfeils wurde nur ein wenig gemildert dadurch, dass sie wieder ins Englische gewechselt war. Als sei nur das noch zwischen uns zu klären gewesen, wandte Ana sich abrupt wieder ihren beiden Kolleginnen zu, mit denen sie, ebenso erfolglos wie ich, das Strategiepapier untersuchte.

Eine der Frauen, Luisa, zeigte uns Entwürfe für jene Piktogramme, die in dem Konferenzgebäude den Weg zu den Aufzügen und WCs markieren sollten. Sie hatte sie mit einem Skalpellmesser aus farbigem Karton ausgeschnitten, was Ana als Idee zwar begrüßte, in der Ausführung allerdings bemängelte, die Schnitte seien unsauber. Das waren sie tatsächlich. Ana zeigte Louisa, wie das Messer korrekt zu führen sei; allerdings war auch ihr Resultat, wie ich schon auf die Entfernung sah, nicht perfekt.

»Das ist einfach nicht das richtige Material«, sagte ich und merkte selbst, wie belehrend es klang. Mein Spanisch reichte gerade aus, um schmucklose Lehranweisungen zu geben; als feinmechanisches Instrument zwischenmenschlicher Begegnung dagegen taugte es nicht besonders.

»Ach, wirklich?«, fragte Ana denn auch gereizt, um allerdings beherrschter fortzufahren: »Leider haben wir kein anderes.« Ich wiederum wusste, dass es eine Möglichkeit gab, besseres Material in einem argentinischen Großhandel zu bekommen, man konnte es per Post bestellen.

»Für so was braucht man aber Geld«, konterte Ana.

»I'm just trying to help«, sagte ich entschuldigend.

»Yes«, sagte sie und versuchte ein Lächeln. »Sorry.«

Es hatte nach diesem kleinen Scharmützel eigentlich kaum danach ausgesehen, als bestünde zwischen uns noch weiterer Gesprächsbedarf, weswegen ich mich bald zum Gehen wandte. Da fragte Ana, die mit ihren Begleitern ebenfalls im Aufbruch begriffen war, ob ich mir nicht auch die Reden im Nationalstadion anhören wolle: Fidel Castro wurde heute nach seinem dreiwöchigen Staatsbesuch von Allende zeremoniell verabschiedet. Sie war vielleicht bloß höflich, aber dennoch freute ich mich darüber, offenbar als dazugehörig betrachtet zu werden.

Als wir in der Nähe des Stadions aus dem Bus stiegen, fanden wir uns auf einer riesigen Fonda, die sich zur Solidaritätskundgebung für Allende und Castro ausgeweitet hatte, oder umgekehrt. Aus Tausenden Kehlen erklangen Sprechchöre wie »¡Allende, Allende, el pueblo te defiende!« oder »¡Yankis, cínicos y ladrones, ya no son nuestros patrones!« Überall wurden die Parolen von Musik begleitet, hatten Anwohner Transistorradios in die Fenster gestellt, in denen Radio Portales die Reden Castros wiederholte, die dieser in den letzten Tagen und Wochen im ganzen Land gehalten hatte. Hier tanzten an einer Straßenecke Großmütter mit ihren Enkelinnen zu Cueca und Salsa, dort versuchte ein alter Gewerkschafter im zerschlissenen Sonntagsanzug den Leuten einzutrichtern, dass und wie sie sich organisieren müssten, um die Versorgungsengpässe in den Griff zu bekommen. Die Versorgung schien indes wenigstens im Moment keinerlei Probleme zu bereiten, an jeder Ecke stand ein improvisierter Grill mit Fleisch und Empanadas, daneben Bottiche voll Mote con huesillos, ein mir zwar unverständliches, allerdings schmackhaftes Gemisch aus Weizengraupen und Pfirsichwasser. Zwei verloren wirkende mormonische Missionare schienen eben einzusehen, dass ihrer eigentlichen Aufgabe nachzugehen an diesem Ort vollkommen aussichtslos war. Sogar die vermummten, schwarz gekleideten Gestalten der Patria y Libertad, bewehrt mit Bauhelmen und Schlagstöcken, die ganz offen am Rand des Gejubels in drohenden Kolonnen dahinzogen, ließ man gewähren.

Octavio, der außer Computerspezialist auch ein Experte für Pilze zu sein schien, hatte zur allgemeinen Belustigung ein paar Exemplare verteilt, harmlos, wie er sagte, völlig harmlos …

Mit einem Mal war ich ganz *hier*: Die Musik, der Qualm der Imbissstände, die verschwitzte Erwartung auf den Gesichtern der Menschen, die zum Estádio Nacional strömten, das alles wirkte auf mich, als sei ich damit *verbunden*. Nicht dass ich berauscht gewesen wäre oder Halluzinationen gehabt hätte, aber ich war durchdrungen von einem diffusen Gefühl friedvoller Größe, anders kann ich es nicht beschreiben. Noch ein paar Tage zuvor hatte ich an der Uni eine ältere Ausgabe des *Time Magazine* in die Hände bekommen, das anlässlich Allendes Wahl getitelt hatte: MARXIST THREAT IN THE AMERICAS. Von Bedrohung war jetzt für mich nichts zu spüren, im Gegenteil: Bis ganz tief hinunter in mein Selbst konnte ich einen kollektiven Willen zu Frieden und Verbrüderung empfinden.

Mag sein, ich war, möglicherweise, doch berauscht.

Wir trafen eine Freundin von Ana, Yolanda, die sich unserem Pulk anschloss und schon wenig später bei mir unterhakte, weil ich, wie sie sagte, so verloren aussehe. Sie schreibe, erzählte sie, für eine Zeitung, und war überhaupt sehr redselig. Irgendwie kam man auf die Enthüllungen des US-Militärberaters Daniel Ellsberg zu sprechen, der Hunderte von Akten über den Vietnamkrieg aus dem Pentagon hatte mitgehen lassen, um sie der *New York Times* zuzuspielen. Aus ihnen ging hervor, wie Lyndon B. Johnson und Richard Nixon die Weltöffentlichkeit jahrelang über die Gründe für den Krieg in Indochina belogen hatten; der Angriff auf ein amerikanisches Kriegsschiff im Golf von Tonkin durch Nordvietnam war beispielsweise nur vorgetäuscht gewesen, um den USA einen Kriegsgrund zu liefern. Ellsberg hatte nun Tausende von kompromittierenden Dokumenten aus dem Pentagon geschmuggelt und mithilfe seiner beiden Kinder in wochenlanger Arbeit fotokopiert.

»Jetzt sind sie bei Ellsbergs Psychiater eingebrochen«, erzählte Yolanda.

»Wer: sie?«

»Dieselben, die auch in das Watergate-Hotel eingestiegen sind.«

Sie redete so schnell, dass ich ihr kaum folgen konnte. Schon hatte sie das Genre Verschwörung verlassen und war bei der Romanze angelangt: Ob ich wüsste, dass Ellsberg, der die Bombardierung vietnamesischer Zivilisten immerhin persönlich mit koordiniert hatte, sich ausgerechnet in eine Friedensaktivistin verliebt habe? »He did it for love!«

Ich suchte schwerfällig nach dem verborgenen Sinn dieser Anekdote, der allerdings, so sah ich an Yolandas Lächeln, ziemlich offen zutage lag. Das Gespräch mit ihr langweilte mich, oder genau genommen interessierte es mich nicht, was natürlich ein Unterschied ist. Sie war nett, wenn auch ein wenig laut; letztlich gelang es mir nicht, ihre Gesellschaft als angenehm zu empfinden. Um das Thema zu wechseln – oder das Gespräch zu beenden –, fing ich an, über die tödlich verunglückte Besatzung von Sojus 11 zu sprechen, die nur als Ersatzmannschaft für die Mission vorgesehen gewesen war: Ich sagte etwas wie: »A tragedy« und: »A joke of fate«, dies alles so abrupt und unvermittelt, dass ich Yolanda damit abzuschrecken hoffte.

Auf dem Vorplatz des Stadions stießen wir auf einen Informationsstand des Movimiento de Izquierda Revolucionaria, einer Linkspartei, die ihrer Radikalität wegen nicht in Allendes Regierungsbündnis aufgenommen worden war. Andere sagten, sie habe aus freien Stücken nicht mitmachen wollen, weil sie jeglichen Kompromiss mit der Bourgeoisie ablehnte. Hier begegnete ich zum ersten Mal Emilio. Er war klein und wirkte mit seinem dünnen Schnauzbart und der Brille kaum älter als ein Teenager, doch wenn er sprach, war er plötzlich forsch und eloquent. Ana stellte mich als ihren neuen Kollegen aus Deutschland vor; sofort wollte Emilio von mir wissen, ob ich an den Studentenunruhen teilgenommen hätte, ob es bei uns eine starke Arbeiterbewegung gebe, ob ich glaube, dass die DDR das bessere Deutschland sei. Er sprach kaum Englisch. Ich antwortete auf seine Fragen in meinem Roboterspanisch so feinsinnig wie möglich, fühlte mich aber bald schrecklich minderbemittelt; er merkte das und ließ von mir ab. Meist wandte er sich an Ana, und sofort zankten die beiden über Nichtigkeiten, wie Ana überhaupt gern zu zanken schien, auch mit ihren beiden Freundinnen. Sie unterhielt, so hörte ich heraus, eine kleine Agentur für Grafikdesign mit ihnen, in Räumen, die Emilio nun für irgendeine Parteiversammlung einforderte, was Ana wiederum standhaft verweigerte. Es ging hin und her, die beiden stritten schließlich so heftig, dass mir klar wurde, dass sie ein Paar sein mussten.

»Wir versuchen, Aufträge zu bekommen. Ich verdiene mein Geld damit!«

Sie sprach in die Runde, meinte aber offenkundig noch immer Emilio.

»Gehst du nicht mehr zur Uni?«, fragte ich sie.

Beinahe dankbar griff sie die Frage auf. »Im Moment nicht.«

»Und dein Abschluss?«

»Ich geh zurück an die Uni, wenn ich eine Mappe zusammenhabe. Dann sollen sie mir dafür mein Diplom geben.«

Sie war ausgelassen von der allgemeinen Stimmung und erhitzt durch den Streit, daher vielleicht, so dachte ich, ihre Überspanntheit. Sie tat, als wüsste sie bereits alles, was es über Design zu wissen gab; jetzt, an diesem Nachmittag, wollte ich ihre unerschütterliche Selbstgewissheit gerne mit ihr teilen. Dazu ihr Parfum, das sich durch die Wärme und die Polyesterfasern des Pullovers mit ihrem Geruch vermischte, und dieser wiederum mit der kollektiven Fiebrigkeit um uns herum: Es war beflügelnd, an die eigenen Möglichkeiten zu glauben, ja, es nicht zu tun, wäre trist und geradezu dumm gewesen. Ich bezweifelte nichts von dem, was Ana mir als ihre Zukunft beschrieb, obwohl oder gerade weil sie allzu rosig klang: ein gerechtes und freies Land für alle, die reale Chance, sogar Pflicht, es mitzugestalten. Vielleicht begann ich erst in diesen Stunden zu begreifen, wo ich hier war.

Dann wieder ihr Lachen, das mich berührte, wenn sie mit kindlichem Kopfschütteln sagte: »Oh, how *silly* I am today!«

Auf dem Spielfeld des Stadions spielte Ángel Parra das unausweichliche *Venceremos* in der Version von Víctor Jara, bei dem das Publikum wie aus einer Kehle mitsang. Gewöhnlich mochte ich politisierte Musik nicht, für mich war Kunst generell eher persönliches Refugium mit einer poetischen, abstrakten, jedenfalls frei zu deutenden Botschaft – so etwas wie, Schnulze hin oder her, *I can see clearly now*, das im Radio rauf und runter lief, ein richtiger Ohrwurm. Jetzt allerdings kam mir *Venceremos* als einzig denkbare Musik vor.

Die Tribünen waren nicht lückenlos besetzt, vielmehr herrschte, in einem Meer aus chilenischen und kubanischen Fahnen, weißen Taschentüchern und Präsidentenkonterfeis, ein stetes Kommen und Gehen, so lange, bis auf der Westgeraden, hinter deren Dach eben die Sonne verschwand, Fidel Castro ans Mikrofon trat und zu seiner Rede ansetzte.

Schon nach zwei Minuten war sein ganzer Körper – Arme, Schultern, der Kopf – in unaufhörlicher Emphase seiner Worte begriffen. Einige Krankenschwestern vor uns jubelten und sprangen eine halbe Stunde lang derart überschäumend, dass zwei von ihnen dehydriert nach draußen begleitet werden mussten. Castro brandmarkte, nicht ganz unerwartet, den Imperialismus, der Chile und ganz Lateinamerika das Blut aussauge, und pries die tapferen chilenischen Werktätigen, die sich gegen die Aggression erhoben hätten wie vor knapp zehn Jahren die proletarische Klasse in Kuba. Er schwang sich auf den an- und abschwellenden Wogen der Zustimmung zu immer neuen rhetorischen Wellenkämmen auf, und ich fühlte seine Begeisterung selbst über die Entfernung eines Spielfeldes, sein spontanes und völlig authentisch wirkendes Temperament, mit dem der Máximo Líder die Chilenen vor den dräuenden Gefahren einer Konterrevolution warnte, sie eindringlich ermahnte, ihr durch die marxistischen Kerntugenden zu begegnen: »¡Con la verdad, con la razón, con la moral!«, dies alles voller Überzeugung ausgerufen wie eine Beschwörungsformel unter dem fast besinnungslosen Jubel seiner Anhänger, die wussten, dass Castro damit im Grunde die Wahrheit, die Vernunft und die Moral des bewaffneten Kampfes meinte.

Ich applaudierte, irritiert allenfalls von der merkwürdigen Marotte mancher Besucher, die Rede, die hier soeben vor ihnen stattfand, im Kofferradio mitzuhören, als erhielte sie erst dadurch Gültigkeit.

»Das hier«, rief ich zu Ana hinüber, anerkennend, als wäre die Begeisterung ihr Verdienst, »das ist Geschichte.«

Vielleicht hatte sie nicht verstanden, jedenfalls blieb ihr Lächeln unverbindlich.

Castro war bekannt für seine langen Reden; obwohl er sich für seine Maßstäbe durchaus kurz gefasst hatte, war die Sonne längst untergegangen, als Allende sprach.

Sein Charisma unterschied sich von Castros. Er sprach langsamer, würdevoller, auch prononcierter. Er beeilte sich, Chiles Weg als einen eigenständigen zu beschreiben, in seinen historischen Voraussetzungen von demjenigen Kubas völlig verschieden. Castro, stellte er klar, habe sich mit seiner Reise durch das Land nicht in die inneren Angelegenheiten Chiles einmischen, er habe das Volk nicht an die Waffen rufen wollen. Allerdings hatte jeder im Stadion und im ganzen Land es wohl genau so verstanden. Und so redete Allende fesselnd, aber ein wenig vergeblich gegen das historische Faktum an, dass Castros Weg an die Macht über die Leichen seiner Feinde geführt hatte, derjenige

Allendes hingegen durch ein gespaltenes Parlament. Der eine trennte sich von seinem olivgrünen Kampfanzug höchstens beim Zubettgehen, der andere von seinen weißen italienischen Halbschuhen allenfalls auf dem Liegestuhl seines Segelbootes. Dabei lag kein Unterschied der Klasse zwischen den beiden Männern, keiner der Eloquenz, nicht einmal einer der Glaubwürdigkeit. Der Unterschied war vielleicht nur ein olfaktorischer: Der eine roch nach Schweiß und Blut, der andere nach Kölnischwasser.

Allende betonte nicht zum ersten Mal, dass seine Entschlossenheit nicht größer sein könne, für seine Überzeugungen, wenn es sein musste, zu sterben. Ich glaubte ihm. Er war sicherlich kein Guerillero, sondern Arzt, Humanist und Politiker, aber er hatte über einen Zeitraum von zwanzig Jahren dreimal versucht, Präsident zu werden, er bot den Mächtigsten in seinem Land und in der ganzen restlichen Welt die Stirn; niemand konnte behaupten, dass er nicht zutiefst von seinem Weg zum Sozialismus überzeugt gewesen wäre.

»Jene, die glauben, dass sie uns von unserem Weg abhalten können durch Drohungen, durch Druck, durch Sperrung von Krediten, irren sich gründlich. Es sind Verschwörer gegen den Willen des Volkes. Ich sage euch, Compañeros so vieler Jahre: Ich bin kein Apostel und kein Messias, ich bin ein sozialer Kämpfer, dem das Volk ein Mandat übertragen hat. Diejenigen, die das Rad der Geschichte wieder zurückdrehen wollen, mögen begreifen: Ich werde nicht zurückweichen. Ich werde die Moneda erst verlassen, wenn ich das Mandat erfüllt habe, das mir das Volk übertragen hat. Ich habe keine Alternative, und nur wenn sie mich mit Schüssen durchlöchern, werden sie meinen Willen auslöschen können, das Programm des Volkes zu erfüllen!«

Ana stimmte, als er geendet hatte, wie ich minutenlang in die Sprechchöre ein. Sie hatte ihren Pullover ausgezogen; unter dem Stadionlicht glänzten ihre Schultern und ihr Hals.

Ich war erschöpft, aber wie beseelt.

»Er ist ein Weichei«, sagte Emilio schulterzuckend, als die Massen unter der sternklaren Kühle langsam wieder nach draußen strömten. »Ein Schlappschwanz.«

»Klar, dass es bei euch immer gleich darum geht, wer der größte Macho ist«, sagte Ana. Ein Gran Herablassung schien mir darin mitzuschwingen.

»Ich meine«, sagte Emilio, »wie kann man die reaktionäre Presse bekämpfen, wenn man ihre Spielregeln akzeptiert: Lügen und Diffamierung? Man kann nicht zugleich den Sozialismus aufbauen und mit der Bourgeoisie auf Bruderschaft trinken.«

»Das tut er doch gar nicht«, widersprach Ana. »Er will einfach nur beweisen, dass man als Politiker kein Schurke sein muss!«

Emilio verdrehte die Augen. »Wenn er die Bourgeoisie respektiert, mitsamt ihren Freiheiten, ihrer Presse, ihrem Rundfunk, ihren Richtern und ihren Saboteuren, dann wird er sehr bald das bisschen Autorität verlieren, das er noch hat, dafür sorgen schon die Schmierblätter. Die Rechte wird dann im Namen von Ordnung und Disziplin ihren Terror entfesseln. Sie tut es ja jetzt schon. Sie hat doch alle Machtstrukturen noch hinter sich!«

»Also hätte er sofort die Bürgerrechte aufheben sollen? Die er eigentlich verteidigen will? Meinst du das?«

»Man muss sich nicht erst eine blutige Stirn holen, bevor man sich wehren darf, Anita. Wer die Revolution um jeden Preis will, der schlägt in Notwehr zurück, noch bevor etwas passieren kann!«

»Das glaube ich einfach nicht! Dann wäre er doch überhaupt kein bisschen besser als seine Feinde!« Während Emilio seine Ansichten mit geübter Rhetorik vorbrachte, zitterte Anas Stimme; diese eine Ader an ihrer Stirn war hervorgetreten. Emilio schien das in seiner routinierten Argumentation erst recht zu bestärken, was wiederum Ana noch wütender machte. »Es geht nicht darum, in den Geschichtsbüchern gut auszusehen«, sagte er. »Die Rechte wird tausendmal blutiger und schrecklicher Rache üben, wenn sie die Überhand gewinnt.«

»Das ist ein idiotisches Argument«, sagte Ana; ich war sicher, dass sie diese Art von Debatte nicht zum ersten Mal führten. »Man kann nicht selbst zu einem paranoiden Despoten werden, um eine paranoide Despotie zu verhindern!«

»Ist Castro ein paranoider Despot?«

»Seine Methoden«, wandte ich ein wenig zaghaft ein, »sind von denen Stalins manchmal schwer zu unterscheiden.«

»Stalin war kein Despot«, kam es mir sofort entgegen; Emilio hatte sich inzwischen in eine gewisse rhetorische

Brunst hineinreferiert. »Dazu wird er nur von der ›objektiven‹ Presse der Bourgeoisie gestempelt. Reine Propaganda! Leider fallt sogar ihr europäischen Intellektuellen darauf herein!« Er sah mich durchdringend an. Ich hätte ihm gern widersprochen, aber ich bekam die passenden Worte einfach nicht zu fassen.

Wie aus dem Nichts war in der Menge ein kleines Radioteam erschienen, ein Mann mit Aufnahmegerät und eine Reporterin, die Stimmen der Veranstaltung einfingen. Emilio hatte ihre Aufmerksamkeit erregt, offenbar interessierten sie sich für seine agitatorische Eloquenz weit mehr als für die zwar enthusiastischen, aber eher ungeschliffenen Beiträge der übrigen Veranstaltungsbesucher. Ohne dass dazu irgendeine mündliche Absprache nötig gewesen wäre, hielt die Reporterin Emilio das Mikrofon hin. Nein, eher bediente sich Emilio mit der größten Selbstverständlichkeit der Journalisten, als hätte er sie bestellt. Ana hatte dieses wortlose Einverständnis aufmerksam verfolgt.

»Unsere Inflation steigt und steigt. Das westliche Finanzkartell hat den Kupferpreis auf dem Weltmarkt um ein Drittel gesenkt – wir reden von unserer Haupteinnahmequelle! Die USA und die Weltbank haben chilenische Staatsanleihen auf das schlechtestmögliche Rating herabgestuft. Die Imperialisten wollen uns erdrosseln! Sie sind schon dabei! Und Allende tut nichts anderes, als uns wieder und wieder zu sagen, dass wir schön stillhalten sollen. Ich sage nein! Wir dürfen nicht stillhalten und darauf warten, bis sie die Schlinge zugezogen haben. Wir müssen uns wehren! Wie Castro gesagt hat: Bislang sind wir nur den halben Weg zur Revolution gegangen. Allende will Demokratie und Legalität, nicht Sozialismus. Die Compañeros vom MIR, stellvertretend für Hunderttausende von Frauen und Männern in den Nachbarschaftsverwaltungen der Poblaciónes, sprechen aber von der Herrschaft der Proletarier! Es gibt keine Revolution in der Legalität!«

Emilio hielt jetzt unübersehbar seine eigene Rede, er sprach schon längst nicht mehr nur zu uns; auf dem lichter werdenden Vorplatz des Stadions hatte sich eine kleine Traube um ihn und die Radioleute gebildet, einige klatschten oder riefen Zustimmung; wir, auch Ana, waren jetzt Publikum, wie sie.

»Aber was bedeutet das für unsere politische Führung?«, fragte die Reporterin.

»Die Arbeiter«, fuhr Emilio unbeirrt in seinem Vortrag fort, »sind gut organisiert. Schon sehr bald wird es darauf ankommen, sich zu erheben. Sie brauchen Waffen, und sie brauchen den Mut, die Faschisten da anzugreifen, wo es ihnen wehtut. Allende wird sich damit abfinden müssen, dass die wahren Revolutionäre die Fabriken übernehmen. Die Produktionsmittel und Distributionwege! Wir müssen das Kapital angreifen! Ihre Medien! Allende wird so gut wie nirgendwo auf der Welt mehr Kredit bekommen, weder für Ersatzteile noch für den Wohnungsbau, noch für Nahrungsmittel. Was heißt das für uns Compañeros? Müssen wir uns jetzt ergeben? Sollen wir die Luft anhalten, bis wir von selbst ersticken, damit die Faschisten nicht mal ihr Gewissen beflecken müssen?« Er machte wieder eine Pause; Ana hielt die Arme verschränkt und sah sich um wie nach dem nächsten Bus.

»Die Faschisten haben kein Gewissen! Eines nahen Tages wird es zur Konfrontation kommen, und wenn es so weit ist, dann dürfen wir uns nicht wie die Lämmer abschlachten lassen, Compañeros! Davon hat Castro geredet! Dafür hat ihm das Volk heute zugejubelt!«

»Er ist beim MIR«, sagte Ana zu mir, nachdem wir in die Innenstadt zurückgekehrt waren und durch den Parque Forestal in Richtung Universität schlenderten. »Für ihn ist das, als würde er über Kochrezepte plaudern.«

Emilio hatte zugehört; er lächelte nicht, als er von hinten zu mir hinüberrief: »Ich koche nicht!« Ana zuckte mit den Schultern.

Die Straßen waren noch immer voll wie an einem Wochentag. Um die Baustelle der neuen U-Bahn-Station herum standen die Autos im Stau; geschlossen zirpten die Grillen gegen das Hupen an. Irgendwo in Richtung der Moneda hörten wir Detonationen, ein Feuerwerk erhellte den Himmel.

»Seit wann seid ihr verlobt?«, fragte ich Ana; womöglich wegen der Pilze bedachte ich nur vage, dass mich das nicht das Geringste anging.

»Wer sagt, dass wir verlobt sind?«

»Niemand«, sagte ich verlegen.

»Sag mal, redet ihr über mich?« Emilio, hinter uns, erläuterte Hernán und Óscar die Fußnoten seiner politischen Ansichten, es war ein lebhaftes Gespräch. Umso mehr erstaunte mich jetzt seine zornige Entschlossenheit, mit der er Ana befahl: »Du redest nicht über mich!«

Ich hätte nun erwartet, dass Ana sich das nicht bieten lassen würde, doch überraschenderweise schwieg sie, und schweigend gingen wir weiter.

Auf der rechten Seite war das Kongresszentrum aufgetaucht, von dem wir am Mittag aufgebrochen waren. Es lag von Bauzäunen umfriedet an der Straße und wurde vom Feuerwerk jetzt in allen möglichen Farben illuminiert; Arbeiter waren keine mehr zu sehen. Im Grunde hatten wir es diesem Spektakel zu verdanken, dass wir rechtzeitig das Feuer entdeckten, denn nur deswegen waren wir stehen geblieben.

Später behauptete Ana, sie habe es *gespürt*, noch ehe sie etwas gesehen habe; sie habe so etwas wie eine Vision gehabt. »Feuer«, flüsterte sie, und im nächsten Moment unüberhörbar: »Da drinnen brennt was!« Es war nichts zu sehen, nur der Widerschein des Feuerwerks, doch wir begriffen innerhalb von Sekundenbruchteilen die mögliche Gefahr und stürmten durch das erst halb verkleidete Gerippe des Treppenhauses hinauf, ohne einen Gedanken daran, dass wir oben Leute antreffen könnten, vielleicht sogar bewaffnete.

Tatsächlich erkannten wir im ersten Stock die Schatten von vier oder fünf Personen vor einem Haufen Bauholz, aus dem bereits meterhohe Flammen schlugen, die wiederum auf die Holzverkleidung der Wände überzugreifen drohten. Einer der Männer – wir nahmen an, dass es Männer waren – schlug mit einem Beil auf ebendiese Verkleidung ein, vermutlich, um den Brand zu beschleunigen. Zwei andere öffneten sämtliche Fenster, und es war nur eine Frage der Zeit, bis die Flammen, so angefacht, auf das gesamte Gebäude übergreifen würden.

Zunächst begriff ich nicht, dass es Ana war, die sich den Männern als Erste entgegenwarf. Ohne dass ich hätte darüber nachdenken können, wie genau ich ihr helfen wollte – und wobei –, rannte ich ihr hinterher den Flur entlang, und erst als die Männer uns bemerkten, erkannte ich, dass unsere ganze Gruppe, mehr als ein halbes Dutzend, direkt hinter mir war. Ich fühlte mich an das rauschhafte Gefühl erinnert, das ich in Frankfurt gespürt hatte, gesteigert sogar um die Unausweichlichkeit, die der Klassenkampf hier hatte. Furcht jedenfalls empfand ich keine, auch nicht angesichts des Beils, das einer der Männer nun vor die Brust nahm.

Überall lagen Dachlatten und Bewehrungseisen herum; wir griffen uns, was gerade in der Nähe war. Emilio rannte zum Fenster und brüllte zur Straße hinaus, dass die Faschisten das Gebäude in Brand gesetzt hätten und jeder aufgefordert sei, den Angriff zurückzuschlagen. Ich weiß nicht, ob es an diesem Aufruf oder unserer Bewaffnung oder der zahlenmäßigen Überlegenheit lag, jedenfalls stoben die Männer auseinander wie die Funken aus dem trockenen Holz. Zwei von ihnen rannten am anderen Ende des Flurs nach unten, zwei nach oben. Schon zeigte Emilios Aufruf Wirkung, ich hörte die aufgeregten Stimmen von fünf, sechs, vielleicht noch mehr Nachtschwärmern, wie ich dachte, doch in Wirklichkeit waren es Arbeiter, die, wie ich hinterher erfuhr, in einem Bauwagen auf dem Grundstück Nachtwache hielten, und zwar um genau solchen Zwischenfällen entgegenzutreten. Sie waren gut gerüstet: Zwei von ihnen hatten Feuerlöscher, ein dritter schleppte einen meterlangen Schlauch hinter sich her und verschwand damit hinter einer Tür, offensichtlich zum Waschraum.

Das Feuer war indessen auf die Wandvertäfelung übergesprungen. Erst jetzt wurde klar, dass die Angreifer nicht einfach mit einer Schachtel Streichhölzer hier aufgetaucht waren. Ich sah die leeren Kanister: Die Wand auf beinahe der gesamten Länge des Flurs verwandelte sich innerhalb eines Lidschlags in ein Inferno aus Flammen und Rauch. Die Sprinkleranlage an der Decke blieb trocken. Die Hitze versengte mir das Gesicht, und auch deswegen wich ich zurück zum Treppenhaus, um mir irgendetwas zu besorgen, einen Eimer, eine Decke, mit dem ich gegen das Feuer ankämpfen konnte. Ich hörte Geschrei, Ana und Emilio hatte ich aus den Augen verloren, auch war es durch den Rauch schon nicht mehr möglich, sich überhaupt einen Überblick zu verschaffen. Ich hustete. Der brennende Holzhaufen in der Mitte des Flurs hatte zwar gelöscht werden können, dafür war das Feuer auch auf die Decke übergesprungen. Der Schlauch, inzwischen angeschlossen, spendete lediglich einen kümmerlichen Strahl.

Ich rannte nach unten, teils auf der Flucht vor Hitze und Flammen, teils weil ich kopflos irgendetwas Sinnvolles tun wollte. Ein paar dünne Rauchschwaden waren auch ins Erdgeschoss gezogen, ansonsten war von dem

Feuer hier unten noch wenig zu ahnen. Draußen auf dem Grundstück, durch einen noch nicht geschlossenen Durchgang, machte ich ein Gerangel aus und erkannte, dass jemand einen der Brandstifter gefasst hatte. Näher kommend entdeckte ich, dass Emilio es war, der sich des wild um sich schlagenden Mannes kaum erwehren konnte. Es sah nicht besonders kampferprobt oder gefährlich aus, wie der Mann verzweifelte Ruderbewegungen in Richtung Emilios Kopf machte, war aber offenbar effektiv genug; Emilio stürzte und blieb liegen. Ich griff mir eine Schaufel und zog sie dem Brandstifter von hinten über den Schädel. Es machte ein fürchterliches Geräusch; der Mann drehte sich mit schmerzverzerrter Empörung, geradezu entgeistert, um und brach zusammen. Er war nicht älter als ich; als ich Emilio aufhalf, rappelte auch er sich schon wieder hoch und rannte geduckt, wie zum Schutz vor weiteren Schlägen, davon. Emilio sah ihm hinterher, nur eine Sekunde, schlug mir dann wie zum Dank auf die Schulter und machte sich auf in Richtung Treppe.

»Wo ist Ana?«, hörte ich mich rufen; gleichmütig zuckte Emilio die Achseln und rannte hinauf.

Inzwischen sah ich Dutzende von Menschen, viele von ihnen mit Eimern und Kanistern, die sie an einem Hydranten vor dem Gebäude befüllten; angesichts des gewaltigen Widerscheins, den ich von der Straße aus hinter den Fenstern im ersten Stock ausmachen konnte, muteten diese Versuche allerdings hilflos an. Ich war, obwohl es in diesen Minuten nicht danach aussah, sicher, dass wir das Feuer besiegen würden, auch wenn ich keine Ahnung hatte, wie viel Zeit seit unserer Entdeckung des Brandes schon vergangen war. Die Feuerwehr ließ auf sich warten, ich vermutete, dass sie, wie die meisten öffentlichen Institutionen, mit der Bourgeoisie unter einer Decke steckte. Ich erinnere mich gut an diese qualvollen Minuten der Hilflosigkeit, bis die Feuerwehr schließlich anrückte, während ich jeden Moment befürchtete, das Feuer würde auf das gesamte Stockwerk übergreifen. Mit drei Leiterwagen und ebenso vielen Schläuchen dauerte es dann allerdings keine fünf Minuten, bis das Feuer durch die offenen Fenster hindurch in einer gewaltigen Wolke aus Qualm und Wasserdampf erstickt war.

Man feierte uns wie die Speerspitze einer ruhmreich gewonnenen Schlacht. Die Carabineros nahmen unsere Personalien auf und baten uns für den nächsten Tag zur Aussage auf die Dienststelle; die Bauarbeiter spendierten uns Schnaps und feierten uns, sich selbst und die gesamte chilenische Volkseinheit, indem sie überschäumend Parolen skandierten und nicht müde wurden, uns immer wieder auf Hinterköpfe und Schultern zu schlagen wie einer Horde unvorsichtiger, aber heldenhafter Kinder.

Als wir uns nach Stunden, der Morgen graute schon, daranmachten, endlich nach Hause zu gehen, sagte Ana mit noch immer halb rußverschmiertem Gesicht zu mir: »Das hier ist nicht *Geschichte*. Wir sind kein Beispiel für irgendwas. Es ist das, was gerade geschieht. Verstehst du? Nur das.«

Ich wusste nicht, ob das eine Ermahnung sein sollte oder so etwas wie die Seligsprechung des Moments; jedenfalls lächelte sie, als sie das sagte. Ich erinnere mich an die trunkene Euphorie, die das Erlebnis in mir zurückgelassen hatte, sowie an meine Gewissheit, dass es uns, Ana und mich, von nun an verbinden würde.

Nachdem ich mich von Ana verabschiedet hatte und je weiter ich mich entfernte, desto mehr wurden diese Erlebnisse zu den Artefakten eines Traums, einer immer noch schäumenden, aber langsam weichenden Flut, die nur Muschelschalen und Tang zurückließ. Mit jedem benommenen Schritt heimwärts lag der Strand ein wenig trockener da. Ich wurde nüchtern, während der Morgen dämmerte, aber ich fühlte weder Müdigkeit noch Katerstimmung. Ganz im Gegenteil. Ich fühlte mich großartig.

0110

PLAN Z

Die Gesichter im Bus erzählten in ihrer Ausdruckslosigkeit beredter vom Umsturz, als Worte es vermocht hätten. Ich spürte den Hunger der Menschen, auch wenn ich selbst ihn nicht litt: Die ohnedies hohen Preise für Lebensmittel, sofern es welche zu kaufen gab, waren seit dem 11. September noch einmal um das Drei- und Fünffache gestiegen. Die Kommunalversorgung war zerschlagen, die medizinischen Einrichtungen überlastet und mittellos. Selbst die improvisierten Ambulanzen waren von den Soldaten überrannt und geschlossen worden. Jeder Schlupfwinkel organisierter Selbstverwaltung, der unter Allendes gespaltenem Kongress wenigstens geduldet worden war, stand jetzt unter Beobachtung und Strafe.

Der Bus verkehrte gewohnt unregelmäßig. Zerlumpte Kinder, barfuß und schmutzig, sprangen für eine oder zwei Stationen auf wie eh und je, um gefundenen Krimskrams anzubieten oder gleich mit teilnahmsloser Aufdringlichkeit die Hand auszustrecken. Gewöhnlich scheuchte der Busfahrer oder irgendein Fahrgast sie bald heraus; heute nicht.

An der Plaza de Armas stieg ich aus und erwartete wie

sonst die klapprigen Marktstände, auf denen Bauern aus dem Umland ihr welkes Gemüse auslegten. Doch ich sah nur eine Handvoll Soldaten städtische Reinigungskräfte beaufsichtigen, die mit Schlauch und Besen den Boden von den nächtlichen Geschehnissen säuberten. Unter der routinierten Betriebsamkeit verblassten diese ebenso schnell wie die Rötung des ablaufenden Wassers.

Ich meldete mich nicht bei Brauer zum Dienstantritt, wenngleich mir klar war, dass er es als stillschweigend akzeptierte Pflicht von mir erwartete. Ich wusste ja nicht einmal, worin mein künftiger Dienst bestehen würde. Als ich mit dem Paternoster die erste Etage erreichte und zu dem Raum ging, in dem der IBM untergebracht war, fand ich ihn verschlossen und bewacht; meine Nachfrage, ob die Anlage noch betriebsbereit sei, blieb unbeantwortet. Ich drehte mich schon gleichmütig um, weil nun eben doch nur Brauer Auskunft geben konnte, da stand völlig unerwartet Jochen vor mir.

»Ich dachte, du seist längst im Westen«, sagte ich möglichst eisig.

»Ich freue mich auch, dich wiederzusehen, alter Caballero«, sagte Jochen. Er sah, man konnte das nicht anders sagen, blendend aus, richtiggehend erholt, wie nach einer Sommerfrische. Dazu trug nicht wenig sein leicht knittriger Panamahut sowie ein Alohahemd in unaussprechlicher Farbgebung bei, eine in ihrer Durchschaubarkeit geradezu aggressive Betonung von Ausländerstatus und Unantastbarkeit.

»Interessante Arbeitskleidung«, sagte ich.

»Man muss es ganz leger über der Hose tragen, sonst sieht es nicht aus«, dies ganz weltmännisch; er schien sich für seine Schlagfertigkeit selbst auf die Schulter klopfen zu wollen, und mir fiel ein, dass er eigentlich immer diesen Eindruck gemacht hatte, gleich, ob er etwas sagte oder nicht.

»Du wirkst übrigens viel jünger, so ohne Bart«, fügte er hinzu. »Ist das die neue Mode?«

»Ich glaube, wir sollten keine Modefragen diskutieren. Ich habe gehört, du hättest dich zur Botschaft abgesetzt.«

»Ja? Wer sagt denn so was?«

Mir missfiel der gespreizte Ton unserer Unterhaltung, zumal wir uns offenkundig nichts zu sagen hatten. Ich versprach mir nichts von Jochen, und der einzige Grund, überhaupt weiter mit ihm zu reden, war, dass diese Art des muttersprachlichen Austauschs mir noch immer unverdächtiger erschien als der mit Brauer.

Ich hätte gar nicht antworten müssen, dann tat ich es doch: »Ana hat es mir erzählt«, und schon ärgerte ich mich, zumal in meiner Stimme, wie mir bewusst wurde, ein triumphierender Unterton nicht zu unterdrücken gewesen war.

»Ana«, wiederholte Jochen in arrogantem Hab-ich's-mir-doch-gedacht-Tonfall. »Dann geht es ihr gut? Bestell ihr einen schönen Gruß von mir, wenn du sie siehst.«

Ich nickte unverbindlich.

»Ich bin froh, dass die sie nicht länger festgehalten haben«, sagte Jochen. Ich verkniff mir eine Nachfrage, sah auch an den Schlitzen seiner Augen, dass dies nur eine

Vorlage gewesen war, die er sich, wie gewöhnlich, selbst gegeben hatte, um mich zur Nachfrage zu animieren. »Du hast doch gehört, dass man sie verhaftet hat?«

»Nein«, sagte ich. Abgesehen davon, dass ich ihm nicht glaubte, hätte er es mir sowieso erzählt, was auch immer; er war viel zu geschwätzig, um mich lange zappeln zu lassen. Deshalb machte es auch keinen Unterschied, dass ich ihm den vermeintlichen Triumph meiner Neugier gönnte. »Wo?«

»Na, hier. Im CORFO. Am bewussten Morgen.« An dem, wie ich allerdings von Ana wusste, Jochen sich schon abgesetzt hatte, bevor das CORFO in die Hände des Militärs gefallen war; was wiederum nur den Schluss zuließ, dass Jochen im Begriff war, mir irgendeine seiner Geschichten aufzutischen, sehr durchschaubar in der Absicht, sich interessant zu machen. Ana hatte nichts dergleichen erzählt, und sollte es etwas zu erzählen geben, wollte ich es nicht von Jochen hören.

»Man sieht sich, Jochen«, sagte ich, drehte mich um und ließ ihn stehen.

»Es interessiert mich heute zu erfahren, was genau Sie hier getan haben, Herr Everding.«

Brauer schien mir an diesem Morgen verändert, kühl, geradezu distanziert; er machte keinen Versuch, an seine gestern so stark hervorgekehrte Freundschaftlichkeit anzuknüpfen. Fast hatte ich das Gefühl, ihm zum ersten Mal gegenüberzusitzen, auch das Büro war mir so fremd wie zuvor.

»Ich habe mir Ihr Dossier noch einmal angesehen, aber es steht nur, dass Sie als Industriedesigner kontraktiert sind. Ich weiß aber, dass Sie viel mehr getan haben, seit Ihr … Apparat in Funktion war. Was genau war Ihre Aufgabe?«

»Ich habe«, hier überlegte ich lange und hätte es, selbst wenn ich gewollt hätte, kaum zu erklären gewusst. Jeder in unserem Team, auch Ana, selbst Alfonso, war am Schluss für alles zuständig gewesen. Wir waren nur wenige, deswegen kam es auf jeden Einzelnen an.

Wir hatten damit begonnen, die Fernschreiber in den Fabriken zu installieren, was manchmal mehrere Tagesreisen bedeutete. Während wir all diese Geräte mit unserer Zentrale im CORFO koppelten, wo auch der IBM Mainframe mit der Software stand, und auch später firmierte ich immer wieder als Óscars technischer Assistent. Meiner eigentlichen Aufgabe, dem Design des Opsrooms, ging ich nur nach, wenn Stanley in Chile war; dann tauschten wir Ideen aus und berieten darüber, welche umsetzbar waren und welche nicht. Óscar war sehr genau und ziemlich humorlos, und wir alle, nicht nur ich, fühlten uns zu Beginn unwohl, unter seiner Beobachtung nicht genau zu wissen, wofür wir eigentlich verantwortlich waren und wofür nicht. Javier und Mario bekamen, als erst einmal die Leitungen standen, Produktionsdaten aus den Fabriken, hatten aber noch kein System, das sie damit füttern konnten. Octavio wartete auf die Software, die in England geschrieben wurde und ohne die auch Óscar nicht tätig werden konnte.

Alle paar Tage kam er mit einer Ausgabe des *Mercurio* und ereiferte sich aufs Neue über die mehr oder weniger subtilen Desinformationen des bürgerlichen Lagers. »Ich kann es nicht beweisen«, sagte er, »aber ich bin sicher, dass die CIA dahintersteckt. Es gibt eine Abteilung bei denen, die auf so was spezialisiert ist.«

»Auf was?«

»Psychologische Kriegsführung.« Er sagte das gar nicht raunend und verschwörerisch; ich war trotzdem nicht sicher, ob er die Sache nicht vielleicht dramatisierte. Nicht selten wurden Fotos von Allende auf die Titelseite genommen, und in unmittelbarer Nähe sprangen dann Schlagzeilen ins Auge, die mit Allende gar nichts zu tun hatten, aber trotzdem auf ihn bezogen werden konnten, zum Beispiel: SOWJETISCHE UNTERWANDERUNG IN CHILE, und ein paar Tage später: GEHEIME MISSION DER KOMMUNISTISCHEN PARTEI. Ich fand das alles andere als subtil, und wenn das die psychologische Kriegsführung der CIA war, dann mussten wir uns darüber keine Sorgen machen.

»Wie kannst du das sagen?«, fragte Óscar.

»Ich glaube nicht, dass irgendjemand so blöd ist, auf diese platte Meinungsmache reinzufallen«, sagte ich, allerdings wusste ich selber, Stichwort Springerpresse, dass das keineswegs so selbstverständlich war. Mag sein, dass ich mich ein wenig anstellte wegen Óscars belehrender Art und der Tatsache, dass er alle Arbeit an sich band, als handelte es sich um lauter Chefsachen.

»Dann sieht es wohl so aus, dass du in einem Land mit lauter Idioten lebst«, sagte er.

Darauf wusste ich nichts zu erwidern; ich wollte mich nicht mit ihm streiten.

»Seinen Gegner nicht ernst nehmen bedeutet, den ersten Schritt zur eigenen Niederlage zu tun«, sagte Óscar. »Mao.«

Es ist schwer, mit Menschen zu diskutieren, die aus dem Land der Gewissheit schon zurückgekehrt sind, statt, wie andere, gerade erst Richtung Grenze aufzubrechen.

»Ich habe beobachtet«, antwortete ich Brauer.

»Beobachtet haben Sie? Wie bei diesem Versuch? Wie heißt noch mal dieser Mann? Heissenbach? Wenn man die Dinge beobachtet, verändert man die Dinge?«

»Sie meinen Werner Heisenberg, und ganz so einfach ist es, glaube ich, nicht.«

»Es ist nur ein … wie sagen Sie das: Parabol?«

»Parabel. Gleichnis.«

»Gleichnis, ja! Wir brauchen simple Gleichnisse, um komplette Dinge zu begreifen, meinen Sie nicht? Die Bewegung der Atome. Oder denken Sie nur: Die Sonne geht auf!«

»Vielleicht brauchen wir auch einen besseren Verstand.«

Er machte ein geduldiges Gesicht. »Sie haben recht, Herr Everding.«

Ich schwieg.

»Herr Everding, ich versuche Ihnen zu helfen. Aber Sie müssen mit mir kooperieren. Ich möchte, dass Sie mir erklären, wie Ihr Apparat funktioniert.«

»Warum wollen Sie das wissen?«

»Ist es geheim? Würden Sie sagen, es war geheim, was Sie getan haben?«

Es war nicht geheim; andererseits bezweifelte ich, dass Brauer verstehen würde, worum es ging. Ich hatte auch keinerlei Interesse daran, es ihm begreiflich zu machen.

»Wenn es nicht geheim war, haben Sie keine Ursache, es mysteriös zu machen.«

»Die Anlage ist ein selbstregulierender Homöostat. Sie basiert auf dem Viable System Model, das Stanley Baud entwickelt hat. Das ist ein fünfstufiges informationsbasiertes Strukturmodell für komplexe soziale Systeme, das die Delegation jeglicher Operationen auf die nächsthöhere Rekursionsebene vorsieht, sofern nicht innerhalb definierter temporärer Parameter eine Lösung für jeweils notwendige Varietätsanpassungen gefunden wird.«

Brauer hatte die Fingerspitzen aneinandergelegt und war meiner Erklärung aufmerksam gefolgt. Jetzt nickte er süffisant. »Gut«, sagte er und stand auf. Er stellte sich ans Fenster und sah mit verschränkten Armen hinaus, keine Verlegenheitsgeste, mehr die ikonische Pose eines Menschen, der ganz die Kontrolle hat und es sich deswegen leisten kann, nachsichtig zu sein. »Versuchen wir es anders. Erzählen Sie mir etwas von Señor Baud.«

»Er ist in England.«

»Das weiß ich.« Er drehte sich halb um, tadelnd. »Ich will ihm nicht die Fingernageln ausreißen, Herr Everding. Nur ein wenig von ihm erfahren. Wie haben Sie ihn kennengelernt? Was ist er für ein Mensch? Irgendwas!«

Ich schwieg. Ich erinnerte mich, wie Stanley uns von

seinem Gespräch mit Allende erzählte, in dem er ihm zum ersten Mal sein Modell erklärte: die fünf Hierarchieebenen, eingeteilt in einer Art Pyramide, deren Basis die große Menge wertschöpfender Menschen ist, angeleitet von denen, die den Arbeitsprozess planen und organisieren, über die Aufsichtsgremien bis hin zu den politischen Entscheidungsträgern … und ganz an der Spitze, als Gehirn und oberster Kontrolleur des gesamten Mechanismus – als Stanley an diesem Punkt angekommen war, so erzählte er uns, habe Allende ihn unterbrochen, sein Gesicht hellte sich im Moment unwillkürlichen Begreifens auf, und er sagte, als sei es sein eigener genialer Einfall: »Ich weiß: das Volk!« Und Stanley schlug sich an den Kopf und sagte zu uns: »Ich brachte es nicht über mich, ihm zu sagen, dass ich eigentlich ihn gemeint hatte. Seine Idee war so viel besser! Ich hätte selbst darauf kommen müssen!«

Brauer setzte sich wieder und spielte sein Pfefferminzpastillen-Zigaretten-Spiel. »Er ist eine Art … Assessor, nein? Für Unternehmen?«

»Nicht nur für Unternehmen. Er interessiert sich für jede Art von Systemen. Organisationen. Gesellschaften. Lebewesen. Es ist universell.«

Brauer nickte langsam, als wüsste er das alles schon, hielte es aber nicht für den wesentlichen Punkt. Er drehte die Pastillendose zwischen den Fingern. »Wissen Sie, wo diese Pastillas hergestellt werden, Herr Everding?«

Ich reagierte darauf nicht, was Brauer offenbar genügte, um fortzufahren.

»Es gibt eine Fabrik in der Nähe von Concepción, da

werden sie produziert. Wir haben auch Importe, natürlich, aber wir wollen, genauso wie Ihre sozialistischen Freunde, wir wollen, dass Chile mehr autarkisch wird. Autarkisch? Autark! Diese Fabrik ist nur sehr klein. Sie stellt neben den Pastillas noch Dentalpaste her und einige andere Dinge. Sie hatte einen Direktor, Fernando Altares. Er ist Mitglied der Kommunistischen Partei, genau wie der größte Teil seiner Arbeiter. Fernando Altares hält sich jetzt in Dawson auf. Wissen Sie, wo das ist?«

Ich verneinte.

»Das ist eine Insel im Süden von Patagonia. Sehr weit im Süden. Es ist kalt dort. Ich habe zufällig von Herrn Altares' Präsenz dort erfahren und fragte mich sofort, wer seine Fabrik dirigiert. Wissen Sie, wer?«

»Woher sollte ich?«

»Niemand. Die Fabrik hat jetzt ihre Produktion gestoppt. Die Arbeiter sind eskapiert. Oder arrestiert. Was auch immer. Wie dort ist es in vielen Fabriken, und das besorgt mich. Nicht nur wegen meiner Pastillas, die ich sehr favorisiere. Die Regale in den Geschäften sind leer. Das Volk hungert, Herr Everding!« Er ließ eine bedeutungsvolle Pause entstehen. »Möchten Sie nicht auch, dass die Fabriken produzieren?«

»Sagen Sie einfach Ihren Leuten, sie sollen weniger Unschuldige verhaften.«

»Erstens, es sind nicht meine Leute, ich sagte das schon. Ich bin nur ein kleiner Major. Zweitens: Ich weiß nicht, wer schuldig ist und wer nicht, das weiß nur der liebe Jesus. Meine Vorgesetzten wissen es manchmal auch nicht, das ist leider bedauerlich. Menschen kommen weg, und man findet sie nicht mehr. Niemand kann etwas dagegen tun.«

»Haben Sie das gerade wirklich gesagt?«

»Ich verstehe Ihre Irritation, wirklich. Aber die Bourgeoisie – so sagen Sie das doch, nein? –, die Bourgeoisie hat wegen Allende alle ihre Privilegien verloren. Wie würden Sie reagieren, wenn etwas wie das passiert?«

»Jedenfalls nicht mit ... *damit.*«

»Viele, viele Leute in diesem Land, nicht nur die Reichen, sind sehr furios über die Kommunisten. Darauf, was sie mit Chile gemacht haben in den letzten drei Jahren.«

»Nicht die Kommunisten haben das aus Chile gemacht. Fragen Sie mal Ihre Leute aus dem Norden.«

»Ach, Herr Everding. Es ist nicht so simpel.«

»Außerdem ist ... war Allende kein Kommunist.«

»Ich möchte mich mit Ihnen nicht über politische Orthodoxie streiten. Ich möchte, dass Sie mir helfen, die Produktion zu kontinuieren. Wie Sie es beim Paro gemacht haben.«

»Unmöglich!«, sagte ich und hoffte, dass es kategorisch klang; tatsächlich wusste ich nicht, was genau ich mit »unmöglich« meinte.

»Ich weiß, dass Sie es geschafft haben, circa 200 Fabriken an das System zu verbinden. Sie wissen, wie diese Fabriken organisiert sind, Sie haben all diese Daten in dem System.«

»Ich weiß nicht, was Sie sich da vorstellen! Cybernet ist keine Fernsteuerung oder so etwas! Unser System ist viel zu komplex, um von einer einzelnen Person gesteuert zu werden. Wir sind Mathematiker, Statistiker, Ökonomen, Programmierer, Elektrotechniker. Designer. Keiner davon ist überflüssig.«

»Sie haben das Kontrollzentrum konstruiert. Sie kennen alle Elemente. Und wir, wir haben genug Männer. Sie müssen nur wissen zu agieren.«

»Das ist absurd! Vergessen Sie's!«

Brauer beugte sich vor. »Reflektieren Sie bitte, Herr Everding, reflektieren Sie genau! Sie sollen nichts anderes tun wie das, was Sie getan haben die ganze Zeit über. Egal, was Sie von uns halten, aber das Volk braucht Hilfe!« Er lehnte sich wieder zurück. »Ist es nicht das, weswegen Sie hergekommen sind? Nach Chile?«

»Was ist mit dem Team?«, fragte ich. »Nehmen wir mal an … Was Sie da vorschlagen, kann ich nicht ohne das Team tun.«

»Sie meinen, Ihre *Freunde*?«

Die Wiederholung seiner fadenscheinigen Andeutung war mir zuwider, allerdings hatte ich keine Gelegenheit, weiter darüber nachzudenken, denn wir wurden jäh unterbrochen, als es klopfte und sofort die Tür geöffnet wurde.

»¡No interrupción!«, sagte Brauer laut. Doch der Adjutant trat ein und teilte ihm mit, dass er im Konferenzraum zu erscheinen habe, unverzüglich.

»Entschuldigung«, sagte Brauer zu mir und erhob sich, augenscheinlich verwirrt; er machte Anstalten, das Büro zu verlassen. Der Adjutant zeigte mit dem Finger auf mich und sagte unmissverständlich: »¡Usted también!«

Es war noch derselbe Raum wie jener, in dem wir mit Stanley gesessen hatten: dieselben Drehsessel aus Kunstleder, dieselbe gelb getönte Ornamentkaraffe mit passenden Trinkgläsern auf denselben Korbuntersetzern. Doch wie in Óscars Büro und im gesamten CORFO waren die Zeichen der Usurpation auch hier unübersehbar. An der Kopfseite des Raumes hing jetzt eine Karte des Stadtgebietes Santiagos, wie ein militärischer Aufmarschplan, mit Stecknadelmarkierungen strategischer Orte, von denen zweifarbiges Schlachtergarn zu einem mir unverständlichen Netzwerk ausstrahlte. Neben dieser hing eine geteilte topografische Landkarte Chiles, links der Norden, rechts der Süden. Ein neuer Zierkaktus in der Ecke evozierte vor allem die Frage, wer ihn aus welchem Grund hier hineingestellt haben mochte.

Am gegenüberliegenden Ende des Konferenztisches saßen drei offenkundig hochrangige Offizielle, zwei von ihnen in Militäruniformen, die Mützen vor sich auf den Tisch gelegt, in Papieren blätternd; der dritte in gut geschnittenem, hellbraunem Straßenanzug, mit Krawatte, rauchend. Brauer wies mir den Platz bei der Tür zu und durchmaß dann mit zahllosen Schritten den Raum, um sich zu den anderen zu setzen.

Der mittlere der drei Männer las in einer Akte, der andere Uniformierte wie auch der in Zivil musterten mich wortlos. Brauer sah auf seine Hände, die er flach vor sich auf den Tisch gelegt hatte.

Der mittlere Offizier war deutlich älter und untersetzter als Brauer. Er sah aus wie jemand, der aus einem frustrierenden Privatleben mehr und mehr in seinen Dienst geflohen, dort aber nur noch mehr verhärtet war. Ich erkannte sofort, dass dem Mann das meiste egal und deswegen alles zuzutrauen war. Er stellte sich mit Coronel Barrientos vor und hob in schnarrendem Spanisch zu einem Monolog an, den ich seiner vielen juristischen Formulierungen wegen kaum verstand; Barrientos schien es genau darauf angelegt zu haben. Als er seine unmodulierte und eher einschläfernde Ansprache beendet hatte, starrte er mich aus wässrigen Augen über dicken Tränensäcken an, offensichtlich in Erwartung einer Stellungnahme.

Ich bat darum, mir das Gesagte von Señor Brauer ins Deutsche übersetzen zu lassen. Mit eisigem Blick wies dieser mich jedoch harsch und ebenfalls auf Spanisch zurecht, ihn gefälligst mit Comandante anzureden, im Übrigen sei er nicht zu meinem Übersetzer bestellt. Ich sah ihn entgeistert an.

»Sie sind seit zwei Jahren hier, Sie verstehen genug«, bestimmte Barrientos.

Brauer hatte meinen Blick nicht erwidert, oder gemieden. Die anderen beiden musterten mich, wie sie das wohl schon bei Hunderten vor mir getan hatten. Ihre Teilnahmslosigkeit verriet, dass sie längst alles für sie Notwendige wussten und sich im Grunde mit der lästigen Pflicht langweilten, mich nun noch einschüchtern zu müssen.

Ich fragte, ob Anschuldigungen gegen mich vorlägen, und welche.

»Sie haben hier keine Fragen zu stellen«, sagte Barrientos und gab dem Offizier links von ihm, möglicherweise sein Adjutant, das Wort. Dieser, drahtig und haarlos bis auf einen fein gestutzten Schnauzbart, fragte mich, indem er seine Lesebrille absetzte und damit gestreng in meine Richtung gestikulierte, wie ich nach Chile gekommen, wer mein Vorgesetzter und was meine Aufgabe im CORFO gewesen sei. Ich gab an, dass dies alles meinen Personalunterlagen in der Universitätsverwaltung zu entnehmen sei. Der Offizier befahl ungerührt, die Fragen zu beantworten. Dann verlangte er zahllose weitere, teils abseitige, teils spezifische Informationen, etwa über die Einbettung des Fachbereichs Industriedesign in die Ingenieurwissenschaften in Deutschland. Ich beantwortete sie knapp und bemühte mich um Sachlichkeit.

Unvermittelt, und seinen Adjutanten rücksichtslos unterbrechend, wollte Barrientos wissen, welches das Zeichen für den »Plan Z« gewesen sei. Wieder sah ich hilfesuchend Brauer an, schon ohne allerdings davon etwas zu erwarten, und fragte, was das zu bedeuten habe.

»Sie wissen sehr genau, was das bedeutet!«, kam es barsch vom Coronel.

Ich sagte, ich hätte keine Ahnung.

Nur zu; ich wisse ja, wohin das alles führe. Barrientos schlug mit der Hand auf den Tisch und brüllte mich an, ich solle mir nicht einbilden, hier unter irgend besonderem Schutz zu stehen, nur weil ich ein Meteco sei. Meine Komplizenschaft stehe längst fest, und dass Brauer mich ohne Kenntnis der Lage zu schützen versucht habe, werde auch für ihn noch ein Nachspiel haben, so zumindest verstand ich es.

Man wisse, so ergänzte sein Adjutant nüchtern, dass ich zusammen mit Óscar Fuentes und Alfonso Acuña ein Nachrichtensystem der Guerilla aufgebaut habe, um den demokratischen Kräften des Militärs einen Hinterhalt zu stellen.

Die Möglichkeit, hier laut aufzulachen, kam mir zunächst nur hypothetisch in den Sinn, während ich zugleich spürte, wie der Boden unter mir nachgab und die Luft aus dem Raum gesaugt wurde, gnadenlos und irrsinnig schnell, mein Herz raste verzweifelt gegen den Sauerstoffmangel an, ich würde ersticken. Wovon der Offizier redete, entbehrte für mich jeden Sinns und war doch verzweifelt einleuchtend. Da sich meine Gedanken überschlugen, entschied ich mich doch für das Lachen.

Barrientos verlor erwartungsgemäß die Beherrschung und brüllte; ich verstand kein Wort. Sein Adjutant blieb sachlich und erklärte, dass meine Komplizen bereits ausgesagt hätten. Er setzte seine Brille wieder auf und blickte mit ernster Miene in seine Akten, als vergegenwärtige er sich nochmals die gesammelten Geständnisse.

Komplizen?, dachte ich. Was denn ausgesagt?

Ob ich nicht meine Frau und meine Kinder wiedersehen wolle, so der Adjutant.

Doch, sagte ich, mein Mund war trocken, die Karaffe stand in der Tischmitte, unerreichbar schon allein aufgrund der Entfernung.

Das könne allerdings schwierig werden, sagte er mit ironischem Lächeln und nahm die Brille wieder ab. Ich wisse ja, weswegen.

»Wie können Sie es wagen« – dies wieder von Barrientos in meine Richtung – »die Vertreter der neuen Regierung bei einer offiziellen Anhörung zu belügen?«

Sein Gesicht wie unter schwerem Fieber; meins allerdings auch.

Ob ich dies hier für einen Zirkus halte, fragte der Coronel. Man könne mich auch verhaften und ins Nationalstadion bringen. »Bevorzugen Sie das?«

Eine Stille entstand, in der ich nur das kaum hörbare Rasseln hörte, das dichte Nasenbehaarung beim Atmen verursacht, dazu die Mine eines Kugelschreibers auf Papier.

»Warum lügen Sie?«

Ich fragte, ob ich zur Toilette gehen dürfe.

»¿Me crees idiota?«, war die Antwort, wütend; die Stimmung gegen mich, wenn das überhaupt möglich war, verdüsterte sich vollends.

Brauer meldete sich räuspernd zu Wort. Er habe von diversen Angestellten gehört, dass ich ein zuverlässiger –

Der Coronel hieß ihn rüde schweigen und eröffnete eine mehrminütige Brandrede gegen Brauer, die dieser gleichmütig und nicht ohne Würde entgegennahm. Barrientos steigerte sich mit tiefer werdender Gesichtsfarbe in seine Tirade derartig hinein, dass mir ihr Inhalt fast ausschließlich über die Gestikulation begreiflich wurde, dergemäß Brauer als zu nachsichtig, zu freundlich und letztlich zu durchsetzungsschwach klassifiziert wurde. Barrientos war der Meinung, ich hätte längst »weggebracht« werden sollen, da ich zur Lösung der logistischen

Probleme im CORFO nicht das Geringste beizusteuern habe und den Verantwortlichen lediglich ihre wertvolle Zeit stehle.

»Con todo respeto«, begann Brauer, nachdem er sich abermals geräuspert hatte. Unbeeindruckt von der Tirade lobte er in schnörkellosen Hauptsätzen meinen technischen Sachverstand und beschwor, dass, wenn überhaupt jemand die Apparatur bedienen könne, dieser Jemand ich sei. Ich könne wertvolle Arbeit für das CORFO leisten, im Arrest hingegen nütze ich niemandem etwas.

Barrientos dachte einige Augenblicke nach und tauschte einen Blick mit dem Mann zu seiner Rechten, der die ganze Zeit über schweigsam dagesessen hatte und nun in seinen Notizen innehielt. Die beiden Männer steckten die Köpfe zusammen, besprachen etwas, schließlich nickte der Zivile und lehnte sich wieder zurück. Sofort, und wie einem Befehl Folge leistend, stand Barrientos auf, klappte seine Aktenmappe zu, klemmte die Mütze unter den Arm und verließ wortlos den Raum. Die Operettenhaftigkeit seines Abgangs entfaltete keinerlei belustigende Wirkung auf mich.

Man werde meinen Fall prüfen, sagte sein Adjutant und steckte seinen Kugelschreiber in die Brusttasche. Ich solle mich zur weiteren Verfügung halten.

»Mein Pass«, stieß ich hervor.

Der Adjutant, der sich schon hatte erheben wollen, ließ sich wieder in den Drehsessel zurücksinken. »¿Permiso?«

Brauer sah in Richtung der Fenster, die mit weißen Lamellen verhängt waren, und blinzelte langsam. Jetzt konnte ich nicht mehr zurück. Völlig unpassend, als wolle ich meiner Situation wenigstens in Gedanken auszuweichen, fragte ich mich, wie alt wohl der Adjutant und wie es überhaupt möglich sei, ein Lebensalter zu schätzen. Lag es an dem Verwitterungsprozess des Äußeren? An der Beschlussfestigkeit von Intonation und Wortwahl? An der stillen Kenntnis altersgemäßer Gestik? Zwei junge Soldaten, sagte ich, hätten mir gestern meinen Pass abgenommen. Ich sei geschlagen worden. Ich würde mich bei der deutschen Botschaft beschweren müssen, ergänzte ich, fast bedauernd, so kommt mir vor, und gleichzeitig hoffend, dass meine dünne, zittrige Drohung nicht allzu durchschaubar als leer erkannt werde.

Der Adjutant setzte bereits zu einer Antwort an, da ließ Brauer mit verhaltener Entschiedenheit seine Handflächen auf die Tischplatte fallen und sagte, es sei nun genug geredet, man werde die Einzelheiten zu gegebener Zeit besprechen. Mit Erlaubnis des Teniente solle ich jetzt gehen und vor seinem Büro auf ihn, Brauer, warten.

Ohne eine Sekunde zu zögern stand ich auf und verließ den Raum.

0111

KOMMUNIZIERENDE RÖHREN

»Was zum Teufel …«, begann Brauer, als wir wieder in seinem Büro waren. »Was ist in Sie gefahren? Wir waren fast draußen!«

Ich war noch immer etwas eingeschüchtert, allerdings gelang es mir ziemlich schnell, mich wieder zu sammeln, ganz so, als hätte ich mit Situationen wie diesen inzwischen Übung.

»Sie erzählen mir jetzt alles, was ich über Ihren Apparat wissen muss, oder ich garantiere Ihnen, dass Barrientos morgen früh den Arrestierungsbefehl signieren wird!«

»Haben Sie ein Glas Wasser?«, fragte ich.

»Nein!« Brauer sah in seine leere Zigarettenschachtel, knüllte sie fluchend zusammen und feuerte sie in den Papierkorb.

»Es … lief alles ganz anders ab, als wir es uns vorgestellt hatten«, begann ich.

»Was heißt das? Was haben Sie sich vorgestellt?«

Óscar war der Erste gewesen, der Stanleys epochale kybernetische Vision, die er uns inzwischen in mehreren Meetings detailliert erläutert hatte, einer nüchternen Realitätsprüfung unterzog.

»Wir brauchen 200 Großrechner, um, wie du es vorhast, auch nur die wichtigsten Unternehmen miteinander zu verbinden«, sagte Óscar mit verkniffenem Gesicht. »Wir haben vier.«

»Hier? Im CORFO?«, fragten sowohl Brauer als auch Stanley.

»Nein. In ganz Chile.«

Auf Stanleys Miene vollzog sich ein faszinierendes Wechselspiel, so als würde man sämtliche Klimazonen des gewaltigen Landes in einem einzigen Moment durchfliegen: Vergletscherung, subpolare Stürme vor Kap Hoorn, die Wüstenglut der Atacama, die Luftdruckschaukel des El Niño, schließlich jene wohltemperierte Milde, wie sie für Santiago und Stanley üblich war. Er saß mit übereinandergeschlagenen Beinen in der Lobby des ITT Sheraton und schien noch immer fasziniert vom hierzulande problemlosen Zugang zu besten kubanischen Zigarren. Es war gegen Mittag. Den ganzen Vormittag hatten wir bereits ohne ihn über der sich eigentlich schnell selbst beantwortenden Frage gebrütet, wie wir das, was Stanley ein »Computernetzwerk« nannte, mit nur einem einzigen IBM 360 Mainframe realisieren sollten, den uns das CORFO zur Verfügung stellen konnte.

»Well«, sagte Stanley seufzend und zog an seiner Zigarre. Damit waren seine Lösungsvorschläge zunächst erschöpft, und wir begaben uns zum Mittagessen ins Hotelrestaurant, wo es auf Stanleys Spesenrechnung reichlich Meeresfrüchte und Hühnchen sowie aus seinem üppigen Erfahrungsschatz Anekdoten über Norbert Wiener zu hören gab, der das Prinzip der statistischen Vorhersagbarkeit von Ereignissen angeblich beim Beobachten seiner Katze entdeckt hatte, die bei ihrer Mäusejagd nicht dorthin sprang, wo die Maus sich befand, sondern wo diese sich bei ihrer Landung voraussichtlich hinbewegt haben würde – ein Thema, von dem Stanley, der ein unerhört unterhaltsamer Erzähler war, den Bogen über seine Militärzeit in Indien bis hin zum Pazifismus schlug, dem er seitdem aus tiefster Überzeugung anhing. Dann kamen das Dessert, der Kaffee, weitere Zigarren, und der Tag diffundierte in den Abend und die Nacht, um schließlich erholt und gesammelt von Neuem anzubrechen.

Da erwähnte Patricio Guzmán, Offizier der Reserve und im CORFO bereits unter Eduardo Frei leitender Archivar, ganz beiläufig einige Fernschreiber, die unter Allendes Vorgänger angeschafft worden waren und Gerüchten zufolge seit Jahren in irgendeinem Lager der ENTEL verstaubten. Stanley entschied, dass man sich das einmal ansehen solle, obgleich Hernán ziemlich vehement die Möglichkeit einer solchen Anschaffung bestritt, immerhin sei er seinerzeit in leitender Position bei ENTEL gewesen, ohne davon Kenntnis gehabt zu haben. Wenig später saßen wir alle in Alfonsos zitronengelbem Chevy-Cabriolet. Es war Oktober, Frühling in Chile, und um daran keinen Zweifel aufkommen zu lassen, hatte Alfonso das Verdeck geöffnet.

Das Gebäude der chilenischen Telefongesellschaft lag draußen in Las Condes. Es kostete einige Mühe, den richtigen Lagerraum zu finden; der Diensthabende wusste nichts von Fernschreibern und führte uns zunächst in die Telefonschaltzentrale, wo eine fast vollautomatische Relaisstation einen Höllenlärm dabei verursachte, sämtliche Telefongespräche der Hauptstadt zu vermitteln. Wir gingen weiter in den Keller, wo, wie der Mann meinte, alte Telefonbücher lagerten. Als er das Licht anstellte, sahen wir allerdings einen Raum so groß wie eine Turnhalle, der über und über vollgestopft war mit Teletype-Fernschreibern der Western Union, nicht die allerneueste Baureihe, doch allesamt unbenutzt. Sie standen in mehreren Reihen und stapelten sich zum Teil zwei Meter hoch; nach einer ersten Zählung kamen wir auf an die 500 Stück. Hernán, der immerhin seit vier Jahren bei ENTEL angestellt war, schüttelte den Kopf darüber, dass er von einer Anschaffung solchen Ausmaßes nichts mitbekommen hatte, und wurde nicht müde, sich über die chilenischen Verhältnisse auszulassen.

»Es ist ein Witz, dass du ausgerechnet in Chile eine perfekte Organisation aufbauen willst«, sagte er zu Stanley.

»Wo, wenn nicht hier?«

Hernán seufzte verächtlich. »Wenn du in Chile einen Antrag stellen willst, kannst du dir sicher sein, dass die Bürokraten entweder zehn daraus machen oder nicht wissen, was Papier ist.«

Stanleys Begeisterung konnte das nicht beeinträchtigen. Auf der Rückfahrt setzte er uns auseinander, dass diese Maschinen fast ebenso gut seien wie Computer, denn es gehe bei alldem in der Hauptsache doch einzig und allein um die Verkürzung des Delays.

»Erklären Sie das genauer«, sagte Brauer und beugte sich in seinem Schreibtischstuhl vor, um sich eine meiner Zigaretten anzuzünden. Der Schreibtisch war inzwischen durch ein neues und moderneres Modell ersetzt worden. Óscars persönliche Gegenstände befanden sich, ich weiß nicht, warum ich das erst jetzt bemerkte, in einem Karton, der in der Ecke bei der Tür stand. Zwischen Brauer und mir wiederum stand ein Bandrekorder, Philips, eingeschaltet.

»Stanley hat es so erklärt«, sagte ich. »Bisher war der Versuch, die Wirtschaft zu kontrollieren, ungefähr so, als wollte man einen Zug mithilfe des Fahrplans vom letzten Jahr erreichen. Aber wer hungert, der will nicht erst die Statistiker und Ökonomen ihre Daten auswerten lassen über den mittleren Kalorienbedarf in verschiedenen Lebensaltern, und er will auch keinen Antrag auf Lebensmittel bei der Regierung stellen, die dann darüber debattiert, ob der Hungernde überhaupt Anspruch auf Lebensmittel hat … und so weiter. Wer hungert, der will essen. Sofort. Ohne Aufschub.«

»Mein Plan«, sagte Stanley, »war ursprünglich, wie ihr wisst, jeden Betrieb mit einem eigenen Mainframe-Rechner auszustatten. Nun haben wir nur Fernschreiber. Die Daten per Hand in den Fernschreiber einzugeben kostet Zeit. Also müssen wir die Information auf das Wesentliche reduzieren.« Sein Versuch, unseren anfänglichen Rückschlag in einen Erfolg umzudeuten, wirkte auf mich trotz seines im Fahrtwind wehenden dünnen Haares vollkommen überzeugend.

»Wir bekamen jeden Tag gegen 17 Uhr einen Report aus den Fabriken«, sagte ich zu Brauer. »Ungefähr zwei Seiten voller Produktionszahlen. Unten im Keller hatten wir zwei Nachrichtenzentralen eingerichtet, bestückt mit zehn, zwölf Fernschreibern, während des Streiks waren es sogar über 20. Ab 17 Uhr fingen die an zu rattern und spuckten meterweise Lochstreifen aus.«

»Dann müssen wir mit all den Lochstreifen ständig durchs Treppenhaus nach oben, um sie in den Mainframe einzulesen«, gab Óscar zu bedenken; der IBM stand im ersten Stock.

»Unmöglich, ihn im Keller unterzubringen, das Haus ist damals quasi drum herum gebaut worden«, sagte Mario. Das war kaum übertrieben: Neben der mannshohen, monolithartigen Rechnerarchitektur mit ihrer Leuchtdiodenfront und der zentralen Prozessoreinheit bestand die IBM-Anlage aus fünf aktenschrankgroßen Magnetbandlaufwerken, breit wie eine Regalwand voller Bücher, nur mit dem hundertfachen Informationsvolumen; außerdem einem Lochstreifen-Lesegerät mit Stanzer sowie einem Gehäuse für die festinstallierte Speicherplatte von der Größe eines Kleinwagens, alles zusammen tonnenschwer und wie für die Ewigkeit fixiert. Der 360 – er wurde auch »Big Iron« genannt, allerdings nicht von uns – war 1964 das bis dahin größte industrielle Entwicklungsprojekt aller Zeiten gewesen, seine Herstellung hatte die unvorstellbare Summe von fünf Milliarden Dollar verschlungen. 50 000 Menschen waren in Fabriken in den USA, Frankreich und Deutschland an der Produktion und Montage beteiligt gewesen. Er war der erste General-Purpose-Rechner überhaupt, der erste mit erweiterbarer Peripherie und voll kompatibler Softwareumgebung und gleichzeitig der erste Computer weltweit, der am Fließband hergestellt wurde. Für unser Modell musste das CORFO jeden Monat knapp 10 000 Dollar Miete an IBM zahlen, natürlich in harter Währung.

»Wir sparen trotzdem Zeit«, begeisterte sich Stanley und hätte wohl in die Hände geklatscht, wenn er sich nicht an Haltegriff und Zigarre hätte festhalten müssen, während Alfonso sich mühte, seine Spur im dichten Feierabendverkehr der Alameda gegen die Micros und Colectivos zu verteidigen. »Wir richten für die Lochstreifen einfach eine Rohrpost ein. Eine Vakuumpumpe, ein paar Rohrleitungen, fertig!«

»Es gibt da nur ein Problem mit den Lochstreifen«, sagte Óscar einige Wochen später, während eine der Patronen mit einem dumpfen Plopp im Empfangskorb landete und er einen der Streifen herausnahm. »Der IBM kann sie nicht lesen.« Er legte einen Streifen in das Lesegerät, das nicht nur nach gespanntem Warten, sondern endgültig still blieb.

»Der Teletype«, erklärte uns Hernán, während wir auf das Gerät heruntersahen wie Ärzte auf einen störrischen Patienten, »läuft mit einer ASCII-Codierung. Das Lesegerät im IBM funktioniert allerdings noch nach Murray.«

»Was heißt das?«, fragte nicht nur Brauer; ich hatte es zunächst auch nicht verstanden.

»Das heißt«, sagte Octavio, der bereits begonnen hatte,

mit dem Team in England die Software für den IBM weiter auszuarbeiten, »dass die Lochstreifen mit 7 Bit codiert sind. Das Lesegerät im IBM arbeitet aber nur mit 5 Bit.«

»Das war ärgerlich, denn so hätten wir Stunden damit verloren, die Reports per Hand einzugeben«, sagte ich zu Brauer.

»Daten aus zweihundert Fabriken? Jeden Tag?«

Ich schüttelte den Kopf. »Nur wenn wir uns nicht etwas anderes ausgedacht hätten.« Hernán baute aus einem der Fernschreiber ein Interface zusammen, das wir an den Mainframe anschlossen. Es sah abenteuerlich aus, aber als wir ihn erneut mit den Lochstreifen fütterten, blinkten die Kontrollleuchten auf seiner Frontplatte wie auf einem Jahrmarkt, und die Informationen landeten schließlich dort, wo sie hin sollten.

»Aber woher wussten die Arbeiter, welche Daten sie zu schicken hatten?«, fragte Brauer.

Der Vorarbeiter der Papeles Industriales Pacifico in Valparaíso, Enrique Iturra, bei dem wir die erste Maschine zu Testzwecken installierten, begriff tatsächlich etwa eine halbe Stunde lang weder, was wir von ihm wollten, noch, wer wir überhaupt waren. Die Sache wurde dadurch, dass Stanley mit seiner Zigarre und dem beigefarbenen Sommerhut eher wirkte, als wolle er die Fabrik kaufen und Enrique entlassen, nicht eben einfacher. Alfonso mühte sich nach Kräften, dem Mann die nähere Bewandtnis unserer Anreise zu erläutern, allerdings ohne großen Erfolg. Er habe keinerlei Fehler gemacht, wiederholte Enrique ebenso nachdrücklich wie ungefragt, und einen nach dem anderen zitierte er seine Arbeiter herbei, um sie diese Einschätzung bekräftigen zu lassen. Wir kamen schließlich darauf, dass er uns (und im Speziellen Alfonso) für einen sogenannten Interventor halten musste, einen jener Abgesandten der Regierung, die laut Kongressbeschluss dazu ermächtigt waren, in den verstaatlichten Betrieben die Kontrolle zu übernehmen, wenn sie nicht effizient arbeiteten. Die meisten Arbeiter hielten von staatlicher Kontrolle indes nicht das Geringste, sie strebten ganz im Gegenteil die Selbstverwaltung an.

Als auch Alfonso die Missverständnisse nicht restlos ausräumen konnte, bat Stanley Ana, die als Übersetzerin mitgekommen war, dem Kolonnenführer das Folgende auszurichten: dass nämlich seine Fabrik vom Compañero Presidente höchstpersönlich dazu auserwählt worden sei, sich Ruhm und Ehre eines wahren sozialistischen Pionierbetriebes zu verdienen. Ob Enrique nicht auch von dem Gedanken begeistert sei, in sehr naher, ja geradezu greifbarer Zukunft die Möglichkeit zu haben, jeden Tag auf das Blatt Papier genau voraussagen zu können, wie viel er produzieren müsse? Dass er, wenn an einer seiner Maschinen eine Walze breche, nicht einmal einen Anruf machen müsse, um noch am selben Tag Ersatz zu erhalten? Dass sich jeglicher Nachschub praktisch von allein bestelle, und das jeweils auf dem kürzesten Wege und zum günstigsten Preis? Und dass er jedes, absolut jedes Problem, das ihm heute noch Kopfschmerzen bereite und ihn in der Nacht des verdienten Schlafes beraube, durch einen einzigen Knopfdruck würde lösen können, und zwar innerhalb von Sekunden? Die perfekte Balance! Sei nicht die zentrale Forderung der chilenischen Arbeiterschaft – hier sah Stanley den Trabajador mit erhobener Zigarre fraternisierend an – und die aller echten Revolutionäre diejenige, die Produktion so auszurichten, dass sofort und ohne Umwege das Volk davon profitiere und nicht die bourgeoisen Kapitalisten?

Stanleys lehrbuchhafte Genossenschaftsrhetorik zog mich zwar durchaus in ihren Bann, dennoch fand ich, dass er ein wenig viel versprach. Ich glaubte ihm, dass er in diesem Moment überzeugt war von dem, was er sagte, aber ich bemerkte auch ein Element des willentlichen Entschlusses darin: Ob er überzeugt war oder nicht, er *brauchte* seine Überzeugungskraft jetzt. Ich fand das zugleich so bewundernswert wie unheimlich, und vielleicht ließ ich mich deswegen ablenken, ich bemerkte nämlich, dass der Gürtel an Anas tailliertem Übergangsmantel verdreht war, und konnte mich nur schwer davon abhalten, ihn auf der Stelle zu begradigen, denn selbstredend hätte das auf alle Anwesenden den ungünstigsten Eindruck gemacht.

»By the way«, sagte ich zu Ana, während Stanley, Alfonso und Óscar mit Enrique hineingegangen waren, um die Details der Installation zu besprechen. Ich hatte eigentlich vorgehabt, sie diskret auf den Gürtel hinzuweisen oder darauf, dass mir ihr Mantel gefiel, oder ganz allgemein auf etwas Hervorhebenswertes im Zusammenhang mit ihrer Erscheinung, doch was ich mich sagen hörte, war: »Es geht nicht nur um Balance.« In einer Honigpalme über uns schwatzten frei lebende Sittiche, die Kuppen der Anden stachen schneeweiß vom Blau des Himmels ab. Es war warm. »Was Stanley meint«, präzisierte ich, »ist weitaus mehr als nur Balance, nämlich Homöostase. Also dynamische Selbstregulierung.«

»Für dein Alter bist du ziemlich oberlehrerhaft«, sagte Ana und schnippte ihre Zigarette fort. Ihre Angewohnheit, den Rücken durchzudrücken, was nur zufällig und irreführenderweise so aussah, als würde sie die Brust herausstrecken, brachte mich nicht zum ersten Mal ein wenig aus der, nun: Balance.

»Ich bin ja auch hier als euer Lehrer«, sagte ich halb im Scherz, bemerkte gerade noch, dass ich mich rechtfertigte, und fügte mit wohl etwas bemühtem Ernst hinzu: »Es ist ein wichtiger Unterschied. Balance ist eine Wippe, die entweder im Gleichgewicht ist oder nicht. Das ist starr und unlebendig. Homöostase, das ist wie ein riesiges Mobile, in dem ein winziger Lufthauch auf eines der Teile trifft, die Energie wird über die Fäden auf alle anderen Teile übertragen, und deren Bewegungen übertragen sich wiederum auf das erste zurück, und immer so weiter: Eine unaufhörliche kinetische Komposition, die um ein Gleichgewicht ringt. Das Leben ist keine Wippe. Es ist ein Mobile.«

»Sie haben alle Bücher von diesem Baud gelesen, scheint es, nein?«

»Nicht ganz.«

»Wir haben allerdings noch ein ganz anderes Problem«, gab Óscar zu bedenken, als der Fernschreiber etwa zwei Wochen in der Papierfabrik stand. »Es ist schon schwierig genug, Enrique dazu zu bringen, uns ein paar Zahlen zu schicken. Aber wie kriegen wir ihn dazu, dass er auch mit denen arbeitet, die *wir* ihm schicken?«

»Das heißt, Sie schickten den Fabriken Befehle?«, fragte Brauer und beugte sich abermals vor.

»Der Homöostat steuert sich selbst«, erklärte ich Ana, weil es mir aus irgendeinem Grund wichtig war, dass sie den Unterschied begriff. Oder mir zuhörte. »Er bekommt nicht Anweisungen für ein Mehr oder ein Weniger, sondern setzt alle Informationen von selbst in Relation zueinander, um sich in einem stabilen Zustand zu erhalten. Er informiert sich selbst. Do you understand?«

Zum ersten Mal bemerkte ich, wie sie ihren Kopf beim Zuhören leicht schräg hielt und wie dabei ihr rechtes Augenlid halb geschlossen zitterte, als zeige es die Verarbeitung einer komplexen Rechenoperation an. »Ist das nicht … gespenstisch?«

»Überhaupt nicht«, sagte ich.

»Aber woher weiß das System, ob es in Homo –«

»Homöostase.«

»– ist oder nicht?«

»Der zentrale Prozess ist das Feedback«, sagte Stanley. »Um auf Veränderungen in unserer Umwelt reagieren zu können, müssen wir in uns eine höhere Varietät erzeugen als sie: Only variety can absorb variety. Alles, was der Umwelt an Störungen einfällt, muss zuvor schon dem System eingefallen sein. Das heißt, wir müssen über jeden einzelnen Schritt der Produktion informiert sein. *Jeden einzelnen.* Der Strombedarf jedes Verpackungsautomaten, der Anpressdruck jeder Blechpresse, die Laufgeschwindigkeit jedes Förderbandes: Wir sind die Schaltstelle, bei der alle diese Daten landen. Cybernet bringt sie miteinander in Verbindung, so unscheinbar sie auch sein mögen, und stimmt sie optimal aufeinander ab. We are the brain of the whole enterprise.«

»Aber nur, wenn die Fabriken uns mitspielen lassen«, sagte Mario.

»El presidio modelo«, sagte Brauer.

Ich hob fragend die Augenbrauen. »Was?«

»Oh, Sie kennen das nicht? Ihre Freunde in Kuba benutzen das auf der Isla de la Juventud. Es ist ein Gefängnis. Sehr praktisch. Die Zellen sind in einem Zirkel lokalisiert. Im Zentrum ist ein großer Turm, von dem man alle Zellen observieren kann. Ein einziger Wachmann reicht aus, um Hunderte Arrestierte zu kontrollieren. Sie disziplinieren sich sogar, wenn der Turm nicht okkupiert ist. Sehr genial.«

»Aber es geht uns nicht um Überwachung«, sagte ich. »Unsere Absicht ist nicht, die Arbeiter zu disziplinieren, sondern vorauszusehen, was auf sie zukommt.«

»Soso«, sagte Brauer.

»Aber läuft es nicht auf dasselbe hinaus?«, fragte Ana; ihre Augen wirkten schmal und misstrauisch, vielleicht lag es an der Brille, die sie wieder nicht trug, vielleicht auch am hellen Sonnenlicht.

»Nein«, sagte ich. »Wissen ist immer eine Hilfe. Kontrolle nicht.«

»Sieht so die Hilfe des Compañero Presidente aus?«,

fragte Enrique wütend. »Dass wir euch über jeden Handgriff Rechenschaft ablegen müssen, dass wir uns von euch Vorschriften machen lassen müssen, wie wir unseren Betrieb zu führen haben?« Er arbeite in der Fabrik seit elf Jahren, sagte er, niemand kenne sie so gut wie er, und es sei eine Beleidigung, dass nun junge Leute aus der Hauptstadt kämen, Gringos, die ihn und seine Männer überwachten wie Kinder.

»Aber *welche* Zukunft wollen wir antizipieren?«, fragte Ana, wieder mit schräg gelegtem Kopf; es interessierte sie wirklich.

»Die Zukunft von *allem*«, sagte ich. »Alles, wohlgemerkt, als Parameter in einem System, das wiederum viele kleinere, aber ebenso komplexe System enthält, und darin wieder komplexe Systeme, und immer so weiter, in endloser Rekursion, ein iterierendes, selbstähnliches Fraktal.«

»Kannst du das vielleicht mit anderen Wörtern sagen?«, fragte Ana.

»Systeme in Systemen, verstehst du? Der chilenische Staat ist ein selbststeuerndes System, darin das Wirtschaftssystem, darin der Industriesektor als System, darin die jeweiligen Branchen als Systeme – Schwer-, Leicht- oder Konsumgüterindustrie –, darin jede einzelne Firma, jede einzelne Abteilung und jede einzelne Arbeitskolonne als System, zuletzt der einzelne Arbeiter als neurobiologisches System. Ja? Und alle funktionieren nach denselben Prinzipien! Eine selbstähnliche Struktur, die auf allen Ebenen wiederkehrt! Das Größte steckt schon im Kleinsten!«

»Aber wer hat die Kontrolle?«, fragte Brauer und spielte mit seinem Feuerzeug. »Wer gibt die Instruktionen?«

»Niemand«, sagte Stanley und schaffte es, jedes einzelne Wort zu betonen: »There are no instructions. Just right decisions.«

»Warum soll ich meine Männer aus dem Urlaub holen?«, fragte Enrique am Telefon. »Ich sehe keinen Grund, die Produktion zu steigern, wir haben keine Aufträge!«

»Werdet ihr aber bekommen!«, brüllte Óscar in den Hörer, als sei Enrique geistig zurückgeblieben. »Also tut verdammt noch mal, was ich euch sage!«

»Diese ganzen Zahlen«, sagte ich zu Ana. »Stanley möchte, dass die Zahlen verschwinden, weißt du? Man soll intuitiv verstehen, wie der Wasserbedarf gestern war und wie er heute ist. Auf einen Blick.«

»Ihr seid vollkommen verrückt«, sagte Ana kopfschüttelnd. »Wie soll ich so schnell so viele Diagramme machen? Wie sollen wir diese ganzen Informationen überhaupt alle sortieren?«

»Wir sollten nur die Daten bearbeiten, die sich über bestimmte Grenzwerte hinaus verändern«, schlug ich Stanley vor. »Den Rest ignorieren wir. Das reduziert die Komplexität.«

Ana schob sich den Stift hinter das Ohr und spendete mir lautlosen Applaus; der Vorschlag ersparte ihr eine Menge Arbeit. Ich hatte nicht das Gefühl, als schwinge Ironie darin mit. Ich hatte ihr geholfen, sie mir: Wir waren ein Team.

»Niemand lässt sich gerne Vorschriften machen«, sagte Brauer und zündete sich eine weitere Zigarette an; die Pastillen waren ihm ausgegangen.

»Manche produzieren lieber ineffizient, wenn sie nur das Kommando behalten können«, sagte ich.

»Das wird noch ein großes Problem für dieses Land«, orakelte Stanley.

»Es ist immer ein Nachteil in der Demokratie«, sagte Brauer, »wenn alle es simultan am besten wissen wollen.«

»Wir hatten nur zu wenig Zeit«, sagte ich entschieden. »Wenn wir mehr Zeit gehabt hätten –«

»Was dann?«, fragte Brauer. »Sie hätten dann die komplette Produktion, die komplette Wirtschaft Chiles geplant?«

»Ich muss das richtigstellen«, sagte Stanley und paffte gemütlich einen Rauchkringel in die Luft. »Es geht nicht um Planwirtschaft. Es geht nicht darum, dass irgendjemand bestimmt, die Bevölkerung brauche in den nächsten fünf Jahren so und so viele Hosen. Die Sowjets machen das so. Ich glaube nicht, dass das gutes Management ist. Ich glaube, die sowjetischen Hosen werden nie für alle sowjetischen Beine ausreichen!«

»Das Problem gibt es im Kapitalismus nicht«, sagte Brauer.

»Im Kapitalismus«, sagte Stanley, »gibt es grundsätzlich viel mehr Hosen als Beine.« Er lachte in sich hinein, und sein Bauch, überhaupt sein mächtiger Leib bebte bis in die erzitternden Spitzen seines Rauschebartes.

»Und ich glaube«, sagte ich zu Ana, »Allende hat das

verstanden. Glaubst du nicht auch? Er will weder das eine noch das andere. Er will das Beste aus beiden Welten.«

»Wenn wir alle Informationen zusammenbringen«, sagte Stanley ruhig und bestimmt, »wenn wir wissen, welcher Chilene in welchem Moment wie viele Hosen will, und wenn wir es schaffen, diese Information in Echtzeit an die Industrie weiterzugeben, die sie wiederum an die weitergibt, die die Materialien zur Verfügung stellen, dann leben wir in nicht allzu ferner Zukunft in einer Welt, in der jedes Bedürfnis fast im Moment seines Entstehens befriedigt werden kann, und zwar weder durch Überfluss noch durch Ersatz, sondern als Effekt von *Organisation*.« Seine Augen glommen ein wenig, als er das sagte, was an seiner Vision ebenso liegen mochte wie am Whisky, den er in gemächlicher Frequenz aus seinem Glas trank wie ein Langstreckenläufer aus seiner Wasserflasche. »Und vielleicht«, fügte er hinzu, »weiß Cybernet dann schon vor dem Verbraucher, wann er eine Hose will. Und welche.«

»Halten Sie das für möglich, Herr Everding?« Brauer klang nicht, als hielte er für Science-Fiction, was ich ihm erzählte. Er klang, als wollte er von mir hören, wann es so weit sein könnte.

1000

BLINDER FLECK

Spätestens seit meiner Jugend war ich daran gewöhnt, einsam zu sein; es gibt leider kein weniger pathetisches Wort dafür. Ich war nicht ausgegrenzt, im Gegenteil. Ich hatte durchaus Freunde. Aber von wirklicher Gemeinschaft fühlte ich mich dennoch abgeschnitten. Am schlimmsten war es zu Hause.

Heute ist mir klar, dass meine Eltern der Grund dafür waren. Am Ende meiner Kindheit hätten aus mir zwei Menschen geworden sein müssen, zwei halbe, um genau zu sein. Dass ich nicht in einem pathologischen Sinn daran zerrissen bin, habe ich nur meiner Vorliebe zu verdanken, meinen Verstand auf klar definierte Probleme auszurichten statt auf das eine große, in dem ich aufwuchs.

Meine Mutter liebte mich, keine Frage, und mein Vater tat es vielleicht auch. Aber meine Mutter liebte meinen Vater nicht, im Gegenteil, sie bemitleidete ihn, und dieses Mitleid war eine Form der Verachtung. Kybernetisch gesehen traf ihr Feedback nicht nur meinen Vater, sondern alle, die mit ihm interagierten. Das waren außer mir nicht viele.

Mein Vater hatte ein großes Haus geerbt. Es lag am Breitenauer See bei Heilbronn und verfügte über eine zum

Wasser hin sanft abfallende Gartenfläche, die in einen absurd langen Bootssteg auslief. Es war ein Geschenk, in einem solchen Haus aufzuwachsen, wenn auch um den Preis sämtlicher anderer Geschenke, die man sonst für den Rest der Kindheit von seinen Eltern erwarten durfte.

Ich war nach der Heimkehr meines Vaters das einzige Kind geblieben. Als er plötzlich da war und blieb, erlebte ich einen anderen Menschen als den, den meine Mutter kennengelernt und mit dem sie während seines Fronturlaubs ein Kind gezeugt hatte. Er war immer abwesend, mit planem Gesichtsausdruck, abgehackt in seinen Bewegungen. Ich habe nie, nie erfahren, was eigentlich mit ihm los war, nicht von ihm, nicht von meiner Mutter, auch von keinem Arzt. Niemand, so schien es, hatte Begriffe dafür. Von jetzt auf gleich konnte er die Themen wechseln: Die sanfte, allerdings völlig unpersönliche Freundlichkeit, die er gegen alle Menschen und Dinge gleichermaßen an den Tag legte, konnte unversehens in eine furchtbare, inwärts gerichtete Wut umschlagen; dann zog er sich tagelang von allem zurück. Je älter ich wurde, desto weniger äußerte er sich überhaupt.

Zwischen den Eltern herrschte die meiste Zeit Schweigen, nur unterbrochen von gelegentlichen Ausbrüchen scharfer Worte. Ich schlief zwischen ihnen im Ehebett, bis ich sieben war. Später blieb mein Vater auch über Nacht in seiner Laube im Garten, wo er einer manischen Bastelei nachging, kopflosen Erweiterungen des Kobens, die den Bau wuchern ließen wie einen Abszess. Die wirre Hilflosigkeit der Ausführung offenbarte jedem, dass meinem

Vater nicht nur in jeder Hinsicht ein Plan fehlte, sondern dass er auch sämtliche Fähigkeiten, über die er einmal verfügt haben mochte, unwiederbringlich verloren hatte. Die mitleidigen Blicke der Besucher erschütterten mich damals ebenso sehr wie heute, wenn ich an sie zurückdenke; insofern war es ein Glück, dass nicht allzu viele Besucher kamen. Mein Vater war ein studierter Ingenieur gewesen; auch wenn er selten eine emotionale Regung zeigte, bin ich sicher, dass er verzweifelt an seinem fortgesetzten Scheitern litt.

Scheidung wäre damals schon möglich gewesen, beide Eltern waren nur der Taufe nach evangelisch, ansonsten völlig unspirituell; im Ort waren sie kaum jemals präsent. Die Mutter arbeitete im Papiergroßhandel Baier & Schneider und hätte sich eine Wohnung in der Stadt leisten können, mit einem Zimmer für mich. Sie tat es nicht, weil sie das Haus und das Grundstück liebte, das zu verlassen mein Vater sich weigerte. Oder vielleicht liebte sie nicht einmal das Grundstück, sondern den Status, den es anzeigte. In ihrer stillen Wut darüber, dass der Vater nicht einfach im Krieg geblieben war, wurde sie mir so fremd wie dieser, auch wenn ich mich, wie jedes Kind, um Liebe bemühte und den Grund für die Fremdheit zwischen uns ausschließlich bei mir selbst suchte.

Vor dem Fenster, auf der anderen Straßenseite, stand ein Citroën DS Pallas knapp jenseits des dunstigen Lichtkreises einer Straßenlaterne, wie in einem Film noir. In der Dunkelheit glühte hin und wieder eine Zigarette auf.

»Da steht ein Wagen vor der Tür«, sagte ich. »Glaubst du, die …?«

Anas Stimme, leise wie ein widerlegtes Gerücht. »Why should they?«

Ich legte mich wieder zu ihr ins Bett. Die Wärme war ein sanfter Schock, als würden sich unsere Körper chemisch miteinander verbinden; stumm und verständnislos schien sie zu fragen, wie es möglich sein konnte, dass ich bis hierher ohne sie ausgekommen war.

»Sie werfen mir vor, eine Guerilla aufbauen zu wollen. Kannst du dir das vorstellen?«

»Ihr habt alles gesteuert. Du und Óscar. Was sollen sie da denken?«

»Okay, aber … das eine hat doch nichts mit dem anderen zu tun.«

»Meinst du?« Sie drehte sich zu mir, strich mir eine Strähne aus der Stirn.

»Sie wollen die Versorgung wieder anlaufen lassen«, sagte ich leise, fast entschuldigend. »Dieser Brauer. Sie wollen, dass ich sie … Keine Ahnung. Berate.«

Beinahe unmerklich erstarb Anas Bewegung. »Und?«

»Was und?« Das war durchschaubar nur darauf ausgelegt, Zeit zu gewinnen.

»Tust du's?«

Ich wusste nichts zu antworten.

»Dein Herz klopft so schnell«, sagte Ana nach einer Weile und berührte meine Brust. »Hast du Angst?«

Die Pausen zwischen unseren Sätzen dehnten sich uferlos in die Stille; vielleicht erwartete ich irgendetwas, eine

Einschätzung, eine Entwarnung: eine Erlaubnis. Ich streichelte Anas Arm. »Die spielen mir Theater vor«, sagte ich leise. Flüsterte, als wenn mich niemand hören dürfte. »Eine Farce.«

Ana sagte nichts.

»Die ziehen eine Show ab. Dieser Barrientos. Stellen mir diesen Wagen hin. Und Brauer tut so, als sei er mein väterlicher Freund. Als hielte er seine schützende Hand über mich.«

»Und wenn es so ist?«, kam es von Ana. Ebenfalls flüsternd.

»Ich bin nicht bescheuert«, sagte ich brüsk und auf Deutsch, was Ana befremden musste. »Ich arbeite nicht für diese Faschisten!«

Ana drehte sich ganz zu mir und küsste mich. Unsere Münder schlossen sich übereinander; mein Bewusstsein leerte sich innerhalb von Sekundenbruchteilen, wie ein Speicherband unter einem starken Magneten. Noch eben waren mir zahllose Fragen und die Schlachtpläne verschiedenster Optionen im Kopf herumgegangen; unter Anas Küssen war dies alles von einer Sekunde zur anderen unerheblich. Ihr Geruch drang in meine Nase, ich spürte ihr Schamhaar an meinen Schenkeln, als ich mich unter ihr regte, und eine Gier ergriff Besitz von mir, der ich sofort und bedenkenlos alles geopfert hätte. Das Erschrecken darüber kam erst später, nachdem ich mich aus ihr zurückzog, wie befleckt; jetzt aber sagte sie zu mir, ganz dicht an meinem Ohr: »Schlaf mit mir«, was durchaus unnötig war; alles verstand sich von selbst, auch wenn es nichts erklärte.

Mir war es egal, ob mich die Männer im Citroën hörten; alles außer uns beiden, Ana und mir, spielte keine Rolle. Seitdem denke ich immer wieder daran. Man lebt nur in wenigen Augenblicken wirklich; und entweder lässt man sich dann rückhaltlos darauf ein, oder man muss eines Tages bekennen, nicht gelebt zu haben.

Irgendwann stand ich auf, ruhelos, während Ana schlief, oder so tat als ob, und trat ans Fenster. Draußen hatte sich nichts verändert. Was, so ging es mir durch den Kopf, war das für eine Strategie? Was gehörte dazu und was nicht? Prophetische Gedanken hinter postkoitalem Zigarettenrauch, leider genauso verkräuselt.

»Was wollen die von mir?«, sagte ich in die Dunkelheit hinein, ich meinte nicht unbedingt Ana, obwohl ich mir wiederum etwas von ihr zu hören wünschte. Ich habe denen doch schon alles erzählt, wollte ich sagen, tat es aber nicht, denn es klang verfänglich, außerdem war es falsch: Ich war kein Kollaborateur. Tatsächlich hatte ich Brauer nur erzählt, was längst geschehen und bekannt war, historisch, gewissermaßen; er würde jedenfalls, wozu auch immer, keine Schlüsse daraus ziehen können. Ich schüttelte den Kopf, natürlich stimmte das nicht, und natürlich war es erst recht nicht das, worum es ging.

Als aus der Dunkelheit keine Antwort kam, stieg ich wieder ins Bett, spürte die Feuchtigkeit auf Anas Haut, die nicht schlief, sondern ihre Hand an mich legte, bis wir uns beinahe augenblicklich erneut ineinander verloren, als sei das unsere Pflicht und Strafe, sinnlos, mühsam und ohne Aussicht auf Erfüllung. Unser Lohn war völlige Erschöpfung, vielleicht ging es allein um diesen tranceartig entrückten Zustand, in dem alles Äußere sich sprudelnd auflöst. Jetzt, beim zweiten Mal, war es schwerer als zuvor, allem wohnte schon ein Gran gewaltsamer Behauptung inne, mein Unterleib schmerzte vor Lust, um deren Andauern ich kämpfen musste durch umso zielstrebigeres Hinarbeiten auf ihr Ende.

Später fragte ich dann: »Was ist mit Emilio?«

In einem Tonfall, der mir die Unterscheidung zwischen Respekt, Ironie und Verachtung aufzuheben schien, sagte sie: »Emilio glaubt, dass die Monogamie ein Herrschaftskonzept der Bourgeoisie ist.«

Ich wartete, weil ich annahm, dass dies die Einleitung zu einer ausführlicheren Erklärung sein sollte. Ana strich in einer leicht manisch wirkenden Übersprungsbewegung die Bettdecke über ihrem Schoß glatt, immer wieder. Ich wartete. »Was soll das bedeuten?«, fragte ich schließlich.

Ana antwortete nicht.

»Ich meine: Was bedeutet das für dich?«

Ich bemerkte die schlechte Luft im Zimmer, ärgerte mich, das Fenster zur Straße nicht öffnen zu können wegen des Citroëns, auch wenn da eigentlich kein Zusammenhang bestand. Ich fühlte mich ohnmächtig, und was den Ärger schließlich hervorbrechen ließ, jäh und heftig, war meine Befürchtung, dass die einzige Möglichkeit zur Kommunikation, mit anderen Worten deren unzureichendes Surrogat, unsere Fickerei hatte sein sollen. »What's the matter with you?«

Statt zu antworten blieb sie kryptisch. »Ich gehöre auch zur Bourgeoisie. Gehörte. Jetzt nicht mehr.«

Ich wurde wütend. Ich hatte ein Recht zu erfahren, wie sie zu Emilio stand, immerhin waren sie verlobt, zumindest musste ich das annehmen. »Hat er Schluss gemacht? Oder du? Ist er abgehauen? Weiß er von mir?«

Ana sah mich an; ihr Mund war ein blutleerer Strich, und es war unmöglich zu ergründen, woran sie dachte. Ich versuchte mir vorzustellen, was nötig war, damit Ana einen Betrug beging, begehen konnte. Sie war so nicht. Es gibt Menschen, in deren Gegenwart man an eine Idealversion seiner selbst glaubt und die einem sogar dabei helfen, dieser Jemand zu sein. Falls das Beihilfe zum Selbstbetrug war, dann mochte Ana eine Betrügerin sein.

Draußen klapperte der Deckel einer Mülltonne, sofort stürzte ich zum Fenster: Die beiden Männer saßen unverändert im Wagen. Ein Schatten huschte, scheppernd fiel etwas zu Boden, aus dem Gebüsch fuhr ein Hund. Der Moment, in dem Ana das einzig Richtige hätte sagen können – die Wahrheit –, war vorbei. Jetzt sagte sie: »Für das Ausland sind wir ohnehin nur Dritte Welt. Dabei stammen wir von den Konquistadoren ab. Jetzt machen sie mit uns dasselbe wie die Spanier mit den Indios. Jetzt sind *wir* die Indios.«

Ich schüttelte den Kopf wie nach einer Ohrfeige. »Was soll das jetzt wieder heißen?«, fragte ich. »Dass ich dich benutze? Willst du das damit sagen?«

»Nein«, sie schüttelte energisch den Kopf, »darum geht es nicht.«

»Worum geht es dann? Warum kannst du nicht auf meine Frage antworten?«

»Warum ist das für dich so wichtig?«

»Warum wohl?«, fragte ich. »Es ist eben wichtig.«

»Ich will nicht über Emilio sprechen.«

Das war klarer, als ich hatte erwarten können; letztlich gab ich mich damit zufrieden. Sie ließ sich nicht festnageln. Im Grunde gefiel mir das an ihr, sie ließ sich weder einschüchtern noch von ihrer Hingabe kompromittieren. Das zumindest war die Vision, die sie in mir von sich hervorrief. Ich half ihr dabei, sie zu sein.

»Glaubst du an so etwas wie göttliche Gerechtigkeit?«, fragte sie jetzt.

»Ich glaube nicht einmal an so etwas wie Gott«, sagte ich grimmiger als nötig.

Sie war beinahe empört. Wie ich so etwas sagen könne?

Ich könne es eben, sagte ich. Die Strafe für meine Sturheit war abermals Schweigen. Dann sagte Ana: »Als Kind habe ich das große Beben in Valdivia miterlebt. Wir waren gewarnt, es hatte Erdbeben in den Tagen zuvor gegeben. Mein Vater – er war damals noch im Priesterseminar – sagte: Dies ist Gottes Strafe für die Habgier und Selbstsucht der Menschen. Es gab ein weiteres Beben, ziemlich stark, wir waren zum Strand gegangen, weil wir dachten, dort könne uns nichts passieren. Und während wir auf den nächsten Erdstoß warteten, verschwand das Wasser. Wie bei einer großen Ebbe. Die Fischerboote wurden immer weiter hinausgezogen, dann lagen sie plötzlich auf dem Trockenen. Das Meer war weg, bis zum Horizont. Ich hatte so etwas noch nie gesehen. Selbst wir Kinder wussten, dass dies ein Vorbote Seines Zorns war, so, wie mein Vater gesagt hatte. Aber viele der Erwachsenen erkannten das nicht. Sie gingen hinaus in den Schlick und sammelten Krebse. Sie schleppten riesige Körbe, machten reiche Beute, lachten, es war wie eine große Fonda.«

Sie sah aus dem Fenster.

»Und dann kam das Wasser zurück. Eine riesige Wand am Horizont, die immer näher kam. Alle blieben stehen, auch wir. Wir blieben stehen und starrten sie an. Die Boote wurden fortgeschleudert und zerschellten wie Spielzeuge. Die Leute am Strand blieben noch immer stehen, als hätten sie noch nie etwas Schöneres gesehen. Aber mein Vater sagte, wir dürften nicht mehr hinsehen. Und dann rannten wir.«

Ich stellte es mir vor. Ich überlegte, welche Bedeutung Ana diesem Erlebnis gab, und auf welche Frage, die ich nicht gestellt hatte, sie damit stellvertretend antwortete.

»Das war aber nicht Gott, der diese Leute bestraft hat«, hörte ich mich todernst sagen. Trotzig? Verbissen? »Und euch gerettet.«

»Ich weiß nicht, ob du davon etwas verstehst«, sagte Ana von weit entfernt.

Ich ging zum Bett und setzte mich wieder zu ihr. »Bisher ist niemand gerettet worden«, sagte ich. Meine Nacktheit war plötzlich unangemessen, ich hätte mich gern bedeckt oder angezogen, dann dachte ich überdreht: In die Liebe müssen wir nackt hineingehen. »Dieser Brauer sagt, dass er nicht weiß, wo Óscar ist.« Ich dachte einen

Moment nach. »Aber ich glaube ihm nicht. Er konnte mir sogar sagen, in welches Lager ein x-beliebiger Fabrikdirektor gebracht worden ist.«

»Könnte Zufall sein.« Ana klang nicht nachdenklich, sondern so, als erwiderte sie, noch immer weit entfernt, ganz automatisch Einschätzungen von großer Offensichtlichkeit. Ich beugte mich zu ihr hinüber und küsste ihr Knie, das die Bettdecke durch eine Bewegung ihres Körpers entblößt hatte. Diese plötzliche Vertraulichkeit zwischen uns, von niemandem autorisiert, niemals wirklich beschlossen, kam mir plötzlich vor wie eine dreiste Behauptung. Ich bemerkte, dass auch Ana sich leicht versteifte. »Immerhin ist er verrückt nach diesen Dragees«, sagte sie.

Ich lehnte mich wieder zurück auf die Bettkante. Im Rückblick war – nach dem Verlauf des Gesprächs bis dorthin – dies der Moment, in dem ein Dominostein kippte, so langsam, dass man seinen Weg minutiös verfolgen und den Weg aller anderen nach ihm hätte voraussehen können.

»Habe ich dir davon erzählt?«

»Woher sollte ich es sonst wissen?«, fragte sie tonlos zurück.

»Bist du verhaftet worden?« Dass das meine Befürchtung und fast schon eine Unterstellung war, konnte die Frageform nur unzureichend bemänteln.

»Was?«

»Haben sie dich verhaftet? Im CORFO? Brauer?«

»Nein, wer ... Was ist das für eine Frage? Ich kenne diesen Brauer nicht!« Ana richtete sich auf und zog sich die

Decke vor die Brust, eine Geste, die mir aus mehreren Gründen den Mund trocken werden ließ.

»Ich habe Jochen getroffen«, sagte ich. Selbst in meinen Ohren klang das, als ließe ich den Metallbügel eines Aktenordners aufschnappen.

»Na und?«

»Ich will nur wissen … Haben sie dich befragt?«

»Was denn gefragt?«

Ich dachte kurz darüber nach, was ich von Anas Begriffsstutzigkeit halten sollte, aber nicht lange genug. »Dasselbe, was sie mich gefragt haben.«

»Hör zu«, sagte sie und stand auf. »Ich weiß nicht, was auf einmal mit dir los ist. Ich bin viel unwichtiger als du, okay? Also versuch nicht, das auf mich abzuwälzen. Ich kann dir deine Entscheidung nicht abnehmen!« Für einen kurzen Augenblick sah ich sie zum ersten Mal, wie sie war, nicht nur einzelne Körperteile. Dann suchte sie ihre Sachen zusammen und begann, sich anzuziehen. Wie unvermittelt diese Zankerei losgebrochen war, empfand ich als willkürlich, geradezu unglaubwürdig: Was hatte ich schließlich gesagt?

»Du willst doch sowieso mitmachen«, sagte sie, jetzt offensichtlich wahllos Vorwürfe streuend, »du willst doch nur etwas von mir hören, das dein Gewissen erleichtert. Ich habe schon gesagt, was ich denke. Du bist Techniker, oder nicht? Du weißt alles und glaubst nichts, Juan. Wobei soll ich dir helfen? Dich interessiert alles und begeistert nichts. Du bist der Letzte, der Hilfe braucht, bei einer Entscheidung, bei irgendwas. Du tust, was du tust.«

Sie war inzwischen angezogen, ich folgte ihr die Treppe hinunter. Ich spürte keinen Impuls, mich zu rechtfertigen, mir kamen diese Vorwürfe aus dem Nichts vor wie reine Schutzbehauptungen. »Du glaubst doch nicht, was du da sagst!«

Sie öffnete die Tür. Ich wollte ihr sagen, dass sie nicht gehen musste, dass ich alles mit ihr zu teilen bereit war, alles. Sie trat hinaus und drehte sich noch einmal um, ihr Gesicht … Ich kann ihr Gesicht nicht beschreiben: es war wächsern, grauenhaft eigentlich. Man hätte alles Mögliche hineinlesen können.

»Und nein«, sagte sie. »Nein, sie haben mich nicht *befragt*!«

EINS

STROM AN

Die Guerilla ist der Fisch. Das Volk ist das Meer.
Wenn du den Fisch nicht fangen kannst,
musst du das Meer trockenlegen.
Efraín Ríos Montt

1001

OPSROOM

In den Winter- und Frühlingsmonaten 1972, während wir von früh bis spät am Aufbau von Cybernet arbeiteten und versuchten, all die Abertausend Ideensplitter und technischen Probleme zu bewältigen, die täglich auf uns einstürzten, zogen sich in der Realität um uns herum die Kräfte der Konterrevolution immer enger zusammen. Was bis dahin als politische Konspiration, Boykott und Meinungsmache meist knapp unter unserer Wahrnehmungsgrenze geblieben war, schlug jetzt immer öfter in Straßenkrawalle und manifesten Terror um: Angriffe auf Fabriken, Verteilungsstellen und Treibstoffleitungen häuften sich, einmal wurde eine Fernsehansprache Allendes unterbrochen, weil Unbekannte einen Hochspannungsmast gesprengt hatten. Die konservative Presse, allen voran der *Mercurio*, feierte derartige Aktionen genüsslich als Akte legitimen Widerstands, dessen Emblem das der Patria y Libertad war. Es war inzwischen an immer mehr Hauswänden zu sehen, eine unheilvolle Kreuzung aus verkrüppeltem Hakenkreuz und vollgesogener Zecke. Mitglieder dieser gut organisierten Gruppe hatten kürzlich auch den neuen Sitz des Staatsverlags Quimantú überfallen und Redaktionsräume verwüstet. Der Sinn dieser Aktion war mir unbegreiflich, denn der einzige Nachteil, den die arrivierten Chilenen durch Quimantú erlitten hatten, war die narzisstische Kränkung, dass Bildung nun auch für die ärmeren Klassen zugänglich wurde. Offenkundig reichte das, ein enormes Gewaltpotenzial bei den sogenannten anständigen Bürgern zu entfachen. *El Mercurio* berichtete Ende März 1972, dass couragierte »Advokaten der Freiheit« in Valdivia Großgrundbesitzer gegen Landraub verteidigt hätten, wobei einige der Besetzer verletzt worden seien. Dass viele von ihnen, überwiegend Mapuche-Indios, entführt, gefoltert und ermordet worden waren, erfuhr man hingegen nur aus der linken Presse.

Vor Toten schreckten sie auch in der Hauptstadt nicht länger zurück: Kurz nach dem Massaker war ein Mordanschlag auf den Generalsekretär der MAPU verübt worden. Woher die Patria y Libertad ihre Waffen bekam, war völlig unklar, doch eine Durchsuchungsaktion in den Privaträumen von Pablo Rodríguez, einem ihrer Köpfe, hatte reichlich davon zutage gefördert. Im selben Handstreich fielen den Carabineros auch Putschpläne für die kommenden Tage in die Hände, in denen Arbeiterinnen einer Papierfabrik eine Demonstration geplant hatten, in deren Verlauf Allende, der zu der Veranstaltung eingeladen war, hätte getötet werden sollen.

Mit anderen Worten: Allende war von seinen Feinden eingekreist. Die Unidad Popular hatte ihren einzigen großen, von allen bejubelten und tatsächlich welterschütternden Erfolg im September 1970 mit ihrem Wahlsieg gefeiert. Von da an waren alle Fortschritte Allendes teuer erkauft gewesen. Schon der Enteignung der US-Minenbetreiber Ende 1971, wenngleich notwendig und innenpolitisch ebenfalls ein Erfolg, war die Antwort ohne Umschweife gefolgt: Die Weltbank und zahllose Länder, die unter dem Einfluss der USA standen, strichen Chile die Kredite und schlossen das Land vom weltweiten Kupferhandel praktisch aus; das Gleiche passierte im Kohle-, Erz- und Salpeterbergbau. So bereitwillig Allende sich das Verdienst zuschrieb, die verhassten Imperialisten endlich aus dem Land gejagt zu haben, so angreifbar machte ihn die Tatsache, dass er im Gegenzug eine Rezession am Hals hatte.

In der Agrarwirtschaft, dem Bankenwesen und im Industriesektor hatte er sich ebenso wenig Freunde gemacht. Die UP hatte einen Großteil der privaten Latifundien verstaatlicht und das Land neu verteilt. Aber viele Landarbeiter hatten sich etwas anderes vorgestellt als die erneute Entfremdung in einem Genossenschaftskonglomerat, und so gingen sie daran, Land auf eigene Faust zu besetzen. Damit steckte die Unidad Popular in einem Dilemma: Um ihrem heiligen Credo der Legalität zu genügen, hätte sie gegen die eigenen Leute vorgehen müssen. Ihre Glaubwürdigkeit litt aber beinahe noch mehr dadurch, dass sie es nicht tat und die Besetzung stillschweigend billigte. Die bürgerliche Opposition, ja sogar die eigenen Koalitionspartner liefen Sturm und blockierten fortan viele von Allendes Vorhaben im Kongress.

Bei den Banken konnte Allende die Gesetzgebung erst

gar nicht ändern, der Widerstand der Konservativen war viel zu stark. Also hatte die Regierung sofort nach der Wahl begonnen, Aktienpakete der größten unter ausländischer Beteiligung stehenden Banken zu kaufen. Sie machte so großzügige Angebote, dass die meisten Anteilseigner nicht ablehnen konnten. Der Erfolg war, dass nach kurzer Zeit zwar die meisten Banken verstaatlicht, dafür aber die Staatskassen leer waren. Allendes einziger Ausweg war, die Notenpressen anzuwerfen, was er auch ausgiebig tat; aber Importe musste er in Devisen bezahlen, und von denen kamen kaum noch welche herein.

Selbst wenn die Regierung noch flüssig gewesen und die Inflation noch nicht galoppiert wäre, hätte sie die Industrieproduktion nicht mit derselben Methode wie bei den Banken an sich bringen können: Die meisten der großen Firmen waren nicht an der Börse gelistet. Also bediente sich die Unidad Popular eines legislativen Winkelzuges, indem sie ein Enteignungsgesetz aus den dreißiger Jahren hervorkramte, das nie zuvor zur Anwendung gekommen war. Es erlaubte der Regierung, die Firmenkontrolle zeitweise einem Interventor zu übergeben, wenn die Produktion etwa durch anhaltende Arbeitskämpfe erheblich beeinträchtigt war. Allerdings waren Arbeitskämpfe Bestandteil des revolutionären Programms der Unidad Popular. Die Opposition gewann also das Bild, dass die UP selbst Notlagen provozierte, zu deren Behebung sie per Alleinverordnung zweifelhafte Beschlüsse konstruierte und damit das Zivilrecht aushebelte.

Wir wunderten uns nicht, dass vor diesem Hintergrund

die Telexmaschinen, die wir in die Unternehmen des ganzen Landes entsendet hatten, in den meisten Fällen zwar ankamen, dann aber unbenutzt verstaubten wie zuvor im Keller der ENTEL. Täglich mussten wir langwierig auf Abteilungsleiter und Brigadeführer einreden, uns doch bitte ihre Zahlen zu senden. Manchmal machten wir auf das Interventionsgesetz aufmerksam, doch der Erfolg, wie immer bei Zwangsmaßnahmen, war bescheiden.

Dies waren die Regeln des politischen Spiels im Frühling 1972. Im Innern unseres kleinen und verschworenen Kreises blieben all diese Eruptionen jedoch Nachrichtenbilder ohne Ton; wir waren wie Gärtner in einem Gewächshaus mit eigenem Wetter. Ich, im Speziellen, war in diesen Tagen besonders unempfänglich für die Bakensignale des Planeten Wirklichkeit, abgetaucht in mein Universum aus Materialstudien und Blaupausen, Steuerungskonzepten und Schaltplänen, und die Tatsache, dass Óscar, Hérnan, Javier, Ana und alle anderen sich ebenso sehr in ihre Arbeit knieten, lud mich nicht dazu ein, meine Selbstvergessenheit infrage zu stellen. Etwas hatte mich ergriffen, das mich all die offensichtlichen Widersprüche ausblenden ließ, über die man stolperte, wenn man auch nur in den Laden an der Ecke ging, um Brot oder Papier oder Schrauben zu kaufen. Das Erstaunliche war, dass ich den Mangel weder leugnete noch übersah (was allerdings auch schwer möglich war): Ich konnte mir jederzeit vorsagen, dass meine Arbeit darin bestand, diesen Mangel zu bekämpfen, in jeder Minute jedes einzelnen Tages. Nur gelangte ich selten an den Punkt, an dem ich mich wirklich als Teil der Gesellschaft fühlte, als jemand, der nicht nur Klempner war, sondern dessen Haus ebenfalls unter Wasser stand. Vielleicht hatten wir alle uns aber auch nur schon so sehr an die Streiks, die Krawalle und das Stocken des öffentlichen Lebens gewöhnt, dass wir es einfach für eine weitere Schattierung der Normalität hielten.

Die einzige Brücke nach draußen stellte Alfonso dar, der ein nüchterner Vermittler und Kommentator der Ereignisse war, was mich umso mehr erstaunte, als man von ihm als Quasi-Regierungsmitglied – er war einer von Allendes engsten Beratern – eigentlich kaum Unparteilichkeit erwarten konnte. Er war in der Lage, gleichzeitig technisch, analytisch und politisch zu argumentieren. Die Momios waren für ihn nicht einfach raffgierige Ausbeuter, die das Land um ihres Profits willen in den Untergang trieben, sondern allenfalls zähe und exzellent organisierte Verhandlungspartner. Jeder mögliche Standpunkt war ihm zunächst legitim, bis er zergliedert und zur einzig richtigen Schlussfolgerung destilliert war; darin ähnelte er Stanley, auch wenn Alfonso eine andere Perspektive hatte. Wie ich nur langsam begriff, deckte sich diese weniger mit unserem Projekt, sondern hauptsächlich mit dem Parteiprogramm der Unidad Popular. Und seiner Position darin.

Gleichzeitig gab Alfonso uns aber das Gefühl, dass auch er an die Überlebensgröße unserer Aufgabe glaubte und dass, wenn Cybernet erst einmal etabliert wäre, auf einen Schlag das Versorgungsproblem gelöst sein und damit der größte Teil der Regierungskritiker verstummen würde.

Das befeuerte uns darin, mit einem geradezu absurden inneren und äußeren Aufwand zu arbeiten, ja es für ein Privileg zu halten, Tag und Nacht füreinander und insbesondere für Stanley erreichbar zu sein, selbst wenn er um Mitternacht anrief und sagte, dass ihm noch einige Details zum Kontrollraum eingefallen seien; ob ich mir das nicht vielleicht kurz einmal ansehen könne?

Und natürlich schwang ich mich sofort auf das Fahrrad der Lorca und fuhr nach Providencia hinein, wo Stanley mich mit leuchtenden Augen (und Wangen) in seinem Zimmer erwartete, wach und ausgeruht wie immer, Kleidung und Bart in exakt jenem Grad der Knittrigkeit, der deutlich machte, dass es sich dabei um ein Statement und nicht etwa mangelnde Pflege handelte, routinemäßig Scotch anbietend, den ich mittlerweile, von Stanley allerdings vollkommen unbemerkt, nicht einmal mehr ablehnte, sondern freundlich ignorierte.

»Die Grundform des Opsrooms sollte ein Hexagon sein, damit wir Platz genug haben für die Bildschirme. Die Wände sollten aus Furnierholz bestehen. Nicht zu hell, nicht zu dunkel. Die Atmosphäre ist sehr wichtig, man soll sich wohlfühlen. Man kann nicht gut arbeiten, wenn man sich nicht wohlfühlt, meinst du nicht auch?«

Ich nickte und machte statt schriftlicher Notizen Skizzen, die Stanley sofort kommentierte.

»Keine Tische!«, sagte er zum Beispiel kategorisch.

»Was hatte Señor Baud gegen Tische?«, fragte Comandante Brauer, während er in einer der Personalakten blätterte, die sich vor ihm stapelten.

»Er war der Meinung, dass Tische nur dazu einladen, sich dahinter zu verschanzen«, sagte ich.

»Interessant«, sagte Brauer und klappte die Akte zu.

»Außerdem gerät alles in Vergessenheit, was einmal darauf gelandet ist«, sagte Stanley. »Wir brauchen diesen Ballast nicht. Was wir brauchen, sind bequeme Sessel mit einem Kontrollpanel.«

Ich zeichnete.

»Keine scharfen Kanten«, bestimmte Stanley, »der Sessel muss bequem sein. Und die Armlehne muss breit genug sein, um darin die Tasten unterzubringen, mit denen man zwischen den Anzeigen auf den Bildschirmen navigiert.«

Als er mit meiner Skizze zufrieden war, erinnerte das Resultat ein wenig an den berühmten Tulip Arm Chair des finnischen Designers Eero Saarinen. Das Problem bei solch geschwungenen Formen war allerdings, dass sie am besten aus einem Stück herzustellen waren, womit sich faserverstärktes Kunstharz anbot. Dieses Material sah auch Saarinens Entwurf aus den fünfziger Jahren vor. In den USA, wohin er ausgewandert war, kannte man dieses Verfahren schon längst, aber ob es in Chile jemanden gab, der mit der Verarbeitung Erfahrung hatte, wagte ich zu bezweifeln.

»Wir finden schon jemanden«, sagte Stanley entschieden und wiegte dann den Kopf, als sei ihm eine bahnbrechende Idee gekommen. »Du hast die Armlehne so schön breit gemacht. Was hältst du davon, wenn wir noch eine Abstellfläche für ein Glas hinzufügen?«

»Für ein Glas?«

»Damit man sich wohlfühlt!«, sagte Stanley und strahlte. »Und wo du schon dabei bist: Mal auch noch einen Aschenbecher hinein!«

Eine der Herausforderungen für das Team – neben der, an etwas zu arbeiten, wovon niemand außer Stanley eine konkrete Vorstellung hatte – lag darin, dass uns an Mitteln und Material fast alles fehlte. Stanley wollte zum Beispiel statt Zahlenkolonnen und Text ausschließlich Piktogramme, die per Knopfdruck auf einem Bildschirm angezeigt werden sollten. Die Piktogramme konnten wir nicht im Computer erzeugen, dafür war das Grafikmodul des IBM nicht gemacht. Für die Monitore wiederum konnten wir wegen der viel zu niedrigen Bildrate keine Braun'schen Röhren verwenden, denn von dem flackernden Standbild hätte man sofort Kopfschmerzen bekommen. Óscar sprach schließlich die einzig gangbare Idee aus: Diapositive.

»Aber dann müssen wir jedes Piktogramm von Hand herstellen und jedes Dia mit einer Registernummer versehen«, gab ich zu bedenken, »genauso wie den entsprechenden Datensatz, den das Dia repräsentiert.«

Ana hatte die Aufgabe, die Daten in Diagramme zu übersetzen, und zwar mit keinen anderen Materialien als Karton, Skalpell und Bastelkleber. Inzwischen hatte sie Verstärkung von ihren beiden Kolleginnen Luisa und Carolina bekommen, mit denen sie im Akkord die Vorlagen herstellte und abfotografierte.

»Müssen es denn unbedingt Farbfotos sein?«

Ich erinnerte sie an die Isotype Otto Neuraths, über dessen Wiener Methode der Bildstatistik wir während der Planung viel gesprochen hatten. Wir mussten vielschichtige Sachverhalte möglichst einsichtig und konzis aufbereiten. Jedes zusätzliche Unterscheidungsmerkmal für Systemzustände war daher absolut notwendig. »Auf Farben zu verzichten bedeutet, auf die gesamte Idee grafischer Information zu verzichten. Ich will nicht derjenige sein, der das Stanley vorschlägt.«

»Weil«, sagte Ana leichthin, während sie sich eine Zigarette drehte, »ich weiß nicht, ob du in Santiago schon mal ein Labor gesehen hast, das Farbdias entwickelt.«

»Natürlich.« Ana betrachtete die Frage indes schon als beantwortet und war sich der Sache sehr sicher; Ascheflocken rieselten träge auf den Bogen blauen Kartons nieder, den sie mit einem Lineal unterteilte und danach mit dem Cutter in kleine Karten zerschnitt; mir lag die Adresse des betreffenden Fotolabors auf der Zunge. »Oder doch nicht?«, fragte ich schließlich, als mir klar wurde, dass es sich dabei um eine Ulmer Adresse handelte. Tatsächlich gab es in Santiago kein Fotolabor, das Farbdias entwickeln konnte, und die einzige Lösung des Problems bestand, sooft wir es auch drehten und wendeten, darin, unsere Diafilme mit einem Postflugzeug über die argentinische Grenze zu bringen, um sie in Buenos Aires entwickeln zu lassen.

»Das dauert eine Woche«, sagte ich entmutigt.

»Vier bis fünf Tage«, sagte Ana.

»Vier bis fünf Tage sind nicht ganz das, was ich mit Realtime gemeint hatte«, sagte Stanley.

Gespräche wie dieses führten wir ständig, über ausnahmslos jedes Detail der Anlage. Oft kollidierten dabei Visionen mit der Realität, und nicht selten fungierte ich dabei als Puffer.

»Ich hatte gehofft«, sagte Stanley etwa, »dass wir die Bildschirme des Opsrooms über elektromagnetische Schaltungen direkt mit dem IBM verbinden können.«

»Dazu haben wir das Equipment nicht«, sagte ich. »Was wir machen können, ist Folgendes: Die Dias werden von hinten gegen die Schirme projiziert. Wann immer man sich ein bestimmtes Diagramm ansehen will, gibt man dem Techniker Bescheid. Und der legt dann das passende Dia ein.«

»Manuell?«, fragte Stanley.

Ich nickte.

»Manuell im Sinne von …?«

»By hand«, bestätigte Ana.

Brauer verkniff sich ein Lachen.

Stanley füllte sein Glas wieder auf. »Hmmm. Ich hätte mir eine mehr … vollautomatische Lösung gewünscht.«

Ich sah Ana an, und Ana sah mich an. »Das würde ein spezielles Polarisationsglas erfordern sowie eine Software, die die Informationen in eine Rastergrafik umsetzen kann, was wiederum …«

»Schon gut«, unterbrach mich Stanley mit einem zerknirschten Lächeln. »Aber wie erfährt der Operator am Diamagazin, welches Diagramm angezeigt werden soll?«

»Vielleicht könnte Ana zwischen Opsroom und dem Servicebereich mit einem goldenen Tablett hin- und herlaufen?«

»Eine wirklich faszinierende Idee«, sagte Stanley mit gespieltem Interesse. »Muss es allerdings unbedingt ein goldenes sein?«

»Er scheint nicht ohne Humor zu sein, Ihr Stanley«, sagte Brauer.

Ana verdrehte die Augen. »Ich hatte gedacht, die Akademiker in Europa wären weniger chauvinistisch. Wie wär's mit einer Sprechanlage?«

»Na also«, sagte Stanley, stellte sein Glas ab und klatschte gut gelaunt in die Hände. »Wer sagt's denn? Wir haben also unsere hochmoderne Netzwerktechnik installiert, ein intelligentes Filtrationssystem entwickelt, eine Präsentationsform gefunden und nun noch das schwierige Problem der Kommunikation gelöst. Das nenne ich *die Zukunft erfinden*! Apropos, was machen denn eigentlich unsere Sitzgelegenheiten?«

»Auch hier nur gute Nachrichten«, sagte ich, während Ana sich küsschenwerfend von uns verabschiedete. Unser »Kunststoffexperte«, wie unser Kontaktmann im CORFO ihn genannt hatte, lebte in San Antonio an der Küste, etwa 150 Kilometer von Santiago entfernt. Er sei äußerst versiert im Umgang mit Kunstharzen, mit Menschen dagegen nicht so sehr.

»Vielleicht sollte Ana mich begleiten«, schlug ich Stanley vor. »Als Unterstützung.«

»Wobei, meinst du, sollte Ana dich unterstützen?«

»Naja«, begann ich.

»Bei der Möbelherstellung? Oder doch eher im Umgang mit schwierigen Charakteren?«

»Die Sprache«, sagte ich. »Ana könnte mir bei der Sprache helfen.«

»Durchaus«, sagte Stanley. »Die Sprache hält viele Fallstricke bereit.«

»Es dauert bestimmt nicht länger als einen Tag.«

»Manche Dinge«, sagte Stanley, »dauern so lange, wie sie dauern.«

Den ganzen Vormittag über hatte sich ein Gewitter angekündigt, ohne letztlich auszubrechen. So begleitete uns die drückende Hitze, bis wir den Hafen von San Antonio erreicht hatten.

Im Bus war es eng und heiß gewesen, obgleich es auf der Hochebene, die wir auf dem Weg zur Küste überquerten, kühl war. Für die entscheidenden paar Grad war wahlweise die Motorenwärme verantwortlich oder die der Bremsbeläge; mehrmals dachten wir, dass die Fahrt, so oder so, an der nächsten Serpentine enden würde.

Die Landschaft indessen war atemberaubend. Wir durchquerten riesige Alfafa- und Opuntienfelder, zwischen denen sich vereinzelte Hütten in die rostrote Erde krallten, ärmlich aus Wellblech und Fundholz gezimmert; Ana erzählte mir, dass nach der Landreform zahllose Bauern in Windeseile umziehen und ein neues Haus bauen mussten, oder zumindest etwas, das einem Haus ähnelte.

Wir saßen dicht beisammen, der Bus schaukelte, außerdem roch es schlecht, wogegen nur Rauchen half.

»He's funny«, sagte Ana.

Ich wusste nicht recht, was genau sie mit »funny« meinte; beide Bedeutungen wären plausibel gewesen. Draußen zogen Bergkuppen vorüber, eine Schafsherde, ein Eselskarren; wie im Grenzland zum Nirgendwo.

»Er ist letzten Samstag bei der Peña de los Parra gewesen«, sagte sie verschwörerisch. Isabel Parra und ihr Bruder Ángel veranstalteten regelmäßig musikalische Zirkel, ich fand nichts merkwürdig daran, dass Stanley eingeladen gewesen war.

»Es heißt, er hat Ángel gebeten, ein Lied zu schreiben. Zu einem Text, den er selbst gedichtet hat.«

»Wer sagt das?«

»Es soll heißen: Litany for a Computer and a Baby to be Born.«

»Du machst Witze. Woher weißt du das?«

Sie tat geheimnisvoll. »Von meinen Informanten.«

»Ich glaube dir kein Wort.«

Einmal hielt der Bus mitten auf der Straße. Der Fahrer stieg aus und kam nach ein paar Minuten wieder. Wir fuhren weiter, aber zwei Männer in Ponchos hatten ebenfalls pinkeln müssen und tauchten, wild klopfend und rufend, völlig außer Atem in unserem Fenster auf, als der Bus längst schon wieder den Hang hinaufkletterte.

»Warum bist du nach Chile gekommen?«, fragte Ana, als sie wieder eingestiegen waren und das allgemeine Gelächter sich gelegt hatte.

»Um zu sehen, ob es vielleicht doch ein richtiges Leben gibt.« Die Antwort erschien mir sofort viel zu groß für die Enge des Busses, überhaupt war es mir peinlich, vor Ana mit Adorno-Paraphrasen brillieren zu wollen.

»Was war denn falsch an deinem Leben in Deutschland? Ist es nicht ein gutes Land?«

»Früher war man in unserem Land nur ein Bürger, wenn man Nazi war. Jetzt ist man nur Bürger, wenn man Konsument ist. Immerhin ein Fortschritt.«

Ana runzelte die Stirn. »Aber jetzt seid ihr eine Demokratie.«

»Naja. Was man so Demokratie nennt.«

»Chile ist seit über 100 Jahren eine Demokratie. Die ganze Zeit.«

Ihr unbefangener Stolz machte mich sprachlos, plötzlich kam ich mir sogar in meinen mürben Vorbehalten gegen Deutschland unentrinnbar deutsch vor, so als sei die Schande, der meine Kritik galt, nur ein Vorwand, um alles, nicht nur Deutschland, zerreden zu dürfen, bis nichts Gutes mehr daran war. Aber womit ich haderte, das war ja nicht einmal die deutsche Schande, sondern etwas viel Geringeres, nur meine eigene, kleine. »Vielleicht bin ich auch einfach nur vor etwas davongelaufen«, sagte ich.

»Wovor denn?«, fragte sie und lächelte demonstrativ neugierig. »Vor einer Frau?«

Wieder war ich für einen Moment entwaffnet und wusste nichts zu antworten. »Das erzähle ich dir, wenn wir uns besser kennen.«

Tatsächlich war es noch nicht oft vorgekommen, dass

wir die Gelegenheit gehabt hätten, uns in dieser Weise zu unterhalten – zu zweit. Zwar sahen wir uns innerhalb des Teams beinahe täglich und hatten es uns zur Angewohnheit gemacht, mindestens einmal in der Woche in der Bar El Catedral gemeinsam etwas trinken oder ins Kino zu gehen, aber diese Gespräche gingen meist nicht sehr in die Tiefe. Wir sprachen, wenn nicht über Politik, dann über Musik oder die Filme, die wir uns angesehen hatten: Im Arte Alameda zeigten sie eine Reihe amerikanischer Kriminalfilme aus den vierziger Jahren, über deren letzten, *Double Indemnity*, sich Ana ziemlich aufgeregt hatte. Es ging um eine Frau, die ihren Versicherungsvertreter zum Mord an ihrem Mann anstiftet, und Ana war empört über den zynischen Grundton des Films und die Skrupellosigkeit der weiblichen Hauptfigur.

»Wie gut sollen wir uns denn noch kennenlernen?«, fragte Ana, und weil ihr ständiges Lächeln auf die kurze Entfernung mich verlegen machte, sah ich aus dem Fenster. Es war ziemlich unwahrscheinlich, dass dieses Lächeln bedeutete, was ich mir vielleicht erhoffte. Ana war liiert, es gab keinen Grund, daran zu zweifeln. Ganz davon abgesehen redete ich mir ein, dass sie mir gar nicht gefiel, jedenfalls nicht *so* gefiel. Und tat, als sei es bloß den Umständen geschuldet, dass ich sie unbedingt hatte dabeihaben wollen. Ana ist die einzige Frau in unserem Team, sie ist eine von Millionen in diesem Land, so flüsterte ich mir ein. Mir widerstrebte es, Fügung zu unterstellen, wo nur blinder Zufall am Werk war.

»Also gibt es keine Frau?« Das war durchaus eine von

Anas Spezialitäten: Gespräche wiederaufzunehmen, die eigentlich schon beendet waren. Ich war mir nicht sicher, ob ich diesen Wesenszug mochte. Das Getriebe keuchte.

»Du meinst eine Ehefrau? Nein. Ganz bestimmt nicht.«

»In deinem Alter?«

»Was ist mit meinem Alter?«

»Du hast wirklich keine Frau? Wenigstens eine Freundin?«

»Sag mal, ist das normal, dass ihr solche Fragen stellt?«

»Was meinst du mit *ihr*? Ihr Hinterwäldler? Ihr Wilden?«

»Ihr ... *Frauen*.«

»Oh. Ich glaube, jetzt verstehe ich dein Problem.«

»Mein Problem womit?«

»Dein Problem mit Frauen.«

»Ich habe kein Problem mit Frauen.«

»Dann hast du eben ein Problem ohne Frauen.«

»Es ist nur ... Niemand ist so, wie ich gern wäre.«

Sie hob die Augenbrauen und sah mich an, als hätte ich plötzlich Tierlaute von mir gegeben. Die Frage, die ich erwartete, blieb ungestellt, denn in diesem Moment tauchte hinter einer Hügelkuppe das Meer auf, massiv blau mit weiß aquarellierter Gischt und pointillistischem Glitzer. Es war ein schäbiger Witz der Dialektik, dass ein solcher Anblick keinen erhabeneren Moment illustrierte als den meiner Bloßstellung. Der Bus stürzte sich vornüber die Hänge hinab, und Ana, wofür ich ihr dankbar war, stellte ihre Frage weder bei unserem kurzen Imbiss an einer der Hafenmolen noch auf dem Weg zu Waldo Zúñegas Werkstatt. Sie stellte sie überhaupt nie. Manchmal ist alles gesagt, wenn man nur der Versuchung widerstehen kann, es auszusprechen.

Der erste Vorposten zu Waldo Zúñegas Reich war sein Hund, der an einen Laternenmast gebunden war und diesen bei gespannter Leine in vollem Tempo umkreiste, ohne Anlass und Pause. Das Verhalten, zumal es während der Dauer unseres Aufenthaltes kaum variierte, konnte man nur als hospitalistisch bezeichnen.

Nicht weniger befremdlich war die Tasche. Eigentlich war es kaum mehr als ein Bündel, von der Art, wie Gesellen auf der Walz es als einzigen Besitz mit sich führen. Es flog in hohem Bogen zur Eingangstür heraus, die von unzähligen Holzabfällen und leeren Blechkanistern gesäumt war. Das Bündel war nicht Besitz von Waldo Zúñega, sondern eines seiner, wie wir zunächst annahmen, Lehrlinge, der sich womöglich seinen Ansprüchen als unwürdig erwiesen hatte. Der Junge, kaum 18 Jahre alt, klaubte seine Habseligkeiten zusammen und fluchte lauthals in Richtung Tür. Er war allerdings nicht nur Lehrling, sondern vor allem der älteste Sohn von Señor Zúñega, und die Szene, deren Zeugen wir zufällig geworden waren, wiederholte sich in dieser oder ähnlicher Form wohl öfter.

Zúñega war uns als schwierig geschildert worden, aber eigentlich reagierte er nur auf Schlamperei etwas schroff, und auch hier nur auf jene Schlamperei, die mit seinem Handwerk zu tun hatte. Seine Werkstatt, die ihm zugleich als Büro und Wohnung diente, befand sich im Hafenviertel von San Antonio, in dem man sich, wenn man ein sauberkeitsliebender und ruhebedürftiger Mensch war, lieber nicht aufhalten sollte. Für den ständig in der Luft hängenden Fisch- und Dieselgeruch sowie den Hafenlärm entschädigte allerdings der Ausblick; Waldos Arbeitsplatz verfügte über eine patchworkartige Fensterfront zur Südseite hinaus, die ihn nicht nur beinahe ganztägig mit bestem Arbeitslicht versorgte, sondern ihm auch den Blick auf die Piers eröffnete, an denen die Ladung der Trawler und Containerschiffe gelöscht wurde.

So wie er arbeitete, erlebte ich aber nie, dass er dazu Muße gehabt hätte. Zúñega mochte grantig sein und nach billigem Fusel riechen, aber er ging vollkommen in seiner Arbeit auf. Er war sicher nicht der einzige Bootsbauer an Chiles Küste, aber niemand sonst war spezialisiert auf Rennruderboote und Kanus in einer sehr leistungsfähigen Kombination aus Leichtholz- und Laminatbauweise. In seiner Werkshalle standen ein halbes Dutzend Bootsrümpfe in unterschiedlichen Fertigungsstadien herum. Niemand kannte sich wie er mit faserverstärkten Kunstharzen aus; allerdings hatte er noch niemals etwas anderes gebaut als Boote, und als Ana ihm übersetzte, wofür wir seine Hilfe benötigten, schaute er uns durch seine flaschenbodendicken Brillengläser an, wie er seinen Sohn Hector ansehen mochte in dem Moment, bevor er ihn gewohnheitsmäßig zum Teufel jagte. Abwechselnd sah er zu mir und wieder zu Ana, die das Wort führte, und wieder zurück zu mir, als sei ich derjenige, der Licht in eine äußerst undurchsichtige Angelegenheit bringen könnte.

Als Ana fertig war, sagte er: »Und was wollt ihr jetzt von mir?«

Also erklärte Ana alles noch mal, und als Waldo halbwegs begriffen hatte, worum es ging, machte er keinen Hehl daraus, was er von unserem Projekt hielt. »Wenn Allende jetzt mit Science-Fiction-Sesseln anfängt, wird es mit ihm so schnell bergab gehen wie mit dem Escudo.«

»Vielleicht hast du ihm die Sache nicht richtig erklärt«, sagte ich leise zu Ana, während wir uns draußen besprachen. Der Hund spurtete noch immer um den Pfahl, hoch konzentriert, wie es schien; als ich mich hinhockte, hielt er kurz inne, hechelte und machte sich dann wieder auf.

»Vielleicht hättest du es dann lieber selber erklären sollen«, sagte Ana eingeschnappt.

»Was machen wir jetzt? Bieten wir ihm mehr Geld?«

»Alfonso wird uns den Kopf abreißen.«

»Waldo hält uns für Spinner«, sagte ich. »Er sieht nicht aus, als würde er sich auf Spinner einlassen.«

»Das stimmt. Aber wie sieht er dann aus?«

»Ich habe keine Ahnung«, sagte ich ratlos. Meinem Gefühl nach war der Mann nicht umzustimmen. Aber Ana wollte wieder hineingehen.

»Was denn noch?«, sagte Waldo, der sich längst wieder seiner Arbeit zugewandt hatte, überrascht, dass wir noch nicht im Bus zurück nach Santiago saßen.

»Der Hund«, sagte ich zögernd und wies mit dem Daumen über meine Schulter.

Was mit dem Hund sei, wollte Waldo wissen. Er richtete die Fragen nicht direkt an uns, mehr in Richtung des Bootes, das er gerade schliff.

»Diese Zertifikate und Urkunden hier«, sagte Ana möglichst beiläufig und deutete auf die Bilderrahmen an den Wänden, die zum Teil von Planken und Latten verdeckt waren, »sind die von Ruderwettkämpfen?«

»Ich hab Boote für Churro Opodo gebaut.«

Ich wagte nicht zu fragen, wer der Mann war. Aber Ana überraschte mich.

»Der Landesmeister von '65 und '67, oder? War er nicht auch bei der Weltmeisterschaft in Bled '66 dabei?«

Waldo sah auf und machte ein Geräusch, das man mit etwas Fantasie als Zustimmung interpretieren konnte.

»Auch bei den Olympischen Spielen?«, fragte Ana, als könnte sie ihr Interesse kaum zügeln.

Waldo schüttelte langsam den Kopf. »Aber in Tokio und Mexiko hab ich die gesamte Mannschaft ausgerüstet«, dies unübersehbar stolz.

»Das ist toll«, sagte Ana begeistert und knuffte mich demonstrativ in die Seite. »Ist das nicht toll?«

»Ja«, sagte ich und bemühte mich, ihre Begeisterung aufzugreifen. »Das ist toll!«, wurde daraus.

»Waldo ist ein richtiger chilenischer Patriot«, klärte mich Ana auf, gut hörbar für alle Anwesenden. Mir kam das Manöver ziemlich durchschaubar vor, trotzdem wiederholte ich voller Zustimmung: »Ja, ein richtiger Patriot.«

Waldo sah uns abwechselnd an wie zwei, nun: Spinner.

»Und dieses Jahr?«, fragte Ana unschuldig.

Waldo gab wieder ein Grunzen von sich, das diesmal aber offenkundig nicht Zustimmung bedeutete. Er setzte seinen Schleifgang fort.

»Wie schade!«, sagte Ana mit aufrichtigem Bedauern. »Für wen sind denn dann die ganzen Boote hier?«

Waldo unterbrach erneut seine Arbeit und fixierte uns. »Was geht euch das überhaupt an?«

Sie ließ eine Pause entstehen, und ich hatte gerade Luft geholt, um unsere Verabschiedung einzuleiten, da sagte Ana: »Ganz einfach. Wir wollen, dass Sie mitmachen, Waldo. Wir brauchen Sie. Was wir vorhaben, ist wirklich einzigartig in unserer Geschichte.«

»Ihr seid ziemlich jung«, sagte er, noch immer zweifelnd.

»Und Sie haben genauso schwierige Zeiten vor sich wie wir alle.«

»Was soll das heißen?«

»Das soll heißen, dass Sie im Augenblick nicht besonders viele Abnehmer für Ihre Boote haben. Und wir bieten Ihnen die Möglichkeit, uns dabei zu helfen, den Fortschritt in Chile voranzutreiben!«

Waldo sah sie eine Weile an. »Ihr arbeitet für die Regierung, hm?«

»Nicht direkt ...«, begann ich, aber Ana schnitt mir das Wort ab.

»Natürlich«, sagte sie. »Der Präsident persönlich schickt uns zu Ihnen.«

»Die Regierung kann ich nicht leiden«, sagte Waldo.

»Ah«, sagte Ana.

»Eigentlich hat uns auch nicht Allende direkt ...«, sagte ich.

»Allende mag ich«, sagte Waldo, als hätte er mich nicht gehört. »Er ist ein Spinner, aber irgendwie mag ich ihn.«

»Allende persönlich hat uns geschickt!«, sagte Ana.

»Jaja, schon gut«, sagte Waldo und schmirgelte weiter.

Bei meinen beiden Folgebesuchen arbeitete ich mit Waldo beinahe wortlos. Allerdings erübrigte sich das Sprechen ohnehin; meine Zeichnungen waren selbsterklärend, und zwischen den Synkopen des Free Jazz, der den ganzen Tag über mit hoher Lautstärke lief, wären Worte ohnehin ungehört geblieben. Die Modellierung der Urform unserer Kontrollsessel, aus Holz und Spachtelmasse geformt, übernahm überwiegend ich selbst, während Waldo zunächst weiter an seinen Kanus arbeitete. Er kam erst bei der Herstellung der Negativform hinzu. Statt der Epoxid-Glasfaserlaminierung, mit der ich vertraut war, arbeitete Waldo mit einem Polymer aus Polyurethan; als Verbundwerkstoff verwendete er Aramidmatten. Außer diesen Materialien benötigten wir ein Grundierwachs und Trennmittel, ansonsten kam es einzig auf eine schnelle und saubere Verarbeitung an, in der Waldo als Spezialist weitaus mehr Übung hatte als ich. In der Negativform wurde nun Schicht um Schicht die Laminierung aufgebaut. Ich fuhr mit einem kleinen Hartschaumroller über die von Waldo beschichteten Flächen, um Lufteinschlüsse unter der Verbundgaze zu beseitigen. Das Ende des Prozesses konnte ich nicht miterleben, weil ich zurück nach Santiago musste, doch bei meinem nächsten Besuch in San Antonio eine Woche später sah ich alle sieben Sessel fertig laminiert vor der Fensterwand aufgereiht. Der letzte in der Reihe sah aus, als sei er mehr unbeholfen denn kunstfertig aus Gips zurechtmodelliert, die Oberfläche uneben und stumpf, irgendwie zerbrechlich.

»Er ist noch nicht poliert«, beruhigte Waldo mich; nach dem Schleifen würde er aussehen wie die anderen.

Diese boten tatsächlich einen völlig anderen Anblick, sie glänzten in reinem Weiß, und ihre Oberfläche war kühl und glatt wie ein Spiegel. Die Rundungen waren sorgfältig geschliffen, Stanleys »Keine Kanten«-Direktive fand sich perfekt umgesetzt. Ich fragte Waldo, wie er das in der kurzen Zeit geschafft habe.

»Hector hat mir geholfen.«

Ich fragte, wo Hector jetzt sei.

Er habe ihn rausgeworfen, sagte Waldo.

Am Nachmittag, nachdem wir gemeinsam den letzen Sessel poliert und klarlackiert hatten, bot mir Waldo ein kaltes Importbier an. Der Hund, angeleint wie immer, war außer Betrieb und schlief. Eine Weile saßen wir schweigend vor der Werkstatt, tranken in der langsam ihre Bahn horizontwärts ziehenden Sonne und sahen auf die Geschäfte im Hafen hinunter, die nur ganz willkürlich mit Geräuschen unterlegt waren, wie wenn ein unkonzentrierter Techniker die falschen Tonspuren zugemischt hätte.

Das sei schon alles ganz ehrenwert, sagte Waldo irgendwann, was sich Allende da ausdenke. Das sei ein redlicher

Mann, aber er werde genauso wenig wie irgendein anderer Präsident oder General oder Bandit in hundert und tausend Jahren etwas daran ändern, dass Lateinamerika für die Konzernbosse der nördlichen Hemisphäre dasselbe sei wie die Galerie Lafayette in Paris für deren Ehefrauen.

Ich versuchte überzeugender, als es meinen Ausdrucksmöglichkeiten entsprach, zu sagen, dass es vielleicht noch nie jemandem so ernst gewesen sei wie Allende.

Politik, sagte Waldo, der im Übrigen an diesem Tag schon weitaus früher als ich mit dem Trinken angefangen hatte, sei die Zivilisationskrankheit der Zivilisation, ungefähr wie der Ausschlag, den man vom Penicillin bekomme, das man gegen die Syphilis schlucke. Jedenfalls war es das, was ich verstand. Dazu lachte er und prostete mir zu. Viel wichtiger als die Politik sei die Liebe: »Die Liebe zu Menschen und Dingen steht bei keinem Präsidenten der Welt im Wahlprogramm. Dabei prüft der Allmächtige jedes Herz darauf!«

Vielleicht auch, um das Thema zu wechseln, fragte ich ihn, wo Hectors Mutter sei.

Sie lebe in Santiago, sagte Waldo. Hector sei ein guter Junge, er habe nur den einen kapitalen Fehler, dass er ihn fortwährend an sie erinnere. Waldo trank den letzten Schluck aus seiner Flasche und warf sie über einen Maschendrahtzaun in die angrenzende Böschung; sie zerschellte an einem Stapel vor sich hin rostender Eisenbahnschienen. »Die Richtige erkennt man erst, wenn sie weg ist«, sagte er, stand mühsam auf und stützte sich freundschaftlich auf meine Schulter; dabei sah er schwankend hinaus in die

Bucht. Ich wappnete mich schon gegen weitere Sentimentalitäten, doch dann sah er nur über mich hin und sagte: »Das Meer ist ruhig. Es wird bald wieder Zeit für den Niño.« Dann schlurfte er hinein und rief mir von drinnen zu, ich müsse mich auf den Weg machen: der Bus.

Auf dem Weg zurück nach Santiago dachte ich an den zärtlichen Klang seiner Stimme, als Waldo Hector einen guten Jungen genannt hatte. Ich dachte, dass seine Zärtlichkeit sich vermutlich nur in seiner Verzweiflung darüber artikulieren konnte, sie niemals empfinden oder gar zeigen zu dürfen, weil sonst ein anderer, alles verzehrender Schmerz von ihm Besitz ergriffen hätte. Er war gedemütigt und nun zu stolz, um seinen Sohn zu lieben. Aber vielleicht waren auch beide Begriffe falsch.

Ich erinnerte mich, wie ich mich vor vielen Jahren gefühlt hatte, als ich, vom Fußballspiel mit meinen Freunden kommend, feststellte, dass die Mutter meinen Vater in meiner Abwesenheit hatte abholen und wegbringen lassen. Ich war 14, ich war nicht mehr machtlos; zumindest hätte ich es nicht sein müssen.

Trotzdem hatte ich mir die Machtlosigkeit all die Jahre geradezu eingeredet. Jetzt erschreckte mich dieser unerklärliche Mangel an Charakter. Aber es war mehr als Charakterlosigkeit, etwas Tieferes. Ich hatte zahllose Nachmittage neben und mit meinem Vater verbracht, doch ich könnte nicht sagen, ob wir uns nah gewesen sind. Wir sprachen nicht viel, überhaupt beschäftigte sich eher jeder für sich. Aber war das ein Grund, seine Entfernung aus seinem eigenen Haus einfach so hinzunehmen? Am meisten quälte mich, dass ich nicht wusste, ob ich die Entscheidung meiner Mutter infrage gestellt und ein Zerwürfnis mit ihr riskiert hätte, selbst wenn ich an jenem Nachmittag nicht auf dem Bolzplatz gewesen wäre. Ich glaube nicht. Sie aber, dachte ich jetzt zum ersten Mal nach all den Jahren, sie aber schien meinen entschiedenen Widerstand befürchtet zu haben, denn sonst hätte sie des Schutzes der Heimlichkeit nicht bedurft.

Draußen duckten sich die Bretterverschläge der Kleinbauern unter der hereinbrechenden Dunkelheit; plötzlich spürte ich zum ersten Mal die Entfernung, die ich zwischen mich und meine Heimat gebracht hatte. Mein Vater war tot. Ich dachte so klar, wie ich mein Gesicht in der Scheibe sah, dass niemand wusste noch jemals erfahren würde, was er im Krieg verübt oder erlitten hatte. Beides wird der Fall gewesen sein, und in beidem saß das Grauen. Deswegen – um uns zu schützen – hatte er es tief in sich vergraben, ebenso tief, wie meine Mutter ihre Liebe vergrub, nachdem er heimgekehrt war. Das alles war eine Erklärung, dachte ich, könnte eine Erklärung sein. Das alles, dachte ich, war eine schwache Erklärung dafür, dass ich keine der Möglichkeiten ergriffen hatte, irgendwo anzufangen, mit einer Frage, einer Forderung, zumindest mit einem Gefühl. Mich hinzustellen als der Vierzehnjährige, der ich damals war, und zu sagen: Es mag sein, dass ich vieles nicht weiß, aber das eine weiß ich: So etwas tut man nicht. Das kannst du nicht machen. *Ich lasse das nicht zu.*

1010

DER STEUERMANN

Bedeutet Kybernetik nicht etwas wie Steuermann?«, fragte Brauer statt einer Begrüßung, als ich bei ihm eingetreten war. Das Band lief noch nicht. Ich fühlte mich kraftlos und übernächtigt, ich war froh, dass er mit etwas Unverfänglichem begann.

»Es kommt aus dem Griechischen, *kybernetes*, glaube ich. Das Deutsche macht daraus *Gouverneur*, *Gobernante* im Spanischen.«

»Ah, schön. Weil, mich erinnert das an eine berühmte Geschichte von Melville, ich habe vergessen, wie sie heißt. Darin kommt der Held auf ein Schiff, das in eine … wie sagen Sie das? Maritime Emergenz?«

»Seenot?«

»Richtig, das in eine Seenot gekommen ist. Es gibt einen Kapitän auf dem Schiff und viele Negersklaven. Und jetzt: Der Kapitän fingiert gegenüber den Rettern, als ob er noch das Kommando hat, aber in Wahrheit haben die Sklaven eine Rebellion gemacht und den Kapitän arrestiert. Aber der Kapitän darf es nicht verraten.«

»Aha.«

»Verstehen Sie?«

»Nein.«

»Der Kapitän ist Allende. Ein Steuermann, der nicht mehr steuern darf, nein? Sondern er wird gesteuert. Aber er darf es nicht sagen!«

»Allende hat nie etwas anderes gesagt, als dass er nur das Mandat des Volkes erfüllt. Das nennt sich Demokratie.«

Brauer legte wieder die Fingerspitzen aneinander, wie ich es immer an ihm beobachtete, wenn er sich besonders geduldig geben wollte. »Es ist nur ein Parabol, Herr Everding. Ein simpler Parabol.«

»Ja. Sehr schön.«

»Was denken Sie über Allende, Herr Everding?«

»Ich denke, dass er tot ist.«

»Ja, natürlich. Ich meinte: Was ist Ihre politische Pose?« Brauer trat neben den Tisch und stützte sich mit den Fäusten darauf ab. »Wofür stehen Sie eigentlich?«

»Für mich selbst.«

Er sah aus, als würde ihn das belustigen. »Nein, Herr Everding, das tun Sie nicht. Es wäre auch nicht ausreichend. Das hier ist die neue Welt.« Der freundliche Ausdruck auf seinem Gesicht verschwand. »Ich muss wissen, welches Ihre Pose ist, sonst kann ich Sie nicht protegieren!«

»Das hat auch niemand verlangt.«

»Seien Sie nicht so arrogant! Da! Hören Sie!« Er stieß sich brüsk vom Tisch ab und drehte das Radio lauter. Alle halbe Stunde wurden Militärkommuniqués mit den Namen der zwanzig meistgesuchten Personen verlesen, hauptsächlich hohe Parteifunktionäre und Militärs, die mit dem sogenannten Plan Z in Verbindung gebracht wurden. Óscar war nicht auf der Liste, geschweige denn ich, aber Alfonsos Name wurde immer wieder genannt. Was vielleicht bedeutete, dass er untertauchen oder sogar außer Landes hatte fliehen können. Ich hoffte es für ihn.

»Diese Inkrimination ist sehr ernst«, sagte Brauer jetzt.

»Aber das ist doch alles Nonsens!«, platzte ich heraus. »Es gibt überhaupt keinen Plan Z, Sie wissen doch genau, dass das alles nur ausgedacht ist! Und schlecht noch dazu! Die Moneda bombardieren, um den Präsidenten zu beschützen? Wer bitte soll das denn glauben?«

»Sie kennen also den Plan Z?«

»Entschuldigen Sie, Señ … Comandante Brauer, aber allein diese Bezeichnung! Das klingt ja wie aus einem dieser beknackten James-Bond-Filme!«

»Schluss damit! Seien Sie nicht so arrogant! Ich musste die Scherben hinter Ihnen fegen bei Barrientos! Ob es Ihnen gefällt oder nicht, Óscar Fuentes ist arrestiert für das, worüber Sie eine Burleske machen.«

»Sie *wissen*, wo Óscar ist«, entgegnete ich.

»Nein, ich weiß es nicht. Und ich brauche einen guten Grund, um danach zu fragen.«

»Er ist mein Freund!«

»Das ist kein Grund!«

Offenbar bemerkte er meine Konsternierung. Er seufzte. »Sehen Sie, Herr Everding … Nehmen Sie es so: Es geht nicht um Sie. Schon, ich mag Sie, auch wenn Sie undankbar sind und arrogant. Allerdings, wenn ich jung war, ich war genauso wie Sie. Ich habe Ihnen gesagt, was wichtig ist für mich: Der Apparat ist wichtig. Sie haben gesehen, welcher Typ Coronel Barrientos ist, nein? Er versteht viel von Krieg, aber wenig von Versorgung. Im Moment tut niemand, was nötig ist.«

»Der Mann hat jetzt hier das Kommando? Im CORFO?«

Brauer nickte. »Der Coronel Barrientos ist … Wie Sie sehen, gibt es eine Menge Kompetenz bei der chilenischen Armee.«

In der Annahme, er meine das ironisch, nahm ich eine seiner Gitanes, die er mir anbot. Die Zigarette verstärkte meine Übelkeit, die ich bereits seit dem Morgen spürte, außerdem kam jetzt noch Schwindel dazu. Ich ließ mich zu einer weiteren Saumseligkeit hinreißen, denn als nähme ich Brauers Angebot an, mich mit ihm gegen Barrientos zu verbrüdern, sagte ich: »Die Autorität kann nur über die Regeln bestimmen, aber nicht über die Wahrheit.« Brauer sah mich eindringlich an und erforschte das Einverständnis, das mit meiner Parteinahme gegen Barrientos nun zu seinen Gunsten bestehen mochte. Ich wollte sofort zurücknehmen, was ich gesagt, und vor allem, *wie* ich es gesagt hatte, doch dafür war es zu spät; Brauer war bereits im Aufstehen begriffen, der Sog seiner Entscheidung zog mich unversehens mit. »Kommen Sie«, sagte er. »Wir wollen den Apparat ansehen.«

Wir gingen durch das vormalige Großraumbüro, in dem Arbeiter jetzt damit beschäftigt waren, Trennwände einzuziehen. Es herrschte nur noch wenig Betrieb, da es auf das Wochenende zuging. Brauer sagte, als wäre das Thema nicht beendet gewesen: »Wie ich auf den Steuermann gekommen bin: Es gibt diese Stelle bei Cortés – Sie kennen doch Cortés? – Ich kann das leider nur approximativ sagen: Wenn ein Volk den Respekt vor Gott verliert, muss der Staat untergehen, außer der Respekt vor Gott wird ersetzt durch den Respekt vor dem Gobernante. Ich glaube, Cortés hat das schöner gesagt, aber Sie verstehen?«

»Ich verstehe.«

»Der General, nein? Das ist jetzt unser Steuermann.«

Wir waren vor der Einsatzzentrale im ersten Stock angekommen. Als Brauer die Tür öffnete, blieb er wie vom Schlag getroffen stehen – und ich ebenfalls, als ich Jochen erblickte. Zusammen mit einigen anderen Technikern machte er sich an der Anlage zu schaffen. Brauer war offenbar ebenso verstört wie ich.

»Was tun Sie da?«, fragte er einen der Monteure in scharfem Ton und erhielt die offensichtliche Antwort: Die Anlage werde demontiert.

»In wessen Auftrag?«, wollte Brauer weiter wissen; er war wütend. Mein Blick traf auf Jochen, der allerdings weiterarbeitete, als hätte er mich nicht bemerkt.

»In meinem!« Den Antwortenden erkannte ich als den Zivilisten aus dem Konferenzsaal. Mir war klar, dass er kaum ein gewöhnlicher Zivilist sein konnte, obwohl ich ihn weder dem Militär noch einer anderen Organisation zuzuordnen vermochte. Er war nicht älter als Mitte dreißig, bewegte sich aber steif und gebeugt, so als hätte er sich einen Wirbel eingeklemmt. Als er näher kam, bemerkte ich außerdem sein leichtes Schielen, weswegen ich nicht gleich unterscheiden konnte, ob er Brauer ansah oder mich. Dann aber richtete er das Wort unmissverständlich an Brauer und erklärte, dass die gesamte Anlage unverzüglich zum Diego Portales transportiert werden müsse.

Brauer bemühte sich, seine Irritation vor dem Mann zu verbergen. Das heißt: Woher konnte ich eigentlich wissen, ob er wirklich irritiert war?

»Was ist das Diego Portales?«, fragte ich. Der Mann sah mich mit genau dosierter Herablassung an, wie sie nach unserem Einstand im Konferenzraum nur zu erwarten war. »Das Diego Portales ist der neue Regierungssitz.«

»Aber ... das verstehe ich nicht«, wandte ich ein, wurde jedoch von Brauer, der die Hand hob, zum Schweigen gebracht. Er bat den Mann mit höflicher Geste, ihn nach draußen zu begleiten; sie entfernten sich.

Ich blieb mit Jochen zurück.

»Weswegen bringt ihr die Anlage weg?«, fragte ich ihn ohne Umschweife.

Jochen zuckte scheinheilig die Schultern.

»Wenn du etwas weißt«, sagte ich beinahe drohend, »dann raus damit. Ist schon komisch genug, dass du ...« Ich biss mir auf die Zunge.

»Nur zu.«

»Dass du denen hilfst.«

»Dass ich *denen* helfe, du liebe Güte! Ich arbeite hier.«

»Willst du mich für dumm verkaufen? Du bist im Auftrag eurer Regierung hier. Einer sozialistischen Regierung.«

»Wo wir gerade davon sprechen: Woher weißt du eigentlich so gut darüber Bescheid? Über meinen Auftrag?«

»Zumindest weiß ich darüber Bescheid, dass die Sache mit deiner Ausreise nicht so richtig geklappt zu haben scheint.«

Jochen antwortete nicht, ein Treffer also; ich wusste nur nicht, an welchem Teil des Schiffes.

»Du wusstest also gar nichts davon?«, parierte er, indem er mit einer Kopfbewegung den gesamten Vorgang einbezog. Da meine Abneigung, ihm irgendwelche Auskünfte über mich zu geben, kaum kleiner war als seine, fragte ich wiederum zurück: »Wer ist der Mann?«

Jochen zuckte die Schultern. »Er heißt Falcón. Aus Argentinien, soweit ich weiß.« Das war etwa die Hälfte dessen, was ich wissen wollte, und nicht einmal die wichtigere; Jochen wusste das. Er klopfte sich eine Zigarette aus seiner Schachtel und senkte theatralisch die Stimme. »Ich tippe auf Geheimdienst.«

»Du tippst? Was für ein Geheimdienst?«

»Es ist nicht so, dass die hier Visitenkarten verteilen.«

»Du musst es ja wissen.«

»Du fragst, ich antworte«, sagte er jovial.

»Was zum Teufel machst –« du hier, wollte ich fragen, doch in diesem Augenblick hörte ich Brauers Stimme. Bisher hatte ich ihn noch nicht laut werden hören, überhaupt fand ich schwer vorstellbar, welche Umstände dazu führen könnten. Nun schienen sie eingetreten zu sein, und auch Falcón, wenn er so hieß, hatte seine Stimme erhoben. Man musste nicht den Inhalt verstehen, um erraten zu können, dass die beiden um ihre Kompetenzen stritten.

Wenig später kehrte Brauer allein zurück, zog mich zur Seite und informierte mich darüber, dass die neuen Anweisungen leider »Priorität« hätten: Die Anlage müsse in jedem Fall demontiert werden.

»Haben Sie nicht gesagt, dass die Zeit drängt?«, fragte ich. Ich schwitzte.

Brauer nickte. »Es ist jetzt, wie es ist.«

»Wissen Sie, wie lange es dauern wird, die gesamte Anlage herüberzuschaffen und neu zu installieren?«, fragte ich ihn. »Sie haben gesagt, dass Sie so schnell wie möglich die Versorgung …«

Brauer wirkte ratlos oder versuchte, ratlos zu wirken. »Ich habe das nicht angeordnet.«

»Wie wollen Sie diese Riesenmaschine überhaupt aus dem Gebäude kriegen?«

»In der Tat, es gibt da ein Problem. Ein Schlüssel fehlt.«

»Was denn für ein Schlüssel?«

»Es gibt einen Elevator in diesem Gebäude, einen« – er suchte vergeblich das richtige Wort – »… für große Teile. Er hat eine Wand, die kann man entfernen. Für noch größere Teile.«

Der Lastenaufzug; eine Rückwand war mir noch nie aufgefallen.

»Ja. Man kann die Wand herausnehmen. Aber jetzt fehlt der Schlüssel.«

Jochen, der die Unterhaltung mit angehört hatte, lachte; er war kaum um Diskretion bemüht.

»Haben Sie etwas zu sagen?«, fragte Brauer streng. Jochen machte eine entschuldigende Geste und schwieg.

»Sie bleiben hier«, fuhr Brauer an mich gewandt fort. »Sie sollen die Dekonstruktion überwachen.«

Ich wollte ohnehin bleiben, aus Neugier oder ich weiß nicht, weswegen. Es wäre einfacher gewesen, nichts zu sagen. Allerdings sträubte sich alles in mir dagegen, mich von Brauer herumkommandieren zu lassen.

»Soll das ein Befehl sein?«, fragte ich, um Zeit zu gewinnen, Zeit, wieder einmal, für eine Entscheidung, und mochte sie noch so geringe Reichweite haben.

»Es ist eine strikte Order«, beharrte Brauer.

»Alles was recht ist, Herr Brauer. Ich weiß nicht, was ihr mit der Anlage vorhabt, aber ich will damit nichts zu tun haben.«

Brauer sah mich eindringlich an. »An Ihrer Stelle würde ich das noch einmal nachdenken.«

Für einen Moment schaffte er es, mich zu verunsichern. Ich schwitzte stärker, hielt das aber für eine Reaktion auf die Situation, in der ich mich befand oder in die ich mich gebracht hatte. Ich hätte einfach gehen sollen. Andererseits wollte ich nicht davonlaufen. »Ich lasse mich von Ihnen nicht unter Druck setzen, Señor Brauer.«

»Wenn Sie kontinuieren wollen, Ihre Spiele mit mir zu spielen, Herr Everding, dann kann ich nichts mehr für Sie tun.«

»Dann lassen Sie es eben bleiben«, sagte ich. Ich hatte mir das nicht überlegt. Solche Dinge sagt man überhaupt nur, wenn man nicht zu lange darüber nachdenkt.

»Wie Sie meinen«, sagte er knapp; damit war er verschwunden, ich stand allein. Die Arbeiter sahen mich an, niemand rührte sich.

Jochen trat neben mich. »Gut gebrüllt, alle Achtung. Nennt man so was nicht Insubordination?« Möglicherweise meinte er es respektvoll, wahrscheinlich aber nur spöttisch.

»Der hat mir nichts zu befehlen.«

»Schon klar«, sagte Jochen süffisant und setzte sich auf das Gehäuse mit der Festplatte, was ich ihm allerdings sofort verbot. Er verdrehte die Augen, zog einen Bürostuhl heran und nahm einen Stapel Spielkarten aus seiner Jackentasche. Die Monteure – Techniker aus dem CORFO, die mir flüchtig bekannt waren – standen, offenbar auf weitere Anweisungen wartend, etwas verloren herum, rauchten, schwatzten miteinander und sahen in immer kürzeren Abständen auf ihre Uhren.

»Warum brechen die die Wand nicht einfach auf? Wozu sind sie denn das Militär!« Jochen zündete sich gleichmütig eine weitere Zigarette an.

»Was haben die vor?«, fragte ich abermals.

Jochen mischte langsam seine Karten. »Spielen wir eine Partie? Oder wolltest du weg?«

Ich fixierte ihn, wie um mit einem intensiven, brennenden Blick in ihn hineinzuforschen. »Irgendwie«, sagte ich, »habe ich permanent das Gefühl, dass hier alle Theater spielen.«

»Kann gut sein«, sagte Jochen; er mischte.

»Und man gibt sich nicht mal besonders große Mühe, überzeugend zu sein.«

»Brauchen die auch nicht«, sagte Jochen. »Die müssen bloß das letzte Wort haben. Solange sie das letzte Wort haben, ist alles wahr, was sie sagen, ob es dich überzeugt oder nicht.« Er sagte das ungerührt, als wäre es eine altbekannte Tatsache. Ich kannte seine Attitüde bereits, ebenso das selbstgefällige Pathos, das folgte. »Du hast anscheinend noch nicht begriffen, dass die Lüge ab jetzt die neue Wahrheit ist. Willkommen in der Diktatur! Muss hart für dich sein.«

Ich ignorierte den Sarkasmus, mir war es ernst.

Jochen hatte die Karten auf den Tisch gelegt. »Man spielt eigentlich Poker damit. Hab ich vom Flughafen in Miami«, sagte Jochen. »Kennst du Poker?«

»Du bist über Miami gekommen?«

»Na sicher«, sagte er arglos.

»Aus der DDR?«

»Kuba«, sagte er kurz angebunden, was überhaupt nichts erklärte, im Gegenteil. Ich sah ihn verständnislos an. Ich hatte wohl begriffen, dass irgendetwas Grundsätzliches mit Jochens Überzeugungen geschehen sein musste, während er zuletzt seinen Dienst verrichtet hatte, vielleicht sogar schon vorher; aber zum ersten Mal kam mir jetzt der Verdacht, dass er vielleicht ein bisschen mehr als bloß ideologisch unzuverlässig geworden war.

Stärker als zuvor machte sich die Übelkeit bemerkbar, ein einschnürendes Körpergefühl, dazu Hitze, Schwindel, eine tiefe Erschöpfung, viel mehr als Müdigkeit: Ein Nervenzusammenbruch, dachte ich, oder Infarkt, vielleicht war ich dabei, der jüngste Infarktpatient im ganzen Guinnessbuch zu werden. Unruhe breitete sich in mir aus wie ein Kontrastmittel.

»Hast du eigentlich schon mal was von Heinz von Foerster gelesen?«, hörte ich Jochen fragen.

»Der Mann ist mir unbekannt.« Meine Antwort kam wie automatisch, ohne Betonung, kaum mehr als eine Reihe trockener Klicklaute. Mein Herz raste, der Mund wie mit Watte gefüllt; stärkere Panik. Als würde ich eben von meiner Vergiftung erfahren und müsste hilflos die nun einsetzende Wirkung gewärtigen.

»Er hat diese Idee von der Kybernetik zweiter Ordnung: Jede Beobachtung erfolgt immer von einer bestimmten Position aus, die selbst nicht beobachtet werden kann. Er nennt das den *blinden Fleck*. Erst wenn man beides von außen beobachtet, kann man den ganzen Prozess sehen. Beobachtung und Kontext. Interessant, oder?«

»Ja. Prima.«

»Natürlich hat auch der Beobachter zweiter Ordnung einen blinden Fleck, und so fort, immer so weiter, bis einem ganz schwindelig wird.«

Das war genau das, was ich im Moment nicht wollte. Mein Zustand hinderte mich allerdings daran, das oder überhaupt etwas laut zu sagen.

»Du zum Beispiel.« Meine Ahnung, wenn es eine gewesen war, schien sich mit einem Mal zu bestätigen: Dies war ein sorgfältig vorbereiteter Angriff gegen mich, dem ich nun ausgeliefert war. Weil ich den rechten Zeitpunkt versäumt hatte. Weil es für den Gescheiterten oder zum Scheitern Verurteilten keine zweite Chance gibt.

»Du redest dir ja ein, dass du aus Solidarität zum chilenischen Volk hergekommen bist. Um den armen Leuten hier zu helfen. Hab ich recht?«

»Wir reden … nicht über mich«, sagte ich apodiktisch, aber hilflos.

»Nur über deinen blinden Fleck«, sagte Jochen leichthin. »Warst du eigentlich jemals in den Poblaciónes? Da, wo die Menschen leben, auf die euer technischer Segen niedergehen soll?«

»Ich bin dir keine Rechenschaft schuldig, ich …«

Mein Kreislauf war kurz vorm Kollabieren.

»Im Grunde sind es gar nicht die Menschen, die dich interessieren, oder, *Juan*?«

»Du sprichst von *dir*!«

»Ich komme aus einem Arbeiterstaat, ich kenne die Proletarier ganz gut. Wenn du mich fragst, sind das alles indoktrinierte Tölpel. Man kann sich eigentlich nur in Schlagzeilen mit denen unterhalten. Die Schlaueren reden zwar ganze Sätze, aber die sind auch auswendig gelernt.«

»Wie bist du nur … in der Partei gelandet?«

»Oh, das war nicht so schwer. Zumal man gar keine andere Wahl hat, wenn man einigermaßen anständig leben will. Ein Regime kann ungeahnte Kreativität freisetzen, ich kann dir sagen! Aber was ich sagen wollte: In den Poblaciónes triffst du hauptsächlich versoffene Proleten, tuberkulöse Frauen und rachitische Kinder. Ich glaube, dieses Elend würde dich ziemlich deprimieren. Bei mir ist es jedenfalls schon immer so gewesen.«

»Das ist dann wohl … der Unterschied zwischen uns.«

Ich hatte mich mit den Händen auf meine Knie gestützt. Unvermittelt, und sicher auch zu Jochens Verblüffung, erbrach ich mich, genau dort, wo ich stand. Meine Bewusstlosigkeit kam so plötzlich, wie das Licht in einem Kühlschrank verschwindet. Das Letzte, was ich sah, war Jochen, wie er sich über mich beugte und etwas sagte, der Ton war aber schon abgedreht. Ich erinnere mich gerade noch an das fehlgeleitete Aufblitzen von Dankbarkeit, darüber, dass jemand bei mir war. Die Dunkelheit war tröstlich. Dann war nichts mehr.

Ich erwachte in der Klinik der Universidad de Chile, das erste Mal ein paar Stunden nach meinem Zusammenbruch und nur flüchtig, dann nach zwanzig Stunden Schlaf, nass geschwitzt, mit Kopfschmerzen, als würde die Schädeldecke aufgemeißelt. Eine Ärztin teilte, sobald ich ansprechbar war, den Grund für meinen Zustand mit: Sepsis. Man hatte mich intensivmedizinisch behandelt und mir ein Antibiotikum verabreicht, das allerdings noch nicht zu wirken begonnen hatte. Ich konnte nicht aufstehen, kaum sprechen, denken nur wenig besser. Zum Pinkeln war ich auf eine Bettpfanne angewiesen, die unter mir regelmäßig überzulaufen drohte, dies jedenfalls war die einzige Sorge, die mich in jenen Tagen umtrieb. Tage, tatsächlich: Bis Brauer mich abholte, sollten vier Tage vergehen, Jahre in meiner Wahrnehmung.

Die Zeit ist mir nur nebelhaft in Erinnerung, ein Haufen Desorientierung und Dämmer, ohne darin irgendwo ein Ich ausmachen zu können. Diffuse Schmerzen und

Schwellungen, die nach Guerillataktik in meinem Hals oder den Schultergelenken Einzug hielten, dort eine Weile ihre Verheerungen anrichteten und sich dann wieder zurückzogen, ohne Terrain dazugewonnen, allerdings auch ohne welches verloren zu haben. Mein Körper war nichts als Entzündungsherd und Ausscheidungsautomat, ein willkürlicher Ort zirkulärer Prozesse.

Zweimal kam Ana; sie behauptete, schon am ersten Tag da gewesen, nach Stunden aber, in denen ich bewegungs- und bewusstlos geblieben war, wieder gegangen zu sein. Wir sprachen nicht viel, zumindest konnte ich kaum verfolgen, was. Ich fühlte mich allein durch ihre Nähe besser. Der Raum war erfüllt von ihr, ich weiß nicht, wie lange; irgendwann schlief ich ein, und als ich aufwachte, war ich wieder allein. Einmal kam Octavio, der Besuch verlief in etwa genauso; dann kam zwei Tage lang niemand.

Am Dienstag dann erschien Brauer. Als er mich sah, blieb er zögernd in der Tür stehen; vielleicht bestürzte ihn mein Anblick. Ich selbst hatte keine Gelegenheit und auch wenig Interesse daran, mich im Spiegel anzusehen.

»Wie geht es Ihnen?«, fragte er, indem er Pastillen und Zigaretten aus der Uniformtasche zog. Hinter ihm bemerkte ich seinen Adjutanten.

»Sie haben doch noch welche gefunden«, sagte ich; der dünne Klang meiner Stimme war wohl Antwort genug auf Brauers Frage.

»Können Sie aufstehen?«, fragte er und steckte sich die Zigarette an. Noch hielt ich diese Frage für eine schroffe Variante von Mitgefühl.

»Keine Ahnung«, sagte ich.

Brauer nahm sich einen Stuhl und setzte sich dicht ans Bett. Er schien nur einen Moment nach den richtigen Worten zu suchen. »Die Anlage funktioniert nicht.«

Ich wusste darauf nichts zu antworten; die Lücke, die das Wort »Anlage« in das träge Gallert meiner Gedanken riss, sickerte sofort wieder voll. »Ah«, machte ich.

»Wir haben einen Techniker, der die Anlage okkupiert, während Sie hier …« Er ließ den Satz unvollendet. »Er hat ein paar Fragen für Sie.«

Brauer inhalierte tief und musterte mich vom Kopf bis zu den Fußspitzen; den Rauch blies er mir direkt ins Gesicht.

»Wir zahlen übrigens die Addition«, sagte er und wies mit einem Nicken auf die Geräte.

»Danke«, sagte ich und schloss die Augen.

»Sie müssen mitkommen«, sagte Brauer ohne weitere Umschweife. »Können Sie aufstehen?«

Ich schlug die Augen wieder auf. »Soll das ein Witz sein?«

»Nein.«

»Ich weiß nicht, ob die Ärzte …«, begann ich.

»Ich frage nicht Ihre Ärzte, sondern Sie. Können Sie aufstehen oder nicht?«

»Nein«, sagte ich, was zu neunzig Prozent der Wahrheit entsprach. Obwohl es mir niemand explizit gesagt hatte, wusste ich, dass mein Zustand zumindest bei meiner Einlieferung lebensgefährlich gewesen war.

»In Ordnung«, sagte Brauer, stand auf, ging hinaus und

kam einige Augenblicke später mit einem Rollstuhl zurück. Er gab seinem Adjutanten ein Zeichen, und die beiden machten Anstalten, mich – einer vorne, einer hinten – so wie ich war aus dem Bett zu wuchten. Ich hatte Angst, dass sie die Infusionsnadel herausreißen würden, und schrie auf. Einen Moment später stand eine Schwester im Zimmer.

»Was machen sie da?«, rief sie entgeistert, und dann gleich: »Lassen Sie den Mann los!« Weil sie wohl ahnte, dass sie sich alleine gegen die beiden Uniformierten nicht würde durchsetzen können, lief sie hinaus auf den Flur und kam gleich darauf mit dem behandelnden Facharzt zurück. Jedenfalls nahm ich an, dass er das war; ich hatte das Personal der Klinik bisher nur als gesichtslose helfende Hände wahrgenommen.

Brauer und sein Faktotum hatten kurzzeitig von mir abgelassen, wobei Letzterer einfach in seiner Position verharrte, meine Füße in den Händen, und dabei wie ein dümmlicher Einbrecher aussah, der plötzlich in einem Lichtkegel steht.

Der Arzt sagte mit entschlossener Stimme, dass man mich unverzüglich wieder zurückzulegen habe, mein Zustand sei kritisch, ein Transport absolut unmöglich.

Brauer richtete sich auf und sagte ruhig: »Wir müssen diesen Mann mitnehmen, ob er transportfähig ist oder nicht.«

»Damit setzen Sie sein Leben aufs Spiel«, sagte der Arzt.

»Wir handeln in nationalem Interesse«, sagte Brauer knapp.

»Das müssen Sie mir schriftlich geben!«

»Zum Schreiben haben wir keine Zeit«, sagte Brauer und wuchtete meine Schultern in die Höhe. Wieder schrie ich auf, mehr aus Empörung als vor Schmerz, wahrscheinlich war ich ohnehin vollgepumpt mit Medikamenten. Die Schwester rannte um das Bett herum und zog den Infusionsständer nach.

»Ich werde dagegen Beschwerde einlegen«, rief der Arzt, es klang ein wenig pflichtschuldig. Brauer antwortete nicht, sondern streifte unwirsch die Bettdecke von meinen Beinen; zusammen mit dem Adjutanten bugsierte er mich in den Rollstuhl.

»Nehmen Sie wenigstens eine Jacke«, sagte die Schwester.

»Es ist warm draußen«, sagte der Adjutant und übernahm den Infusionsständer, es klang wie ein Meinungsaustausch von rührender Sorge.

Jetzt, wo ich einmal im Rollstuhl saß, verfolgte ich alles Weitere, als ginge es mich nichts an. Sowohl Schmerz als auch Empörung waren gegen null gepegelt; ich hatte kein Bewusstsein von Gefahr, zwischenzeitlich wohl buchstäblich überhaupt keines. Ich sah die Lichter des Krankenhausflurs, ein paar verwunderte Gesichter, die den Korridor vor uns freigaben, sah die Straße vor der Klinik zum ersten Mal – ein breiter Grünstreifen, Sonnenschein, Verkehr –, den Militärjeep, in dessen Laderaum Brauer mit nun weiteren Soldaten den Rollstuhl hob, und fühlte mich bei der folgenden Fahrt sorglos wie bei einer Landpartie, jedenfalls nicht wie bei einer Entführung.

Aus Gründen, die ich nicht verstand, hielt der Jeep unmittelbar vor dem Kongresszentrum. Auch hier waren, wie im CORFO, Umbauarbeiten im Gange; die gläsernen Eingangstüren etwa waren gegen solche aus massivem Stahl ausgetauscht worden, man hatte Wachen mit Gewehren davor postiert. Die Blumenkästen im Foyer waren verschwunden, auch hier waren überwiegend Soldaten zu sehen, viele von ihnen als Gardisten vor den Versammlungsräumen und dem Aufzug abgestellt, in den man mich nun schob. Die Kunst an den Decken und Wänden – postmoderne Plastiken zeitgenössischer chilenischer Künstler ebenso wie Kunsthandwerk der Mapuche, auch ein paar Werke der europäischen Moderne – war verschwunden, an ihrer Statt war nichts mehr als die dunkle Vertäfelung zu sehen.

»Was ist hier passiert?«, fragte ich Brauer, während sich wie in einem Fiebertraum die Aufzugtüren hinter uns schlossen.

»Die Junta«, sagte Brauer. »Die Junta ist passiert, Herr Everding. Sie befinden sich im Diego Portales.«

Selten in meinem Leben habe ich eine Erkenntnis als Schock wahrgenommen, meistens – wie auch einen Tag später mit Ana an der Garage – war es ein eher schleichender Prozess, in dem man mit jedem winzigen Augenblick das Unbegreifliche ein wenig mehr annimmt, etwa wie beim wasserscheuen Hineinzaudern in einen kalten See. Jetzt aber füllte die Monstrosität der Tatsachen mit einem Schlag mein Bewusstsein, wie wenn in großer Meerestiefe plötzlich die Druckhülle einer Taucherglocke kollabiert und alle Insassen zerquetscht, noch bevor sie ertrinken, ja auch nur die Kälte empfinden können.

»Die Moneda wies leider einige Defekte auf, aber nun: Ein Steuermann benötigt ein Schiff, nein?« Brauers Stimme war ruhig und sachlich, doch jetzt glaubte ich, unüberhörbar Hohn darin ausmachen zu können. Die Fahrstuhltüren öffneten sich wieder, ich hatte nicht mitbekommen, ob wir hinauf- oder hinuntergefahren waren. Sie schoben mich einen Gang mit nackten Betonwänden und summenden Leuchtstoffröhren entlang, zweifellos das Kellergeschoss, und kamen vor einer ebenfalls bewachten Doppeltür zum Stehen. Als sie sich öffnete, sah ich den komplett installierten IBM 360. Die Anordnung der Peripherie war anders als im CORFO, aber unübersehbar war das unser Mainframe.

»Wir haben keine Zeit zu verlieren«, sagte Brauer nun und schob mich in den riesigen Kellerraum, in dessen Linoleum sich die Deckenleuchten spiegelten. An einem der Tische saß ein Techniker, der sich umdrehte und aufstand.

»Das ist Dr. Leonard Vu«, sagte Brauer. »Dr. Vu, this is Hans Everding.«

»Ah, Mr. Everding«, sagte Vu, ohne mir die Hand zu geben noch sich auch nur im mindesten darüber zu wundern, in welchem Aufzug ich erschienen war. Er konnte nicht älter sein als ich, und die Art, wie er voraussetzte, ich würde ihm in meinem Rollstuhl ohne weitere Aufforderung zum Teletype-Adapter folgen, dem er sich offenbar zuerst zuwenden wollte, ließ mich schließen, dass er sehr viel Zeit mit Geräten und sehr wenig mit Menschen verbrachte.

»Ich verstehe diese Konstruktion nicht und habe sie auch noch nie irgendwo gesehen.« Er sprach ohne jedes höfliche Beiwerk und mit breitem amerikanischem Akzent, und auch wenn ich von Stanford bislang nur gehört hatte, war ich sicher, dass man ihn direkt aus der Bay Area hierher eingeflogen hatte. Als ich ihm in schleppenden Worten den Sinn unseres 8-Bit-Adapters erklärte und eine Reihe weiterer Fragen über die Kommunikation des Rechners mit seiner Peripherie und deren Emulation beantwortete, begriff er sofort, wie und warum wir auf unsere improvisierten Lösungen verfallen waren, »I see, I see«, und fasste alles mit einem »Das ist ja finsterstes Mittelalter« zusammen.

Das Reden und Nachdenken lenkte mich immerhin von meiner Erschöpfung ab. Mein Gehirn begann normal zu arbeiten, sobald es konkrete Fragen beantworten sollte, wenn auch noch recht langsam. Dass ich meinen technischen Sachverstand im Nachthemd mit dem dieses Eliteabsolventen messen musste, kam mir allerdings immer deutlicher als unwürdig zu Bewusstsein. Außerdem war es saukalt hier unten.

»Ich komme später dazu«, sagte ich leise und versuchte, mit dem Rollstuhl zu wenden, um klarzumachen, dass die Unterhaltung für mein Dafürhalten zu ihrem natürlichen Ende gekommen war.

»Wie?«, fragte Vu. »Wozu?«

Brauer stand mit verschränkten Armen gegen eines der

Laufwerke gelehnt und verfolgte unser Gespräch, ohne Anstalten zu machen, sich in Bewegung zu setzen.

»Wie Sie vielleicht bemerkt haben, bin ich gegen meinen Willen hier«, sagte ich zu Vu.

»Ach wirklich?«

»Oder finden Sie es normal, dass ein solches Treffen im Krankenhemd stattfindet?«

Vu sah mich an, als gäbe es auf diese Frage mehrere mögliche, allerdings sämtlich irrelevante Antworten. »Eine Sache noch«, sagte er unbeirrt. »Ich vermisse einiges von den Materialien. Vor allem das Band mit dem Programm.«

»Cyberstride?«

»Wenn ihr es so nennt. Das Band mit dem Analyseprogramm.«

»Die Fabrikdaten liegen alle auf dem Speicherwerk.« Ich zeigte zu dem entsprechenden Schrank, der, wie ich sah, ebenfalls schon angeschlossen war.

»Jaja«, sagte Vu, als wäre es unter seiner Würde, mir alles mehrfach erklären zu müssen. »Ich brauche den Code.«

»Den Programmcode?«, fragte ich. »Das ist nicht nötig. Die Software arbeitet perfekt.«

»Wir werden einige Spezifikationen vornehmen müssen.«

»Was denn für –?«

»Was Mr. Vu sagen will«, sagte Brauer – es war das erste Mal, dass ich ihn englisch sprechen hörte, und ich staunte über seinen geübten Duktus – »ist, dass das Band mit dem Code nicht aufzufinden ist. Wo ist es?«

»Ich weiß es nicht.«

»Herr Everding, Sie als technischer Direktor –«

»Der technische Direktor ist Óscar Fuentes!«

»Sie als ein Hauptverantwortlicher wollen nichts über den Verbleib Ihres Materials wissen?«

»Dasselbe könnte ich Sie fragen.«

Brauer stieß sich unwillig vom Schrank ab und kam langsam auf mich zu. »Ich weise Sie darauf hin, dass das Material Regierungseigentum ist.«

»Ach ja? Von welcher Regierung genau reden Sie?«, hörte ich mich auf Deutsch sagen. Für einen Moment war Brauer damit aus dem Konzept gebracht; ich nutzte diesen Moment. »Würden Sie mich jetzt bitte in die Klinik zurückbringen, Señor Brauer? Das Krankenhaus kann bezeugen, dass Sie mich gegen meinen Willen abgeholt haben, und sicher wollen Sie nicht, dass ich hier in Ihrer schönen neuen Residenz abkratze! Denken Sie an die diplomatischen Verwerfungen! Die schönen deutschen Panzer, die Sie vielleicht doch nicht bekommen, wenn ein deutscher Entwicklungshelfer verschwindet!«

Brauer, die Hände hinter dem Rücken verschränkt, lächelte. Zum ersten Mal kam es mir vor, als hätte ein Lächeln in diesem Gesicht überhaupt nichts zu suchen.

»Die Geschichte wird auch uns freisprechen, Herr Everding. Vergessen Sie das nicht!« Er gab seinem Adjutanten ein Zeichen und behielt die Hand zum Abschiedsgruß gleich oben. »Werden Sie schnell wieder gesund.«

1011

DIE GRENZEN DES WACHSTUMS

Jochen war auf Alfonsos Betreiben in das Team gekommen. Die politische Partnerschaft zwischen den Bruderstaaten machte einen Austausch von wirtschaftlichen Beratern beinahe obligatorisch, auch wenn Allende allenfalls ein Stiefbruder war; zur UdSSR unterhielt er eine reine Zweckbeziehung. Jochen hatte zuletzt in Kuba Erfahrungen bei Castros umfassenden Verstaatlichungen gesammelt; sein Auftrag in Chile lautete offenbar, bei uns dasselbe zu tun. Er hatte am Zentralinstitut für Kybernetik und Informationsprozesse in Dresden studiert, bevor er in Moskau irgendeine weiterführende Ausbildung erhalten hatte, jedenfalls hatte er das behauptet; von Kybernetik, geschweige denn von Stanleys Managementkonzept, verstand er herzlich wenig. Wenn er überhaupt von seiner Tätigkeit sprach, dann von einer gewissen Aktion Störfreimachung.

Wir standen im Garten des Hauses von Anas Eltern, denen es ein Bedürfnis gewesen war, die Menschen kennenzulernen, mit denen ihre Tochter arbeitete, und so hatten sie, trotz des noch recht kühlen Wetters – es war Ende August –, kurzerhand das gesamte Team eingeladen. Wann immer es in Chile etwas zu feiern gibt, das die Einladung von Familie und Freunden rechtfertigt, veranstaltet man ein großes Asado in seinem Garten, mit Gegrilltem und jeder Menge Getränken. Vorausgesetzt natürlich, man hat einen Garten; Anas Eltern jedenfalls schienen durchaus wohlhabend zu sein. Ihr Vater war, soviel ich wusste, Akademiker, sie selbst hatte lange privaten Musikunterricht genossen, genau wie ihre jüngste Schwester Simona, die zu Anas Leidwesen gerade Geige lernte.

Stanley war am Vortag angekommen, für die meisten von uns war allein das ein Grund zum Feiern. Octavio saß mit Luisa, Yolanda und Ana an einem Tisch. Hernán, der seine Frau und die beiden Töchter dabeihatte, wurde von Emilio in Beschlag genommen, während seine Frau mit Stanley plauderte, der heute ein Paisley-Halstuch in den chilenischen Nationalfarben trug. Ich stand mit Mario und Jochen in der Nähe des riesigen Grills.

»Wir in der DDR«, sagte Jochen, der erst seit ein paar Wochen im Land war und Anschluss an das Team suchte, »hatten ja, genau wie Chile jetzt, mit einem Embargo des Westens zu kämpfen. Deswegen stellten wir die Ersatzteile und Spezialwerkzeuge, die bisher importiert worden waren, einfach selbst her.«

Mario versuchte das deutsche Wort zu wiederholen. »Acción Storefeimachen?«

Jochens Spanisch war ausgezeichnet und auch für mich gut zu verstehen, ab und zu übersetzte er mir sogar beiläufig eine Wendung, wenn er bemerkte, dass ich stutzte. Er erklärte, wie die ostdeutschen Ingenieure Zeichnungen von den Originalteilen anfertigten und die Modellbauer danach neue Gussformen für die Metallgießereien fertigten.

»Das machen wir seit anderthalb Jahren genauso«, sagte ich zu Jochen; tatsächlich hatte ich mit meinen Designstudenten, für die ich nach wie vor Kurse an der *Chile* gab, in den letzten Monaten solche Produktkopien entworfen.

»Wobei es ja streng genommen einen Bruch des Patentrechts darstellt«, sagte Jochen. Wir lachten herzlich.

Jochens Funktion, so stellte ich sie mir jedenfalls vor, war in erster Linie die, den Unternehmen – auch und gerade den besetzten – die Notwendigkeit staatlicher Kontrolle näherzubringen; Alfonso versprach sich davon vermutlich, dass die Arbeiter und Gewerkschafter, wenn schon nicht die eigene Regierung, dann zumindest die Autorität eines sozialistischen Verwaltungsprofis aus dem vorbildlichen deutschen Bruderstaat respektieren würden. Allerdings fand ich von Autorität keine Spur bei ihm, und für seine sozialistische Brüderlichkeit galt im Wesentlichen dasselbe.

»Wegen des Problems mit dem Kupfer muss Allende sich jetzt enger an Breschnew binden«, sagte ich zu Jochen. »Glaubst du, das ist der richtige Weg für Chile?«

Mario wurde aus irgendeinem Grund ins Haus gerufen; wir wechselten ins Deutsche.

»Naja«, sagte Jochen. »Breschnew ist ein Held der Sowjetunion, nicht wahr?«

Ich hatte keine Ahnung, was das bedeuten sollte, und das sagte ich auch.

»Du willst von mir hören, was ich von der Sowjetunion halte. Was glaubst du, soll ich dazu sagen?«

Ich zuckte die Schultern. »Was du denkst.«

»Um ehrlich zu sein, habe ich keine besonders hohe Meinung vom sowjetischen Parteiapparat. Zufrieden?«

»Das überrascht mich zu hören.«

Er beugte sich gespielt verschwörerisch zu mir. »Du wirst mich doch nicht verraten?«

»Chiles Sozialisten haben im Moment sicher ganz andere Sorgen.«

»Bist du denn Sozialist?«

»Ich … Für die Politik sind andere zuständig.«

»Dachte ich mir. Aber dann gesellen wir uns doch zu den anderen!«

Wir wanderten die paar Meter hinüber zu Alfonso und Stanley, die sich über den jüngsten Bericht des Club of Rome unterhielten. *Die Grenzen des Wachstums* hatte auf einem Symposion in der Schweiz die unvermeidlichen Konsequenzen aufgezeigt, die die wirtschaftliche Expansion der Industrienationen für den gesamten Globus haben würden: Bei weiterhin ungebremstem Wachstum von Weltbevölkerung, Industrie, Umweltverschmutzung, Landwirtschaft und Ausbeutung der natürlichen Ressourcen drohe der Erde im Laufe des nächsten Jahrhunderts der irreversible Kollaps.

»Die Komplexität der Studie ist beeindruckend«, sagte Stanley. »Ihre Computersimulation kann alle möglichen Szenarien berechnen, wie sich die Welt in zehn, zwanzig oder fünfzig Jahren entwickeln wird. Sie kann zum Beispiel das Bevölkerungswachstum im Verhältnis zur medizinischen Versorgung und Ernährungslage berechnen, die wiederum vom industriellen Entwicklungsstand abhängig sind. Der kann gemessen werden etwa am Vorhandensein von Technologie und Infrastruktur. Das erinnert uns doch an was, oder?«

»Kann es denn sein, dass die sich das von uns abgeguckt haben?«, fragte ich.

Stanley lächelte. »Naheliegend, aber nicht ganz zutreffend. Sie verwenden tatsächlich dieselbe Software zur Dynamik komplexer Systeme wie wir, von Arthur Anderton in London. Ich kenne Arthur gut, er ist mächtig stolz im Moment. Und ich erst. Ich meine, das heißt, wir sind absolut state of the art mit dem, was wir hier machen, ist euch das klar, liebe Freunde?«

»Ist das der Grund, weswegen du das Interview gegeben hast?« Alfonso deutete auf eine englische Zeitung, die Stanley mitgebracht hatte. Es war der *Observer*; erst jetzt fiel mir auf, dass ein Foto von Stanley darin abgedruckt war, dazu die Schlagzeile CHILE RUN BY COMPUTER.

»Äh, ja«, sagte Stanley. Es klang unbeschwert. Alfonso dagegen war anzusehen, dass ihn das Interview weniger begeisterte.

»Ich hätte mir gewünscht, dass wir zunächst tatsächliche Erfolge abwarten, bevor wir damit an die Öffentlichkeit gehen«, sagte er.

»Nun, das Aufsehen der *Grenzen des Wachstums* zeigt doch, wie innovativ unser Konzept ist, und das allein ist schon ein Erfolg, finde ich. Wir sollten das Projekt viel konsequenter als Argument für die Fortschrittlichkeit der chilenischen Regierung nutzen. Warum machen wir nicht auch ein bisschen Propaganda?«

»Vielleicht«, sagte Alfonso und schwenkte das Bier in seiner Flasche. »Aber wir sollten uns dazu nicht ausländischer Zeitungen bedienen. Das chilenische Volk könnte sonst auf den Gedanken verfallen, wir würden von einer Fremdbestimmung in die nächste stolpern.«

»Oh«, sagte Stanley. Es klang ganz unschuldig, dennoch entging es ihm ebenso wenig wie uns, dass Alfonso noch nie so deutliche Kritik an Stanley geübt hatte, noch dazu vor dem Team. Ich fühlte mich unbehaglich. Und das änderte sich nicht unbedingt, als Stanley beschloss, schnell das Thema zu wechseln.

»Auf dem Flug hierher ist mir übrigens eine Idee für eine weitere Anwendung des Systems gekommen. Ich nenne sie Cyberfolk.«

Er wedelte mit einem Papier vor Alfonsos Nase, bis dieser es nahm und eher pflichtschuldig überflog.

»Man braucht ein Gerät, das ich Algedonic Meter nenne. Man kann es überall aufstellen, wo ein Fernseher ist«, sagte Stanley aufgeregt und verschüttete nur ganz knapp keinen einzigen Tropfen seines Whiskys. »Wenn im Fernsehen Debatten oder Reden von Politikern übertragen werden, zum Beispiel über neue Pläne zur Wirtschaftsförderung oder Gesetzesnovellen, dann können die Menschen an ihrem Gerät zu Hause einen Regler drehen, der ihre Zustimmung misst, seht ihr? Nicht nur An oder Aus, sondern stufenlos.«

»Algedonisch«, sagte Alfonso. »Werden damit nicht Schmerzsignale im Nervensystem bezeichnet?«

»In der Tat«, sagte Stanley und lächelte; er war schon wieder in seinem Element. »Es scheint mir eine gute Metapher zu sein. Ein algedonisches Signal bewirkt immer eine Handlung. Schmerz stört den Körper, er will möglichst schnell die Homöostase wieder herstellen. Ich habe überlegt: Unser Ziel war es doch von Anfang an, den gesellschaftlichen Umbau zu unterstützen, den Allende angestoßen hat. Den Umbau zu einer sozialistischen Gesellschaft. Allende ist der Erste, der das auf demokratischem Wege schaffen will. Und jetzt frage ich: Was könnte demokratischer sein als ein Volksentscheid an der Basis? Mit der richtigen Technologie …«

»Melquíades«, wandte Alfonso ein. Das war sein Kosename für Stanley, nachdem er ihm *Hundert Jahre Einsamkeit* zu lesen gegeben hatte, das den Briten nicht nur ein wenig mit Lateinamerika vertraut machen, sondern auf subtile Weise auch die Rollen zwischen ihnen konsolidieren sollte: Melquíades, der exaltierte Wissenschaftler, und Aureliano, der revolutionäre Pragmatiker.

»Mit der richtigen Technologie«, verfolgte Stanley freundlich, aber beharrlich seinen Gedanken weiter, »können wir dabei helfen, unsere Welt für immer zu verändern. Das hier« – er tippte auf seine Skizze – »ist ein erster Schritt, alle Menschen miteinander zu verbinden, klassenübergreifend, allumfassend, und ihnen demokratisches Mitspracherecht in Echtzeit zu geben. Es ist die Überwindung des Widerspruchs zwischen Autonomie und Kontrolle, zwischen Selbstbestimmung und Herrschaft. Wenn die Entscheidungsträger ein direktes Feedback aus dem Volk bekommen –«

»Melquíades, wir befinden uns in einem Land, in dem 80 Prozent der Bevölkerung keinen Fernseher haben«, sagte Alfonso; es klang nüchtern, dröhnte aber wie ein Gongschlag.

Stanley schüttelte nachsichtig den Kopf. »Sobald Cybernet auch die Konsumgüterindustrie koordiniert, wird sich das schnell ändern.«

Niemand sagte etwas; Alfonso blickte auf seine Schuhe.

»Aber was passiert«, sagte ich, »wenn das Feedback im Fernsehen zu einem verzerrten Ergebnis führt, weil beispielsweise nur eine bestimmte Gruppe mitgemacht hat? Und was ist mit unpopulären Wirtschaftsmaßnahmen, die aber langfristig notwendig sind?« Eigentlich hätte ich Stanley beispringen sollen, aber ich wollte ihn nicht als jemanden sehen, der meinen Beistand nötig hatte.

Alfonso wartete Stanleys Antwort nicht ab. »Unser Projekt ist noch im Aufbau. Vieles davon ist noch nicht einsatzfähig. Der Opsroom ist imposant, und ich bin sehr zufrieden mit eurer Arbeit, aber im Moment ist er nur die Kulisse zu einer Science-Fiction-Show.«

»Science-*Fact*«, sagte Stanley.

»Ich will damit sagen …«

Stanley leerte sein Glas und fiel Alfonso seinerseits ins Wort. »Wir haben ein funktionierendes Netzwerk aufgebaut und eine Methode, die Daten zu verarbeiten«, sagte er. »Wir unterstützen inzwischen über zweihundert Fabriken dabei, effizienter zu produzieren! Das ist ein beachtlicher Erfolg, finde ich!«

Ich wusste, dass diese Sichtweise ein wenig geschönt war. Nach wie vor haperte es an der Unterstützung der Arbeiter in den Fabriken, dabei hing alles hauptsächlich davon ab. Solange die Fabriken uns keine oder nur unbrauchbare Daten lieferten und im Gegenzug unsere ignorierten, richtete unser System nicht das Geringste aus. Durch unsere Ideen wurde in Chile bisher keine einzige Schraube zusätzlich produziert.

»Die Opposition«, sagte Alfonso, »plant in diesem Augenblick eine gigantische Aktion gegen die Regierung. Gegen das ganze Land, um genau zu sein.«

»Entschuldige, Aureliano«, erwiderte Stanley. »Wir wissen seit der Tragödie um General Schneider, dass die Opposition von Anfang an nichts anderes getan hat.«

Alfonso schüttelte den Kopf. »Du hast die letzten Wochen hier nicht mitbekommen. Es ist schlimm geworden. In den Universitäten separieren sie die Studenten jetzt schon nach politischer Überzeugung!«

Tatsächlich hatte man an der Chile einen zweiten Essensschalter eingerichtet und in den Speisesaal eine Trennwand eingezogen, damit die Anhänger beider Lager nicht aufeinander losgingen.

Emilio, der sich mit Ana zu uns gestellt hatte, schlug in die gleiche Kerbe. »Unsere Epoche der friedlichen Koexistenz ist zu Ende. Die Klassenunterschiede lassen sich nicht mehr länger ignorieren! Die Aggression der Bourgeoisie ist auf dem Vormarsch, der Zusammenprall ist unausweichlich«, dies und noch mehr kam aus seiner Richtung wie aus der Parolenstanze.

Anas Eltern hatten bisher nur zugehört. Ihr Vater sagte jetzt: »Der Präsident ist sich dessen sehr bewusst. Zumindest hat er kürzlich in einem Interview, ich glaube, mit Régis Debray, der mit Che in Bolivien war –« Weiter kam er nicht, da seine Frau ihn unterbrach: »Sag das nicht so, als wärst du mit denen in der Sierra Maestra gewesen!« Anas Vater lächelte gutmütig, tätschelte ihr die Schulter und versuchte ein zweites Mal: »Jedenfalls hat der Präsident gesagt …«

»*Der Präsident*«, äffte seine Frau ihn nach. »Wenn ich das schon höre!«

»Aber wenn er doch der Präsident *ist*!«

»Für dich vielleicht!«

»Was hat Allende denn nun gesagt?«, fragte Ana, um ihrem Vater Gehör zu verschaffen oder den Zwist ihrer Eltern zu überspielen.

»Wenn wir uns auf die Geschichte beziehen, ist klar, dass wir Grund haben, einiges zu befürchten. Unsere Erfahrung in dieser Hinsicht ist dramatisch, tragisch und blutig.«

»Das ist wahr«, sagte Alfonso. »Die Opposition will die alte Ordnung wiederherstellen. In einem Konferenzraum des *Mercurio* treffen sich seit ein paar Monaten junge chilenische Ökonomen. Die Presse nennt sie Chicago Boys.«

»Das klingt wie ein Fußballteam«, sagte Ana.

»Die haben bei Milton Friedman studiert«, erläuterte ihr Vater.

»Friedman ist Marktliberalist«, sagte Alfonso. »Er ist einer von denen, die alles privatisieren würden, wenn man sie nur ließe. Seine Schüler arbeiten an einer Programmschrift für eine Regierung nach Allende. Das heißt nichts anderes, als dass diese Leute mehr oder weniger öffentlich die Konterrevolution planen! Und wir alle wissen, dass die Gefahr real ist. Kein Tag vergeht ohne neue Sabotage, ohne neuen Terror! Wenn die Opposition an die Macht kommt, dann wird sie von einer Sekunde auf die andere alles rückgängig machen, was wir bisher erreicht haben. Sie wird die Löhne senken und die Steuern erhöhen. Sie wird den ausländischen Firmen ihre Fabriken zurückgeben und damit fortfahren, Chile auszuplündern. Sie wird die Gewerkschaften, die Arbeitervereinigungen, den gesamten politischen Widerstand zerschlagen, und damit meine ich *zerschlagen*. Sie wird eine Diktatur errichten, denn das wird ihre einzige Chance sein, dem chilenischen Volk ihr Wirtschaftssystem aufzuzwingen. Man muss nur Friedman zuhören, um zu wissen, dass er für die reinste und brutalste Form des Kapitalismus eintritt, schlimmer noch als während der europäischen Industrialisierung.«

»Da habt ihr's«, sagte Emilio. »Und Allende ist entweder zu blind oder zu feige, um etwas dagegen zu tun!«

»Das denke ich nicht«, sagte Stanley. »Er hat sich nur entschieden …«

»¡Permiso!«, unterbrach Emilio ihn schroff. »Sind Sie nicht derjenige, der sich von unserem Herrn Präsidenten im Sheraton hat einquartieren lassen? Sie wissen schon, dass das Sheraton der amerikanischen International Telephone and Telegraph Corporation gehört, oder? Und Sie wissen auch, dass die ITT Schneider umgebracht hat und den Terror der Faschisten finanziert?«

Ana war entsetzt. »Emilio! Was fällt dir ein!«

Anas Vater wandte sich entschuldigend an Stanley: »Das hat man davon, wenn man einen kleinen Che zum Schwiegersohn bekommt!«

»So weit sind wir noch lange nicht!«, rief Ana; es hatte wie ein Scherz klingen sollen. Während Stanley nach einer passenden Replik suchte, goss Anas Mutter weiter Öl ins Feuer: »Das passt zu Allende. Er ist ein Snob, ich habe es schon immer –«

Doch Emilio unterbrach auch sie: »Sie müssen sich über Snobs beschweren! Wahrscheinlich haben Sie das ganze Zeug hier auf dem Schwarzmarkt gekauft!« Bevor irgendjemand reagieren oder auch nur blinzeln konnte, hatte Ana Emilio vor allen Leuten eine geknallt. Ich war vollkommen perplex. Emilio hielt sich kurz die Wange, lachte dann verächtlich und spie aus: »Du bist blind, Mädchen! Wirfst dich diesen Revisionisten an den Hals für … Bastelstunden!«

Emilios Ausbruch war nicht nur taktlos, sondern auch vollkommen ungerechtfertigt. Ana engagierte sich, viel mehr als er selbst, neben ihrer gestalterischen Arbeit in den kommunalen Versorgungskomitees. Eigentlich waren die gegründet worden, um die Einhaltung der staatlich festgesetzten Lebensmittelpreise zu überwachen. Doch seit der Schwarzmarkt florierte, hatten diese Komitees ihre Kompetenzen immer mehr ausgeweitet: Inzwischen besorgten sie sich eigenständig die Lebensmittel bei der einzigen staatlichen Distributionsstelle DINAC, die etwa dreißig Prozent der Waren verteilte. Auf diese Weise schalteten sie die Zwischenhändler aus, die horrende Aufschläge verlangten oder die Nahrungsmittel lieber gleich auf dem Schwarzmarkt verkauften.

Anfänglich hatte ich Ana nur bei der Produktion von Plakaten und kleinen Ansteckern aus Blech geholfen, die seit dem Wahlkampf der Unidad Popular in Mode waren. Ana entwarf die Motive dafür selbst, meist Parolen wie »Crear poder popular« oder das Motiv einer Faust, die ein Patria y Libertad-Symbol zerschlägt. Im Grunde brauchte man neben Blech nur Folie, Sicherheitsnadeln und eine Presse dafür, aber die Presse hatten wir nicht, und es gab sie auch nirgends zu kaufen. Also baute ich sie aus einer alten Orangensaftpresse und ausgedienten Druckplatten selbst zusammen, und als ich fertig war, half ich Ana bei der Produktion der Anstecker. Und da ich schon dabei war, griff ich ihr auch beim Druck von Flugblättern für Verteilungsaktionen unter die Arme. Und weil die natürlich auch unter die Leute gebracht werden mussten, half ich beim Verteilen.

Natürlich fragte Ana mich, ob mich das alles nicht von meiner Arbeit an der Universität und für Cybernet abhielt. »Doch«, antwortete ich. »Aber ich tue es gerne. Das ist echte Basisarbeit.«

Ich weiß nicht, ob Ana das für eine Phrase hielt. Für mich war es jedenfalls keine. Als ich zum ersten Mal mit ihr nach San Miguel hinausgefahren war, eine Población am Stadtrand, und dort den ganzen Vormittag lang Hinweisplakate anbrachte, die die Menschen aufnahmen wie die Offenbarung der irdischen Wiederkehr Jesu, da erkannte ich, dass ich nirgends meine Berechtigung, in diesem Land zu sein, deutlicher spürte als hier. Es war ganz simpel: Hier wohnten Menschen, für die sich kein System dieses Landes, ja sogar dieser Welt wirklich interessierte. Mit ihrer Not wurde Politik gemacht, die diese jedoch im Gegenzug kaum linderte. So mussten sich die Menschen in den Poblaciónes alles selbst beschaffen, durch Hilfsarbeiten, Müllsammeln, Betteln und manchmal Stehlen. Das Wasser holten sie aus einem gelblichen Rinnsal ohne Namen, von Strom oder Toiletten konnte keine Rede sein. Die meisten der Kinder gingen nicht zur Schule; ich sah sie selten in passender oder sauberer Kleidung, ihre Haut war schrundig, ständig lief ihnen die Nase. Ihren immer wachsamen Augen war anzusehen, dass oft sie es waren, die die Familien ernährten. Und trotzdem waren sie die Einzigen, die offen und unverstellt ihre Freude zeigten, wenn sie uns sahen.

Die Menschen, die hier lebten, bewiesen, dass man auch ohne Staat überleben konnte, aber eben nur überleben, nicht mehr. Sie klagten nicht, doch wenn wir mit einem Lieferwagen zu ihnen kamen und Brot und Zucker als Gegenwert für ihre Rationsmarken austeilten, dann gaben wir ihnen viel mehr als das, was sie zum Überleben brauchten. Indem wir mit ihnen sprachen, mit ihnen scherzten, indem wir sie auch nur *ansahen*, gaben wir ihnen etwas von ihrer Würde zurück, die darin liegt, dass man einander trotz Schmutz und Armut als gleichwertig anerkennt. Man brauchte nicht viele Wörter dafür, eigentlich gar keine; die Kinder waren die Ersten, die uns wie selbstverständlich trauten.

Wir, ebenso wie die anderen Lebensmittelkomitees, hatten neben der DINAC noch eine andere Bezugsquelle für die Waren: Wir spürten geheime Hamsterlager auf. Dafür durchstöberten wir die Zeitungen der Rechten nach verdächtigen Anzeigen, vornehmlich in Verbindung mit Adressen in den Barrios Altos. Mir blieb meist rätselhaft, warum verschiedene Anzeigen etwas anderes bedeuteten als das, was sie bezeichneten, aber Ana irrte sich so gut wie nie. Das war eine aufregende Sache, denn es bedeutete auch, sich bei verdächtigen Häusern auf die Lauer zu legen. Irgendwann schälte sich mit etwas Geduld und Glück aus der scheinbaren Ereignislosigkeit ein opakes System heimlicher Geschäftigkeit. Der verzweigte Strom von Besuchern fokussierte sich auf ein einziges Haus, meist mit Garage, gern auch mit Hintertür, um den Betrieb zu verschleiern. Die Menschen kamen, so schien es, mit Gepäck, aber ihre Koffer, Taschen und Rucksäcke waren erst gefüllt, wenn sie wieder gingen. Man musste klingeln, es gab eine flüchtige Gesichtskontrolle: Man blieb unter sich.

Wenn wir sicher waren, schlugen wir zu. Ana trommelte einige Leute zusammen; ich hatte dazu ein Nachrichtensystem improvisiert, für das wir einige der Fernschreiber benutzten, die nicht anderweitig im Einsatz waren. Stanley, den ich um den Gefallen gebeten hatte, war von der Idee begeistert; Alfonso allerdings musste davon nicht unbedingt etwas wissen. Allende duldete die Komitees zwar, weil ohne sie die Versorgung im Land längst zusammengebrochen wäre, aber er durfte es nur im Stillen tun, weil der größte Teil des Kongresses und die gesamte Opposition das, was wir Enteignung nannten, als Raub bezeichneten.

Mit einem kleinen Trupp von fünf, sechs Leuten – wir achteten darauf, ein paar kräftige Kerle dabeizuhaben – rückten wir gegen Abend an. Einer von uns klopfte; sobald geöffnet wurde, stürmten wir alle zusammen hinein. »¡A callarse! Maul halten!«, riefen wir, wenn der Hausbesitzer protestierte; als Kollaborateure hatten er oder sie ihr Recht auf höfliche Umgangsformen verwirkt. Einer von uns passte auf, dass er – meist waren es Männer – nicht auf widerständige Ideen kam, die andern sichteten die Waren. Fast immer waren die Garagen, Keller oder sogar extra angemieteten Wohnungen bis unter die Decke vollgestopft mit Kisten voller Zucker, Reis, Toilettenpapier, Waschpulver (das gute OMO!), Tee, Nescafé und Kondensmilch, dazu manchmal Kartoffeln oder Obst.

Ana tolerierte bei der Inventur keinerlei Ungenauigkeiten, alles musste peinlich genau erfasst und verbucht werden, um daraus den exakten Zuteilungsschlüssel zu errechnen. Niemand durfte sich etwas für den persönlichen Bedarf abzweigen. Wenn Ana dergleichen mitbekam, wurde der Betreffende sofort zur Rede gestellt und musste vor den anderen *Selbstkritik* üben. Diese Praxis, wie auch manche der Begriffe, die Ana verwendete, schien mir deutlich die Handschrift Emilios zu tragen; als ich sie darauf ansprach, sagte sie unnachgiebig: »Was ich sage, meine ich auch!«

»Schon«, sagte ich, »aber *Proletarische Front? Volkseigentum?*«

»Ja und?«

»Nichts. Es klingt einfach nicht nach dir.« Ich wusste, dass ich damit ein wenig zu weit ging. Aber sie lächelte nur und sagte: »Wenn wir schon Revolution machen, dann soll sie auch so klingen.«

Alles war bestens organisiert. Wir besorgten Transportfahrzeuge und schafften die Lebensmittel – die *konfiszierten* Lebensmittel – in die Nachbarschaftszentren in Macul, in San Miguel, in die Arbeiterhochburgen von La Granja und El Bosque, wo wir die Zuteilung sofort publik machten, und schon einige Stunden später drängten sich die Menschen mit ihren Rationierungskarten um das Geschäft, den improvisierten Marktstand, den Lieferwagen, aus dem heraus wir die Produkte verteilten.

Ich stellte mir nicht ein einziges Mal die Frage, ob was wir taten richtig war; ich fühlte es ganz selbstverständlich. Von diesen Regungen hatte ich bis dahin nicht gewusst, dass sie in mir steckten; Ana hatte sie sichtbar gemacht. »Nie wieder werden wir so frei sein wie jetzt«, sagte sie. Jetzt kommt es mir vor, als hätten wir uns ausschließlich in Sinnsprüchen unterhalten. Es war, wie eine neue Sprache gelernt zu haben, die man noch besser sprach als die eigene: unwirklich und höchst real.

Wenn Emilio davon wusste – und ich ging davon aus, dass Ana ihm erzählte, was sie tat, und mit wem –, dann waren die Vorwürfe, die er uns machte, gelinde gesagt unverständlich, geradezu konstruiert.

»Wir müssen die traditionellen Institutionen durch revolutionäre Kader infiltrieren, um ihre internen Widersprüche zu verschärfen und so das System zu zerschlagen. Stattdessen lässt sich die chilenische Linke von einem entfremdeten Objektivismus zersetzen, von einem Kult der Technisierung.«

Ich verstand überhaupt nicht, was er wollte.

»Das ist absurd!«, sagte ich, wobei ich versuchte, nicht so empört zu klingen, wie ich war. Hätte Alfonso nicht in Hörweite gestanden, hätte ich geantwortet, dass wir nichts anderes taten als das, was der MIR forderte: die Selbstorganisation des Volkes unterstützen, die Volksmacht erschaffen.

Jetzt meldete Jochen sich wieder zu Wort. Sonst pflegte er den Nimbus einer kühlen, überlegenen Distanziertheit für sich zu beanspruchen, doch Emilios selbstgerechte Parolen schienen auch ihn zu ärgern. »Ich erzähle dir mal was über revolutionäre Institutionen«, sagte er. Seine Rede war flüssig, kein einziges Mal musste er sich korrigieren, und die ganze Zeit über fixierte er Emilio. »Wie du weißt, sitzt in Kuba Fidel in jeder relevanten Institution der Regierung. 1970 hatte er zum Jahr der zehn Millionen Tonnen ausgerufen, seine Version von Maos Großem Sprung nach vorn. Bis dahin war in Kuba eine Ernte von fünf, vielleicht sechs Millionen Tonnen Zucker im Jahr normal gewesen.

Aber letztes Jahr wollte Castro beweisen, dass die Revolution zu jeder Kraftanstrengung fähig ist, solange es der Führer befiehlt. Von Technisierung konnte dabei ebenso wenig die Rede sein wie bei Mao, was dazu führte, dass sich die Kubaner zwölf Stunden am Tag auf den Zuckerrohrfeldern totschufteten. Und ich meine das wörtlich.«

»Castro hat selbst mitgemacht«, erwiderte Emilio. »Hat Zuckerrohr geschnitten, jeden Tag!«

Jochen musterte ihn abschätzig. »Für solche Gerüchte gibt es eine eigene Abteilung. Bei uns heißt sie Volksaufklärung« – er benutzte das deutsche Wort. »In Kuba scheint sie auch ganz gut zu funktionieren.«

Emilio verstand den Sarkasmus nicht, zumindest ging er nicht darauf ein; er dachte nicht daran, sich kampflos geschlagen zu geben. »Es ist doch gerade ein Zeichen des emanzipierten Bewusstseins, dass es nicht nur den eigenen egoistischen Interessen dient, sondern den Interessen seiner Klasse! Der Individualismus, in dem sich jeder nur hervortun will, das ist der Fetisch des dekadenten Westens. Nur wer seine individuellen Interessen überwindet, wird dem Sozialismus zum Sieg verhelfen!«

»Ich wollte mit meinem Beispiel gerade eigentlich sagen, dass ich da nicht so sicher bin. Wenn der Einzelne seine Rechte verliert –«

Emilio hörte gar nicht zu. »Was wir brauchen, ist ein Präsident, der sein Volk gegen die Reaktion verteidigt, statt sich von Technokraten blenden zu lassen«, dies ohne Zweifel gegen mich gerichtet und mit einer Feindseligkeit, die ich für vollkommen übertrieben hielt.

»Nana«, sagte Jochen und legte mir jovial den Arm um die Schulter. »Mein deutscher Compañero will doch nur –«

»Nana«, sagte ich und nahm seinen Arm herunter. »Der deutsche Compañero sagt lieber selber, was er will.«

»Nur zu«, sagte Jochen. Ich hatte die richtigen Dinge auf der Zunge, ich war überzeugt von dem, was ich sagen wollte: dass ich diese von Eitelkeiten durchsetzten Debatten nur zu gut aus Deutschland kannte und dass sie lächerlich waren angesichts der Möglichkeiten, die sich uns allen hier boten, in Chile, in diesem historischen Moment. Aber dann suchte ich nach der spanischen Wendung für »Grabenkampf« und hatte keine Eingebung, von welcher Seite her ich den »Strang« anpacken sollte, an dem wir alle gemeinsam ziehen mussten. Und eigentlich wollte ich es auch nicht mit abgedroschenen Bildern sagen, sondern so, wie ich es empfand, unverstellt und klar. Daran war aber nicht zu denken, und weil sich in meinem Kopf alles überschlug, wiederholte ich einfach den Satz, den Emilio gerade selber gesagt hatte: »Solo quien supera sus propios intereses contribuirá a llevar el socialismo hacia la victoria.«

Ausgerechnet in diesem Moment kam Ana dazu. Sie sah mich an, als sei ich eben vom Himmel herabgestiegen. Es war nur eine Momentaufnahme, bloß zwei, vielleicht drei Sekunden, ein Bild, das eine ganz bestimmte Geschichte erzählte: Emilio sprachlos (seinem eigenen Satz konnte er schwerlich widersprechen), während ich ihn über revolutionäre Ethik belehrte, noch dazu auf Spanisch.

»Endlich hat es mal jemand geschafft, ihn zum Schweigen zu bringen«, sagte Ana und lächelte mich an. Ich versuchte, ganz abgeklärt auszusehen; Ana hakte sich bei mir unter und zog mich fort.

»Schau, man kann nicht immer nur politische Diskussionen führen«, sagte sie. »Man muss auch tanzen.«

»Sicher«, sagte ich, ohne hinzuzufügen, dass ich grundsätzlich nicht tanzte.

»Wenigstens einer, der mich versteht«, sagte Ana; sofern das auf einem Irrtum basierte, korrigierte ich ihn nicht. So funktionierte das also: Eine Welt erfinden, an die beide glauben können.

»Keiner kümmert sich um dich, Florecita, hm?«, sagte Anas Vater zu einer der Katzen, die im Garten nach heruntergefallenen Essensresten suchten.

Später sah ich Stanley allein an einem Tisch sitzen, vor sich sein Glas und seine Zigarre. Er sah gleichmütig dem entspannten Treiben im Garten zu, doch ich erkannte, dass der Gleichmut nur Fassade war. Etwas bedrückte ihn; zum ersten Mal wirkte er alt auf mich.

»Weißt du«, sagte Stanley, »Alfonso will mich dazu bewegen, mit meiner Familie nach Chile zu kommen.«

»Das wusste ich nicht«, sagte ich, was nicht ganz der Wahrheit entsprach. Es hatte gewisse Gerüchte gegeben. »Ganz unklug wäre das sicher nicht.«

»Mit einem Wissenschaftler an seiner Seite kann er seine Ideen im Kongress überzeugender durchsetzen.«

»Glaubst du, es geht ihm nur darum?«

Er paffte. »Das ist es, worauf es letztlich ankommt.«

Ich hatte das Gefühl, dass dies nur eine Eröffnung gewesen war.

»Margie will nicht«, sagte Stanley nach einer Weile. Ohne den Namen jemals gehört zu haben, wusste ich sofort, wer Margie war. »Sie sagt, ich soll mich lieber um meine Consultingfirma in London kümmern. Hier könnte ich verhaftet oder sogar erschossen werden. Sie und ihre Freunde – die auch immer meine Freunde waren – halten die Unidad Popular für eine Bande von korrupten Banditen. Sie sagt, mein wissenschaftliches Ansehen hätte schon genug Schaden genommen.«

»Das hat es bestimmt nicht«, sagte ich ohne den nötigen Nachdruck.

»Ich liebe Margie. Ich liebe meine Kinder. Aber ... Ich habe acht Kinder, Juan. Acht!« Er schüttelte den Kopf, als könnte er es selbst nicht glauben. »Habe ich das Recht, sie diesem Risiko auszusetzen?«

»Das wäre viel verlangt«, sagte ich.

»Seit ich nach Chile gekommen bin und mit euch arbeite, fühle ich mich ... als Person ... *befreit*. Ich denke, das ist es, was Margie nicht gefällt. Ich habe mich verändert. Zum ersten Mal in meinem Leben habe ich echte Freunde.« Er sah mich an und fasste mich am Arm. »Zum ersten Mal in meiner Karriere als Wissenschaftler tue ich etwas Relevantes. Vielleicht sogar etwas Nobles. Und erstarre nicht vor Frust über meine banalen Aufgaben als Unternehmensberater.«

Ich lächelte ihn an. Etwas in mir leuchtete. »Ich glaube, das geht den meisten von uns so.«

»Weißt du, Juan: Ich habe England satt. Ich habe meinen ganzen versnobten Lebensstil satt. Am liebsten würde ich ganz von vorne anfangen.«

Ich nickte.

»Aber ich muss auch an meine finanzielle Verantwortung denken. An meine Familie. Acht Kinder! Die würden wohl kaum alle mitkommen.«

»Vielleicht nimmst du nur die mit, die noch nicht alleine …«

»Ich war immer ein verlässlicher Ehemann. Meistens. Als Berater habe ich einen exzellenten Ruf. Ich habe mich damit abgefunden, dass meine Arbeit Beschränkungen unterworfen ist. Meinen Realismus hat man mir immer als Verlässlichkeit angerechnet, sogar als Ehrenhaftigkeit; jedenfalls hat man es nicht für fehlende Risikobereitschaft gehalten. Einen Mangel an Fantasie.«

Er trank einen Schluck; nicht dass er gelallt hätte, aber ich hatte doch das Gefühl, dass er angetrunken war. »Durch mein Hiersein ist alles infrage gestellt.«

»Warum?«

»Ich habe mich ruhigstellen oder sogar kaufen lassen. Vielleicht sind Auszeichnungen und Ansehen nur ein gewaltiges psychologisches Betäubungsmittel.«

Ich wusste nichts darauf zu sagen, hatte auch zu viel Respekt vor Stanley, als dass ich mich getraut hätte, ihm irgendeinen Rat zu geben. Ich glaube, er merkte das.

»Was macht eigentlich dein Spanisch?«, fragte er.

»Naja.« Unwillkürlich sah ich zu Ana hinüber. Sie erwiderte meinen Blick und lächelte zurück.

Stanley lächelte ebenfalls. »Sie ist ein besonderes Mädchen.«

»Das findet ihr Freund offenbar nicht.«

»Der ist nur eifersüchtig. Meinst du nicht?«

»Dabei hat er gar keinen Grund dazu.«

Stanley sah mich an, sagte nichts; es war ein Blick voll ratloser Weisheit. Dann lächelte er mir aufmunternd zu und trank sein Glas in einem Zug leer.

1100

ALGEDONISCHE SCHLEIFE

Am Morgen nach meiner Entführung kam Ana.

Sie trug eine Lederjacke; ihr Haar war noch nass. Sie hatte eine Zeitung dabei und Kuchen, ich weiß nicht, ob sie ihn selbst gebacken hatte. Ich sollte auch nicht erfahren, wie er schmeckte. Sie lächelte, als sie mich sah. »Du hast uns einen ziemlichen Schrecken eingejagt.«

»Uns?«

»Ja, allen. Dem ganzen Team. Denen, die noch übrig sind.« Sie senkte den Blick.

»Was meinst du damit?«

Sie setzte sich auf die Bettkante. »Hernán ist verschwunden.«

Ich versuchte, mich im Bett aufzurichten. Das alles war ein Alptraum, der nicht endete, sondern im Gegenteil erst Fahrt aufzunehmen begann. »Warum?«, fragte ich, aber ich wusste, warum. Einer nach dem anderen kam an die Reihe. Sie würden keinen von uns auslassen.

»Warum? Ich weiß nicht, warum! Vielleicht weil …«

»Was?«

Sie schüttelte den Kopf, doch dann sagte sie: »Wegen der Bänder?«

Mein Misstrauen bestürzte mich, noch mehr die Rohheit, mit der ich Ana fragte: »Woher weißt du, dass sie die Bänder suchen?«

»Von Jochen.«

»Wann hast du ihn gesehen?«

»Er kam zu meinen Eltern. Er hat sich Sorgen gemacht.«

»Er hat sich Sorgen gemacht«, wiederholte ich mit trockenen Lippen.

Ana legte die Zeitung, die sie mitgebracht hatte, aufs Bett und zog ihre Jacke aus. Wenn ich sie gefragt hätte, ob sie bei ihm gewesen sei, wäre der ganze Unsinn wieder losgegangen, eine Diskussion, die letztendlich ins Leere laufen musste. Vielleicht war Jochen ja einfach nur ein netter Kerl.

»Ich war bei meinen Eltern«, sagte sie und nestelte an ihrem Ohr herum, nicht zum ersten Mal meinte ich darin ein Zeichen für irgendeine Heimlichkeit zu erkennen. Ich versuchte, das Gefühl zu verdrängen, und es gelang mir, wie es mir auch nach unserem letzten Streit gelungen war. Ich konnte mir mein Misstrauen wegerklären, indem ich Gründe für Anas Verhalten suchte und fand, so sah es aus; genau wie ich wieder und wieder Gründe gesucht und gefunden hatte, meinen Vater nicht besuchen zu müssen in seiner Klapsmühle, wie ich Gründe gefunden hatte, meine Mutter an jedem verdammten Wochenende in dem Haus zu besuchen, das jetzt ihres war und in dessen penibel gepflegtem Garten wir dann beim Kuchen saßen, als hätte es nie etwas zu klären gegeben zwischen uns.

Wenn ich um Ana kämpfen wollte, dann war Eifersucht der falsche Weg. Stattdessen richtete ich mich auf und nahm

Ana in die Arme. Einen Moment lang, irrwitzig, wollte ich sie bitten, einfach wegzugehen, irgendwohin. Mit mir.

»Wo sind die Bänder?«, fragte sie, dicht an meinem Ohr. Ein Gefühl wie ein Stromstoß.

»Was?«, fragte ich misstrauisch.

Sie löste sich von mir. »Ich meine: Sind sie sicher?«

»Ja … ich weiß nicht. Ja, sie sind sicher.«

»Was ist, wenn Hernán ihnen etwas sagt?«

»Hernán weiß nicht, wo wir den Koffer versteckt haben. Nur Óscar und ich wissen das. Óscar wird ihnen nie etwas verraten.«

»Und du?«

»Und ich? Was meinst du?« Schon waren wir wieder dort, wo ich nicht hinwollte. Ihr Verdacht traf mich: Ich hatte für das Projekt mein Leben riskiert.

»So war es nicht gemeint«, sagte sie tonlos. »Es ist nur … so wichtig, dass die Bänder in Sicherheit sind.«

»Das weiß ich«, sagte ich. »Das weiß ich sehr gut.« Ich grübelte. »Wie können die überhaupt von dem Koffer wissen? Ich habe nichts gesagt. Nichts.«

»Es gibt hundert Möglichkeiten.« Sie sah mich an, als sei auch ich eine davon.

»Von Jochen«, sagte ich. Es hatte eine Frage werden sollen.

»Vielleicht von Óscar, wer weiß?«

»Óscar würde uns niemals verraten«, wiederholte ich, was die Behauptung nicht überzeugender machte.

»Du weißt nicht, was sie mit einem machen.«

In der Tat, das wusste ich nicht.

Sie faltete den *Mercurio* auseinander, den sie mitgebracht hatte, die Nachricht fiel mir sofort ins Auge. Zwischen einer Meldung über neue Verhaftungen und die Wahl Peróns zum argentinischen Präsidenten war zu lesen, dass Pinochet seinen neuen Wirtschaftsminister vereidigt hatte. Bei seinem Namen stutzte ich: Obréga, jeder kannte ihn, ob links oder rechts: Er war der Direktor des *Mercurio*, Feindbild für die einen, Leitwolf für die anderen. Ich überflog den Artikel: Von den Chicago Boys war dort die Rede, ihrem Montagsclub, den Obréga gefördert hatte, ihrer Programmschrift für die zukünftige Ausrichtung der Wirtschaftspolitik, die sie El Ladrillo nannten, den Backstein: Alles, was Alfonso auf dem Asado vorausgesagt hatte, wurde nun in die Tat umgesetzt, alles: Privatisierungen in großem Stil, Rückgabe der US-Besitzungen, Abschaffung von Gewerkschaften und Mindestlöhnen, die Deregulierung des Finanzsektors.

»Das ist der Beweis«, sagte Ana.

Ich nickte, so lange, bis ich bemerkte, dass das Nicken meinem Verständnis der Angelegenheit weit vorauseilte. »Der Beweis wofür?«

»Du hast dich die ganze Zeit gefragt, was sie von dir wollen, oder nicht? Ohne die Bänder haben sie keine Verbindung zu den Fabriken. Was können sie also mit der Maschine anfangen?«

Mein Verstand arbeitete zu langsam für komplizierte Schlussfolgerungen. »Aber als Brauer mich zum ersten Mal angesprochen hat«, sagte ich, »konnte er noch gar nichts von den Bändern wissen.«

»So oder so, sie haben bisher nicht einmal versucht, die Fabriken wieder ans Netz zu bekommen.«

Ich nickte.

»Es geht ihnen nicht um die Fabriken, Juan. Ging es nie. Die Versorgung der Bevölkerung ist denen so was von egal.«

Es geht ihnen nicht um die Fabriken, dachte ich. Ana bemerkte mein Bemühen, den Satz in den Griff zu kriegen, und wie hart ich darum kämpfte. Langsam nur, ohne jede Empörung, aber doch mit einer dunklen Ahnung der Tragweite, setzte das Begreifen ein.

»Die wollen nicht die Produktion kontrollieren. Sondern die Dissidenten!«

Ich sagte nichts.

»Hör zu«, sagte Ana. »Wir müssen diese Bänder vernichten. So schnell wie möglich.«

»Aber«, ich suchte nach Worten, versuchte vielmehr, die vorhandenen in die richtige Reihenfolge zu bringen. »Aber Brauer hat zu mir gesagt …«

»Dieser Brauer ist ein verdammter Lügner!«, rief Ana; ihre Wut war roh und echt. Ich musste zugeben, es war die einzige Erklärung, die Sinn ergab. Geheimplan Cybernet.

Ich löste das Heftpflaster von meinem Arm, dann die Nadel des Katheters. In einem der Zwischenräume der letzten Sekunden war eine Entscheidung gefallen.

»Was tust du?«

Ich schlug die Decke zurück und brachte mühsam die Beine über die Bettkante. Stand auf; beinahe wäre ich der

Länge nach hingestürzt. Meine Beine waren so unfassbar schwach, als sei jeder Muskel entfernt worden.

»Was soll denn das werden, Juan?« Ana kam um das Bett herum und versuchte, mich zu stützen; ich war nicht zu halten, wollte zum Schrank, verlor aber das Gleichgewicht und ließ mich aufs Bett zurückfallen. Schon durch diese wenigen Bewegungen war ich außer Puste geraten wie nach einem Langstreckenlauf.

»Das ist doch Wahnsinn! Du schaffst es nicht mal runter zur Straße. Lass mich das machen!«

»Du weißt nicht, wo es ist«, sagte ich.

»Dann erklär es mir«, sagte Ana.

Aber so einfach war das nicht. Ich würde den Weg vielleicht vom CORFO aus finden, aber auch nur, wenn ich selbst mitfuhr. Ich wusste nicht einmal, zu welchem Barrio die Werkstatt gehörte.

»Du hast nicht einmal einen Straßennamen?« In Anas Stimme schwang ein leiser Vorwurf.

»Da draußen wurde geschossen«, sagte ich. »Wir hatten …«

»Schon gut.«

»Wir sind die ganze Zeit gerannt …«

»Ist ja gut. Okay. Aber du bist zu schwach. Kannst du mir nicht den Weg erklären?«

Ich schüttelte den Kopf.

»Du kannst nicht gehen, Juan!«

Ich schaffte es, mich aufzurichten, und erreichte endlich den Kleiderschrank; Hose, T-Shirt und Jacke, die ich bei meiner Einlieferung getragen hatte, lagen zusammengefaltet darin. Ich streifte mein Krankenhemd ab und zog mich an, das alles schien Stunden zu dauern. Ich musste an Óscar denken und die Gründe, die er gesucht hatte, um mich loszuwerden.

Mein Kreislauf stabilisierte sich, nachdem ich angezogen war und eine Weile reglos auf meinen Beinen gestanden hatte; das Zimmer hörte auf, sich zu drehen, auch das Zittern verschwand. »Das ist Wahnsinn«, wiederholte Ana. Ich schob den Gedanken beiseite, was mit uns geschehen würde, wenn sie uns kriegen würden. Was mit Óscar geschehen war.

Wir passten einen Moment ab, in dem der Flur leer war. Es ging; zwar nur langsam, aber es ging. Im Aufzug sahen wir zwei Schwestern von einer anderen Station, die uns kaum wahrnahmen. Ungehindert gelangten wir nach draußen.

Ich bat Ana, kurz zu meiner Unterkunft zu fahren, weil ich mich umziehen wollte.

»Du willst was?«

»Ich habe meine Schuhe bekotzt. So will ich nicht unter Leute gehen!« Als ich sah, dass sie das nicht überzeugte, sagte ich: »Mit dir zumindest nicht.«

Sie lächelte bemüht, bog aber tatsächlich kurz darauf nach Ñuñoa ab.

Meine Kleidung war nicht der Grund gewesen für den Umweg. Als wir vor dem Haus hielten, sagte ich zu Ana: »Warte einen Moment, bitte. Ich bin gleich zurück.«

»Warten? Worauf?«

Ohne eine weitere Erklärung stieg ich aus und überquerte die Straße. Das Haus der Familie Morales lag da wie immer, nichts deutete darauf hin, dass … Ich wusste nicht einmal, was ich von Juna wollte. Sie machte mich für die Verhaftung ihres Mannes verantwortlich, zu Unrecht, dessen war ich sicher. Denn selbst wenn man mich beobachtet hatte, wie ich zu ihnen hinübergegangen war, so stellte das doch nie und nimmer einen ausreichenden Grund dar. Dennoch: Seit Ana mir von Hernáns Verschwinden erzählt hatte, ging Juna mit ihren beiden Kindern mir nicht mehr aus dem Kopf. Ich musste wissen, ob Carlos nicht vielleicht längst wieder daheim war. Oder wenigstens Juna nicht ebenfalls verhaftet.

Aber niemand war daheim. Sicher, es war Mittag, was hatte ich erwartet, die Kinder würden in der Schule sein, Juna bei ihrer Arbeit oder beim Einkauf. Obwohl die Stille im Haus genau diese Geschichte plausibel hätte erzählen können, wusste ich, dass es nicht so war: Der Briefkasten war voller Post. Wenn sie nicht gemeinsam weggefahren waren, dann …

Ich hörte einen leisen Pfiff: Ana winkte mich heran.

Meine Haustür stand weit offen. Die Stube, das Schlafzimmer, das ganze Haus war durchsucht und verwüstet worden. Obwohl sie längst weg waren, konnte ich vor mir sehen, wie sie Schubladen herausrissen, Kommoden umstießen, Sofakissen aufschlitzten. Man hätte es für blinde Zerstörungswut halten können, aber ich wusste, dass sie planvoll vorgegangen waren.

Ana sagte nichts, sie wirkte nicht überrascht. Ich war es

auch nicht. Ich sah zu der Verkleidung unter der Treppe: Sie war unversehrt. Es gab einen schmalen Spalt im Boden, durch den knapp ein Quartheft passte: Ich hatte dort, eins nach dem anderen, all meine Aufzeichnungen hindurchgeschoben. Um daran zu kommen, würde ich die Vertäfelung aufsägen oder eintreten müssen, ich wusste immer, dass es meine letzte Handlung in diesem Haus sein würde, bevor ich das Land verließe.

»Weißt du, was mit den Schulen ist?«, fragte ich Ana.

»Was?«

»Die Schulen. Sind sie wieder geöffnet?« Anas Schwester war in der sechsten oder siebten Klasse der Mädchenschule, die auch Ana besucht hatte, also musste sie es eigentlich wissen.

»Die privaten schon. Aber die staatlichen nicht, soviel ich weiß. Warum?«

»Und … die privaten Schulen … Sind die nur für … Reiche?«

Ana sah mich befremdet an, ich konnte es ihr nicht verdenken. »Ich will bloß etwas klären«, beeilte ich mich zu sagen.

»Die Unidad Popular hat die Schüler umverteilt. Simona hat erzählt, dass nach der Wahl viele neue Kinder in ihre Klasse kamen. Kinder aus ärmeren Familien.«

»Die sich so eine Schule normalerweise nicht leisten können?«

Ana nickte. »Jetzt sind diese Kinder alle wieder weg.«

Ich war deprimiert, und viel mehr noch: Ich fühlte mich schuldig. Abwesend raffte ich mir aus dem Chaos am Fußboden Hemd und Hose zusammen und zog mich um. Ana fragte mich mehrmals, was mit mir los sei; ich konnte ihr nichts erklären.

Als wir wieder im Wagen saßen, sagte sie: »Tut mir leid.«

Ich sah aus meinen Gedanken auf. Sie konnte nicht wissen, warum ich so vor mich hin brütete; andererseits war meine Wohnung durchsucht worden. Ich versuchte mich an einem Lächeln. »Wir sind jetzt … Staatsfeinde«, sagte ich, als sei es ein müder Witz.

Auch ihr Lächeln war verquält; sie fuhr los.

»Was ist, wenn wir …« Ich wollte sie fragen, ob wir es, sobald wir das Band hatten, zusammen Richtung Grenze versuchen sollten, über den Uspallata-Pass nach Argentinien. Und wenn sie uns an der Grenze anhielten, würden wir einfach Gas geben, den Schlagbaum durchbrechen, auf der noch immer verschneiten Straße aus der Kurve fliegen, hinein in den tiefen Abgrund … Unsere Blicke trafen sich; irgendetwas sagte mir, dass jetzt nicht der richtige Zeitpunkt dafür war. »… wenn wir uns ein Szenario ausdenken?«, machte ich daraus. »Ein Ablenkungsmanöver. Dann könntest du dich ins Büro schleichen.«

»Wo der Koffer ist.«

Ich nickte. »Er ist in einer Werkstatt. Unter dem Sofa des Büros.«

»Was für ein Szenario?«

»Es könnte so sein: Der Wagen macht komische Geräusche. Ein Mechaniker kommt, guckt sich den Motor an. Plötzlich mache *ich* komische Geräusche. Husten, Würgen, Spucken. Solche Sachen. Krämpfe. Dafür muss ich mich nicht mal besonders anstrengen.«

»Darüber sollst du keine Witze machen.«

»Die anderen Mechaniker kommen dazu, einer ruft vielleicht einen Krankenwagen. Alle sind abgelenkt.«

Ana konzentrierte sich auf den Verkehr.

»Hörst du zu? Falls jemand im Büro ist, holst du ihn raus. Du sagst, ich bin, keine Ahnung: Epileptiker. Oder wahnsinnig. Jedenfalls, man muss mich fixieren. Alle müssen mithelfen, so ein Epileptiker hat Bärenkräfte.«

Ana lenkte.

»Hast du gehört?«, fragte ich.

Sie sah mich an. »Das klingt, als hättest du so was schon öfter gemacht.«

»Nein. Aber ich bin ein Mann mit vielen Talenten.«

Sie lachte matt. Auf der linken Spur der Alameda überholte uns ein seltsames Gefährt, eine Art einachsiger Pritschenwagen mit allerlei Hausrat, allerdings von einem Mann gezogen statt von einem Esel. Die Ladung als Kontergewicht nutzend, war der Mann mit beiden Unterarmen derart auf die Deichsel des Karrens gestützt, dass der Wagen sich in perfekter Balance befand, was den Fuhrmann seines eigenen Körpergewichtes so weit enthob, dass er mit den Füßen, die nun nur noch für die Vorwärtsbewegung zu sorgen hatten, eine atemberaubende Geschwindigkeit erzielen und uns im schleppenden Stadtverkehrstempo mühelos überholen konnte. Ich hatte so etwas noch nie gesehen.

Auf einem freien Fleckchen der Ladefläche saß ein

Hund. Er hechelte; seine Schlappohren bewegten sich im Fahrtwind. Gleichmütig sah er über uns hin. Eine lange Weile fuhren wir die Alameda hinauf, immer hinter diesem Wagen, der in seinem Tempo nicht nachließ, wortlos, die flatternden Ohren des Hundes im Blick. Erst als eine Ampel ihn dazu zwang, hielt der Wagen an.

Der Hund sprang vom Karren, trottete über die Straße und entschwand hinter einer Ecke unserem Blickfeld.

Die Konstellation dieser Ereignisse – unser Lachen, die Schwerelosigkeit des Lastkarrens, schließlich das Verschwinden des Hundes – an genau dem Zeitpunkt, da wir auf die schneebedeckten Gipfel im Osten Santiagos zusteuerten, ließ mich Ana meine eigentlich unmögliche Frage letztlich doch stellen. Natürlich hatte das nichts mit Kausalität, schon gar nicht mit Notwendigkeit zu tun. »Wir könnten verschwinden, Ana.« Ich traute mich nicht, sie anzusehen. »Wir würden es über die Berge schaffen. Nach Argentinien. Irgendwie.«

Ich rechnete damit, dass sie mir die Idee sofort zum Vorwurf machen würde, aber der Vorwurf blieb aus. Sie drehte den Kopf zu einem kurzen, flüchtigen Blick, das war alles.

Lange sprachen wir nicht. Links und rechts zog ein fast normaler Arbeitstag an uns vorüber, dem man nicht ansah, wie er unterhalb des Wahrnehmbaren unablässig zugerichtet und beschnitten wurde, auch in diesem Moment. Die Veränderungen waren aus der Distanz nicht zu erkennen, man musste sich näher einlassen, so nah, bis man mit einzelnen Menschen in Beziehung treten, ihre Angst spüren konnte. Alles, das Leben, meine gesamte Wirklichkeit, ist das Produkt solcher Beziehungen, in jeder Sekunde.

»Ich habe neulich in einer Radiosendung gehört«, sagte Ana, »dass die Erde vor 4,6 Milliarden Jahren entstanden ist. Wusstest du das? Wenn wir in vierzig Jahren noch leben, alt sind und zurückblicken auf all das hier, und jemand fragt uns, wie lange das her ist mit der Entstehung der Erde, dann werden wir immer noch sagen: 4,6 Milliarden Jahre. Unsere Enkel im Jahr 2050 – wenn wir Enkel haben – genauso, stell dir vor. Dann werden wir schon tot sein. In zehntausend, hunderttausend, einer Million Jahren sind es immer noch 4,6 Milliarden Jahre. In zehn und in zwanzig Millionen Jahren! Dann wird es längst keine Menschen mehr geben. Und die Erde wird noch immer 4,6 Milliarden Jahre alt sein. Kannst du dir das vorstellen?«

»Nein«, sagte ich. »Da vorne links.«

Sie bog ab; ich erkannte die Straßenzüge wieder.

»Du bist ein guter Mensch, Juan. Aber ich kann nicht mit dir weggehen.« Die Geschwindigkeit zeichnete veränderte Konturen, aber offenbar hatte sich mir der Fluchtweg tief eingeprägt.

»Jetzt rechts. Warum nicht?«

»Vielleicht sollten wir nicht jetzt davon sprechen«, sagte Ana leise. Ich sah sie nicht an.

»Wenn wir noch länger warten, Ana, dann sind wir vielleicht tot.«

Unmerklich hatte sie zu weinen begonnen. »Ich kann hier nicht weg.«

»Langsamer«, sagte ich; die Werkstatt lag am Ende der Straße. »Da vorne ist es. Wegen deiner Eltern? Oder weswegen?«

Sie hielt den Wagen an, stellte den Motor ab. Staub, von den Rädern aufgewirbelt, zog in der sinkenden Sonne über die Straße; weiter vorne spielten ein paar Jungs Fußball mit einer Konservendose. Durch das spaltweit geöffnete Fenster hörte ich ihre Rufe, dazu etwas wie ein Zischen aus der Werkstatt.

»Weil ich mit Emilio zusammen bin.«

Ein Mechaniker trat vor die Werkstatt und zündete sich eine Zigarette an.

»Ich will, dass du weißt …«, begann sie, aber ihre Stimme kippte.

Der Mechaniker sah auf und warf die Zigarette, die er sich eben erst angezündet hatte, weg. Dann ging er wieder hinein; das Zischen aus der Werkstatt verstummte. Die Jungen schienen in ihrem Spiel gestört, sie hielten über die Straße hin Ausschau. In deren Flucht erkannte ich eine Staubwolke.

»Das sind sie«, sagte Ana. »Das sind sie!«

»Was? Wer?« Ich verstand kein Wort.

Die Jungen stoben auseinander wie Fruchtfliegen und rannten davon. Jetzt hörte ich ein Motorengeräusch, in der Staubwolke war ein Wagen zu erkennen.

»Es tut mir so leid«, sagte Ana. »Sie haben Emilio. Sie haben … verstehst du? Du musst hier weg, sofort! Es tut mir so …«

Die Wagentür auf meiner Seite wurde mit solcher Gewalt aufgerissen, dass sie in den Angeln knirschte. Jemand zerrte mich vom Sitz und warf mich bäuchlings auf den Boden, wand mir die Arme auf den Rücken, kniete sich darauf. Geschrei brach los, ich verstand nichts.

Der Wagen war ein Jeep; als er hielt, zermalmte sein Vorderreifen auf meiner Blickhöhe die zurückgelassene Konservendose. Alle Insassen sprangen gleichzeitig heraus, nur ihre Kampfstiefel waren zu sehen; die ganze Zeit über wurde ich niedergedrückt, ich hatte Staub im Mund, in der Nase, in den Augen. Unter Anas Wagen hindurch sah ich, dass jemand bei ihr stand, ich hörte ihre Stimme, verstand die Worte »oficina« und »sofá«. Der so Informierte ging zur Werkstatt hinüber, er trug Zivil; auf halbem Weg drehte er sich um, bückte sich ein wenig und winkte mir zu. Es war Falcón.

Stunden später saß ich in Handschellen auf einem Stuhl. Obwohl meine Augen verbunden waren, erkannte ich am Nachhall meiner Geräusche, dass der Raum, in dem ich mich befand, leer war. Es roch nicht nach Keller; von irgendwoher spürte ich einen schwachen Luftzug.

Man hatte mich, nachdem Falcón in die Werkstatt gegangen war, hochgerissen und in den Fond des Jeeps verfrachtet. Ana saß, bewacht von zwei Carabineros und einem Zivilen, auf dem Rücksitz ihres eigenen Wagens; ihr Blick, wenngleich auf mich gerichtet, war leer. Alles – die Straße, die wartenden Gestalten – kam mir gespenstisch vor, laut- und leblos, bis irgendwann ein Hund unbeteiligt über die Szenerie trottete und gegen einen der Reifenstapel vor der Werkstatt pisste. Ich rechnete mit neuer Gewalt, die auf diese Stille folgen musste, und tatsächlich ließ sie nicht auf sich warten. Falcón, mit festeren Schritten diesmal, kehrte zurück; er trug den schwarzen Koffer bei sich. Als er bei Anas Wagen angelangt war, schüttete er den Inhalt wütend vor ihr auf die Straße und schlug, während er sie anschrie, auf sie ein. Ich spürte mein Aufbegehren wie das eines anderen, gefolgt von einer furchtbaren Lust, an Falcóns Stelle zu sein. Viel später schämte ich mich meiner Wut auf Ana, aber jetzt war ich so erfüllt davon, dass ich die Ausweglosigkeit unserer Lage völlig ignorierte.

Als wir losfuhren, verband man mir die Augen. Die Fahrt war lang, dennoch hatten wir die Stadt nicht verlassen. Auch jetzt, in der Dunkelheit, hörte ich noch leisen Verkehrslärm, außerdem hin und wieder Schritte und leise Stimmen im Treppenhaus. Dann waren da die Schreie. Sie kamen nicht oft, aber ihre Länge und Intensität fuhr durch das ganze Haus bis tief in meinen Körper. Meist folgte ihnen minutenlange Stille.

In meinem Bewusstsein war kein Platz für Aufbegehren; ich wollte restlos verschwinden, mich auflösen, nie gelebt haben, um nur der Marter zu entgehen. Ich habe das kürzlich so in einem Interview mit einem Exilchilenen gelesen. Alles daran, soweit es mich betrifft, ist wahr. Ich war sicher, verurteilt zu sein, es gab für mich kein Entrinnen. Alles, was mir blieb, war, mich innerlich zu wappnen. Das Adrenalin durchpulste mich, um meinen Körper, da er schon nicht verschwinden konnte, wenigstens unempfindlich zu machen gegen die bevorstehende Tortur. Ich vermied alles, was die dünne Schutzwand meines Mutes brüchig werden ließ, nachdenken, trauern, relativieren. Ana hatte mich verraten, alle hatten mich verraten, ich war als Einziger übrig. Meinen Tod hatte ich am Tag des Putsches akzeptiert, aber jetzt stand mir etwas Unvorstellbares bevor. Ich rang um jedes bisschen Kraft und Mut, auch dies nun zu akzeptieren.

Ich saß immer länger in der Dunkelheit, etliche Stunden, und schließlich konnte ich nicht anders, als mich nach dem Sinn zu fragen: dem Sinn des Wartens, dem Sinn meiner Angst, auch dem des Widerstehens. Einmal gedacht, breitete der Zweifel wuchernd sein Geäst in mir aus: Warum die Folter verlängern, wenn sie einen ohnehin brechen wird? Was konnte falsch daran sein, alles auszusagen, was sie hören wollten, um so wenigstens den grausamsten Erniedrigungen zu entgehen?

Nur: ich hatte nichts, das ich hätte aussagen können. Sie hatten den Koffer, sie hatten Ana, sie hatten alles, was sie haben wollten. So schwer es mir auch fiel, diesen Gedanken zuzulassen: Es konnte ihnen nicht mehr um Informationen gehen. Es ging ihnen nur noch darum, ihren Sieg durch unsere absolute Unterwerfung zu zelebrieren.

Ich hörte Schritte, einen Schlüsselbund, dann die Tür. Jemand kam mit langsamen Schritten herein. Ich roch Brauer, noch bevor ich ihm in die Augen sehen konnte; er zog mir die Binde über die Nase herunter und trat einen Schritt zurück. Kahle, rissige Wände; ein teilweise gesprungener Kachelboden in Schachbrettmuster; an der

Wand eine fleckige Matratze. Brauer blickte auf mich herunter wie auf ein gescheitertes Experiment.

»Herr Everding. *Juan*. So nennt sie dich doch, nein?«

Ich sah ihn nicht an, wieder formte sich von jetzt auf gleich ein Entschluss: Ich würde nie wieder mit ihm sprechen. Die Sekunden verrannen.

»Sag mal, *Juan*: Wir hatten eine so gute Konversation. Wann hattest du vor, mir von dem Koffer zu erzählen?«

Jemand schrie.

»Aha. Gar nicht. Das war es auch, wie ich es verstanden habe.«

Er beugte sich zu mir herunter, seine Stimme war leise vor Bedauern.

»Ich bin sehr enttäuscht von dir, Junge. Sehr enttäuscht. Nicht so sehr, dass du alle Privilegien genossen und mir nichts gegeben hast dafür. Wie ein Parasito. Ich habe dich protegiert, so viel ich konnte, aber du bist undankbar und arrogant. Ich toleriere nicht, *Juan*, wenn man eine Burleske macht über mich.«

Ich versuchte, durch ihn hindurchzusehen; er stand dicht vor meinem Gesicht. »Wo ist das Band?«

Was immer es ist, beschwor ich mich: Du bist stumm.

»Ich habe nicht damit gerechnet, dass du es mir sagst, Junge. Du willst jetzt einer von ihnen sein, hm?« Er ging langsam zu einer zweiten Tür und schlug mit der flachen Hand daran. Ein Mann in Freizeitkleidung öffnete. Er hatte eine Flinte in der Hand und kaute mit übertriebenen Kieferbewegungen Kaugummi. Er kam herein, schloss mir die Handschellen auf und riss mich hoch.

»Da drinnen wird es dir sicher wieder einfallen. Glaub mir.«

Der Wärter – oder was er auch war – stieß mich vorwärts, hinein in einen zweiten Raum, und verschloss die Tür hinter uns; Brauer blieb zurück. Der Mann kettete mich an die Vergitterung eines zugemauerten Fensters und verließ den Raum durch eine weitere Tür.

In dem Raum befanden sich eine nackte Glühbirne und ein eisernes Bettgestell ohne Auflagen. Es stank, ein beißender Geruch, als wären Tiere hier verendet; auf dem Boden lagen Zigarettenstummel. Ein schwarzer Kasten mit Reglern und Messzeigern, der wie ein Generator oder Spannungsumwandler aussah, stand am oberen Ende des Bettes. Ich wusste, was das war. Sie nannten es La Parrilla, den Grill.

Während nichts geschah, brach draußen die Nacht herein, es wurde kalt. Ich zitterte. Eine Kirchglocke zählte die Viertelstunden. Meine Hände waren auf Kopfhöhe gefesselt und fühlten sich längst an wie abgestorben, ich stand seit zwei Stunden in schmerzhaft verrenkter Haltung; mehr als einmal ertappte ich mich bei dem perversen Gedanken, dass sie endlich anfangen mochten, um mich nur aus dieser Haltung zu erlösen.

Nach weiteren endlosen Augenblicken hörte ich Geräusche im Treppenhaus, mehrere Männer. Die Tür wurde aufgeschlossen. Sie waren zu viert und in Zivil; sie zerrten eine Frau mit verbundenen Augen in den Raum. Ich erkannte sofort, dass es Ana war. Was ich in diesem Moment fühlte, werde ich nie wieder fühlen.

Dass ich ihren Namen rief, war keine bewusste Entscheidung, mehr ein unwillkürlicher Laut der Überraschung, des Erkennens. Sie wandte den Kopf leicht in meine Richtung, ich konnte sehen, dass ihr mein Name auf den Lippen lag, sie ihn aber zurückhielt. *Lasst sie los,* kam es mir zu schreien in den Sinn, *ihr Schweine,* und *nehmt lieber mich*, doch all diese Sätze waren nicht meine, und ich fand keine, die ich hätte aussprechen können. So sah ich stumm zu, wie sie Ana schlugen und ihre schmutzige Bluse und Hose mit einer Schere auftrennten. Ana wehrte sich, strampelte mit den Beinen und versuchte, ihre Hände freizubekommen; sie stöhnte vor Anstrengung. »Das reicht jetzt«, schrie ich, die Männer machten Witze über meine Schreie und Anas Wehrhaftigkeit, irgendetwas ekelhaft Sexuelles, ich versuchte es zu überhören. »Ist dir kalt?«, fragten sie, indem sie ihren Schlüpfer herunterrissen, »gleich wird's dir wärmer«, etliche solcher Bemerkungen. Sie zwangen Ana rücklings auf das blanke Metallgitter und streckten ihre Arme und Beine so, dass sie sie an Kopf- und Fußende der Liege fesseln konnten. Sie nahmen Gewebeband; ich sah Reste davon an anderen Stellen des Gestells.

Einer der Männer nahm die Kathoden des Spannungsgerätes und klemmte eine davon an das Metallgitter. Er befahl den anderen, sie festzuhalten. Sie redeten durcheinander. Einer hielt ihren Kopf, ein Zweiter zwängte ihr einen Beißschutz in den Mund. Zwei weitere Männer, je einer an jeder Seite, zogen Anas Beine auseinander, feixend. Ich hatte keinen Atem mehr, keinen Speichel. Sosehr ich an meinen Fesseln riss, es änderte nichts, sie schnitten nur in meine Handgelenke.

Sie stellten keine Frage, bevor sie den Strom zum ersten Mal einschalteten.

Es roch verschmaucht, als sei noch eben mit einem Trennschleifer gearbeitet worden, nach Schweiß und Exkrementen. Ich würgte. Ein Mann mit Brille, vielleicht Arzt, saß schweigsam neben dem Gestell und füllte einen Bogen auf einem Klemmbrett aus. Der Kaugummikauende hatte sein Gewehr an die Wand gelehnt und hielt jetzt ein Kissen in den Händen; ich mochte mir nicht ausmalen, was er damit vorhatte. Der, der den Regler bediente, sagte Ana in nüchternem Ton, dass sie sich das alles ersparen könne, wenn … Er bekam einen heftigen Hustenanfall, Raucherhusten. Als er wieder Luft bekam, führte er die Frage, oder was immer er hatte sagen wollen, nicht einmal zu Ende.

Einer der Männer kam zu mir herüber und knotete mir die Augenbinde, die ich noch um den Hals hatte, fest um den Mund.

Niemand fragte mehr etwas, dies war kein Verhör. Niemand sprach mit mir.

Ich wusste: Ich war es, der verhört wurde.

Der Horror kennt keine Zeit, weil er nicht messbar ist. Es erstaunt mich immer noch, dass die Folter in der Welt der Verkehrsgeräusche und der Glockenschläge und der Kälte nur etwa zwanzig Minuten gedauert hat. Als ich wieder im Nebenraum war, noch immer gefesselt, aber auf der Matratze liegend, kamen zwei Schläge, es war halb eins. Aus irgendeinem Grund erschien mir das bedeutsam und unglaublich: Die Tatsache, dass sich dieser Moment mit einer exakten Uhrzeit bezeichnen ließ.

Ich bin der Nächste, musste ich immer wieder denken. *Das alles werden sie auch mit dir machen*. Und ich zitterte, und ich hatte Angst um mich, und ich verachtete mich nicht weniger als den Abschaum, der uns das antat.

Als Brauer zurückkehrte, war er nicht allein. Falcón war bei ihm. Beide nahmen ihre Zigaretten hervor und zündeten sie an. Nein: Brauer gab Falcón Feuer.

»Gut«, sagte Brauer. »Ich will es kurz machen.«

Falcón unterbrach ihn. »Wir wissen«, sagte er auf Spanisch, »dass du das Band nicht hast. Aber du wirst es finden.«

»Lassen Sie sie frei«, sagte ich. »Sie hat nichts damit zu tun.« Sofort, noch im Aussprechen, wich jede Überzeugungskraft aus meinen Worten, sie waren ja bereits widerlegt: Natürlich hatte Ana etwas damit zu tun. Alle hatten mit allem zu tun. Ich wusste das, niemand wusste das so gut wie ich.

»Ich mache es kurz, Junge, damit du es weißt.« Brauer sprach leise, ich hatte das deutliche Gefühl, dass seine Redezeit von Falcóns Wohlwollen abhing. »Jetzt ist es kurz nach Mitternacht. Wir geben dir 40 Stunden, um das Band zu finden. Deine Freundin kann in dieser Zeit ausruhen. Sie wird auch medizinisch assistiert. Aber wenn du das Band nicht findest …« Er machte eine Pause, in der er Falcón mit einem Blick von seiner Unerbittlichkeit überzeugte. »Wenn du versuchst zu eskapieren, oder wenn du etwas anderes tust, als was wir verlangen, dann wird sie leiden, Juan. Glaub mir. Ich habe dich gewarnt vor diesen Leuten.«

»Diese Leute sind *Sie*«, sagte ich, ohne ihn anzusehen.

»¡Ya está bien!«, kam es von Falcón, ungeduldig, wie wenn er es mit zankenden Kindern zu tun hätte. »¡Hablás castellano!« Er fügte hinzu, was Brauer zuvor gesagt hatte, und sprach über die weitere Folter, die Anas Tod vorausgehen würde. Der Grill spielte dabei eine Rolle, Ratten, den Rest verstand ich nicht und wollte ihn auch nicht verstehen. Ich sagte, dass ich nicht wisse, wo das Band sei, was sinnlos war, denn niemand hatte das in Abrede gestellt.

Sie fuhren mich sogar nach Hause.

Die Fahrt dauerte endlos; ich nahm an, dass sie absichtlich Umwege fuhren, um ihre Spur zu verwischen. Als wir vor dem Haus hielten und sie mir wortlos die Binde abnahmen, dämmerte schon der Morgen. Es war kalt, knapp über null Grad, die Straßen waren menschenleer. Der Jeep fuhr davon.

Ich öffnete die nur angelehnte Tür, schlurfte hinein, nahm den wohlbekannten Geruch wahr. Dachte unwillkürlich an meinen Vater. Wie ein Kriegsheimkehrer, der sich von der Ostfront auf den Weg nach Hause gemacht hat, durch den Ural, vorbei am Schwarzen Meer und über das Pontusgebirge, den Bosporus, über den Balkan und die Dinariden, durch das Ungarische Tiefland und die Kleinen Karpaten und das Donautal bis hinein in das

Alpenvorland, wo er im Salzburger Becken unbemerkt die Grenze zu jenem Land überschreitet, in dem er einmal heimisch gewesen war, so war auch ich wieder zu Hause und fand es jeder Bedeutung entleert.

Ich sah mich in dem Chaos um, ohne etwas zu suchen. Das Band war doch in dem Koffer gewesen, dachte ich kraftlos und ging hinüber zum Bett. Sie hatten die Matratze aufgeschnitten, Stroh quoll heraus. Überall lagen Kleidungsstücke verstreut, eine Kommode war umgekippt, die Schubladen des Kleiderschrankes herausgerissen. Ich legte mich aufs Bett; sofort fielen mir die Augen zu. In diesem Bett hatten wir uns berührt, nackt, vertrauensvoll, schutzlos. Meiner naiven Einbildung zum Trotz hatte es nichts, nicht das Geringste bedeutet.

Als ich erwachte, stand die Sonne schon hoch. Alles war in gleißende Helligkeit getaucht und typisierte das Chaos im Zimmer wie ein Gemälde des sozialistischen Realismus. Ich wusste nicht, was mich geweckt hatte, ein Geräusch vielleicht oder mein Erschrecken darüber, dass ich den Tag vergeudete, von dem Anas Leben abhing. Ziellose Panik ergriff mich, ich kannte das längst: eine Kraft, die dich vorwärts treibt, ohne dir die Richtung zu sagen.

Dann hörte ich ein Klopfen und wusste, dass es das war, was mich geweckt hatte. Jemand stand im Zimmer. Jochen.

Er sah sich verwundert um, dann blieb sein Blick mit einem Ausdruck von Unglauben an mir haften.

»Probierst du ein neues Ablagesystem?«, fragte er, doch seinem Sarkasmus zum Trotz las ich in seinem Gesicht eine Sorge, von der ich am eigenen Leib spürte, dass sie nur echt sein konnte.

»Was machst du hier?«, fragte er. »Im Krankenhaus haben sie gesagt, du hättest dich selbst entlassen. Bist du verrückt?«

Ich reagierte wohl lange nicht. Dann schüttelte ich schließlich den Kopf und versuchte hochzukommen, was mir erst beim dritten Versuch und mit Jochens Hilfe gelang.

Er stützte mich bis zur Toilette, wo ich pinkelte und mich nur deswegen nicht übergab, weil mein Magen vollkommen leer war.

»Ich dachte, es interessiert dich, dass sie die Fernschreiber aus den Fabriken abgezogen haben«, sagte Jochen. »Sie stehen jetzt in Chacabuco, Dawson und hier in Santiago, in Häusern mit den Namen Grimaldi, Tejas Verdes, Londres 38. Du weißt, was dort ist, oder?«

Ich nickte.

Während wir in der Küche saßen und ich zwei Scheiben trockenen Brotes aß, erzählte ich Jochen alles, ohne mich dabei zu fragen, ob ich ihm vertrauen konnte. Das Wort war nichts als bloße Phrase: *Vertrauen*.

Ich erzählte, dass sie Ana hatten, dass ich die Bänder finden müsse; dass etwas Namenloses geschehen war. »Sie hat mich verraten«, sagte ich, ohne zu bemerken, dass auch dies eine Phrase sein musste. So erschöpft ich auch war, in mir stauten sich Wut und Scham und Enttäuschung, die in all ihrer Hilflosigkeit, um irgendwo anzukommen, nur ein Ziel kannten: Ana. »Sie hat mich die ganze Zeit benutzt«, sagte ich wieder und wieder, wie eine Rechtfertigung. Dazu das Bild ihres Körpers in seinen unkontrollierten, entwürdigenden Zuckungen; ich suchte vergeblich nach meinem Mitleid, es war, als würde die Wut es zischend vaporisieren, vermutlich, so denke ich jetzt, war das sogar ihr hauptsächlicher Zweck. Jochen konnte nur annehmen, ich sei völlig betrunken.

»Langsam«, sagte er immer wieder beschwichtigend und forderte mich durch seine Fragen auf, die Geschehnisse in die richtige Reihenfolge zu bringen. Ich erzählte und fühlte mich nach dem Brot fast wieder wie ein Mensch.

»Das hast du dir ausgedacht«, sagte Jochen ungläubig. »Hast du dir das alles ausgedacht?«

Ich schüttelte den Kopf. »Ich wünschte, es wäre so.« Jochen erschien mir erstaunlich gefasst, er hatte sich einen Stuhl aufgestellt und daraufgesetzt.

»Und sie haben … dich zusehen lassen?«, fragte er, als könne er gerade dieses Detail nicht ganz glauben; ich nickte, nur um im nächsten Augenblick den Kopf zu schütteln, weil mich anfallsartig erneute Empörung packte: Wie hatte sie mir das nur antun können?

»Was denn?«, fragte Jochen verwirrt. »Sie? Dir?«

»Sie hat mich denen ausgeliefert. Und mich wahrscheinlich noch ausgelacht für meine Dummheit!«

»Du weißt, dass es nicht so ist«, sagte Jochen, aber ich ließ mich nicht besänftigen, steigerte mich hinein.

»Du hast recht«, unterbrach mich Jochen schließlich.

»Sie hatte dich satt, deswegen hat sie sich den Spaß gegönnt, dich mal so richtig reinzulegen. Bestimmt war die Folter ihre eigene Idee.«

Das hatte in etwa den Effekt einer Ohrfeige.

»Bestimmt hatte sie grade einfach nichts Besseres zu tun. Das Band, das Falcón haben will, ist dabei völlig unwichtig. Es dreht sich alles nur um dich.«

»Warum weißt du das mit den Bändern überhaupt?« Misstrauen war immer noch besser als Scham.

»Weil ...«, sagte Jochen und zögerte. Es gab also einen Grund. Es gab also einen Grund, den Jochen kannte. Die ganze Zeit über hatte ich gewusst, dass Jochen etwas damit zu tun hatte.

»Wie bitte?«, fragte ich ungläubig: Ich begriff nicht, was er gesagt hatte.

»Weil ich sie habe«, wiederholte er ruhig.

»Das glaube ich dir nicht.« Jochen schien es gleichgültig zu sein, was ich glaubte und was nicht. »Warum solltest *du* sie haben?«

»Sagen wir einfach, ich bin ein bisschen früher aufgestanden als ihr.«

Ein Held, das ist jemand, der immer weiß, was zu tun ist. Ich dagegen fühlte mich grenzenlos jämmerlich.

»Du musst Ana da rausholen«, sagte Jochen. Er klang wie ein vernünftiger Mensch, der den einzig vernünftigen Satz ausgesprochen hatte, der in diesem Moment möglich war.

Ich konnte nicht denken. »Ja«, sagte ich. »Ja.«

»Du kannst sie nicht dort lassen.« Aus irgendeinem

Grund kam mir diese Äußerung dumpf selbstgerecht vor. »Du musst ihnen die Bänder geben.«

Ich verstand nur die Wörter *du musst*, aber nicht ihren Sinn. »Warum muss ich das?«

1101

DER STREIK

Ein paar Tage vor dem Beginn des großen Streiks arbeiteten wir in dem ehemaligen Verlagshaus von Quimantú an der Verkabelung des Opsrooms, den wir im Keller aufgebaut hatten. Allende wollte die Anlage in der Moneda haben, und noch waren viele technische Fragen nicht geklärt. Die Bildschirme waren aus England angeliefert worden, nun mussten die Diaprojektoren ausgerichtet und mit den Kontrollpulten in den Armlehnen gekoppelt werden. Ständig tauchten neue Probleme auf, fehlte es an Material, aber ich könnte nicht sagen, dass auch nur ein einziges Mal die Stimmung zwischen uns angespannt war.

Am Samstagnachmittag, jenseits der normalen Geschäftszeiten, stand eine Frau in dem ehemaligen Großraumbüro. Sie sah mit ihren beiden Einkaufsbeuteln aus, als hätte sie sich bei einem Bummel hierher verlaufen. Sie war etwa Ende zwanzig, elegant gekleidet und höflich, aber Óscar, Hérnan und mir fiel auf, dass sie nervös war. Wir fragten die Frau, ob sie etwas suche und wir ihr helfen könnten. Sie stellte ihre Tüten ab und erkundigte sich, ob hier der Verlag sei? Wo man die günstigen Bücher bekomme?

Quimantú stellte in staatlichem Auftrag preisgünstige Bücher her und hatte letztes Jahr in ein größeres Gebäude umziehen müssen; das gesamte Erdgeschoss war leergeräumt, hier und dort standen noch ein paar nackte Regale herum. »Hier gibt es keine Bücher«, sagte Óscar; in seiner Sachlichkeit lud das für meine Begriffe nicht gerade zu weiteren Nachfragen ein.

»Und was gibt es stattdessen?«, fragte die Frau. Sie wirkte nicht, als frage sie aus Interesse, sondern eher, als wollte sie noch nicht gehen. Es war ein wenig unwirklich. Sie sah sich um, wie um durch die Fenster jemanden auszumachen.

»Hören Sie«, sagte Óscar, »können wir Ihnen irgendwie weiterhelfen? Denn wenn nicht, dann …«

»Yo busco el camino«, sagte die Frau, setzte dann die Tüten ab und verstummte. Hernán und ich wechselten einen Blick, ich las höchste Anspannung in seinem. Ich suche den Weg, hatte ich verstanden; nichts weiter.

»Was ist in den Tüten?«, fragte Óscar.

Die Frau antwortete nicht, sondern tat so, als empfinde sie die Frage als ungehörig.

»Gehen Sie«, sagte ich und trat einen Schritt auf sie zu.

Dann ging alles sehr schnell. Die Frau wiederholte ihren seltsamen Satz, es war klar, dass sie wegen uns hier war. Nicht wegen uns: wegen der Anlage. Ich griff nach den Tüten. Die Frau protestierte, aber schon waren Hernán und Óscar bei ihr und zerrten sie hinaus. Sie fing an herumzuschreien, man solle sie loslassen. Als wir bei der Tür waren, sahen wir eine Gruppe, die auf der anderen Straßenseite wartete und sich in Bewegung setzte. Ich sah keine Waffen, aber der Ansturm ließ nichts Gutes vermuten. Wir schubsten die Frau hinaus, warfen ihr die Tüten hinterher und verschlossen die Tür, kurz bevor die Gruppe da war. Es waren Männer und Frauen, insgesamt sieben oder acht Personen; jetzt, als seien sie wütend über die Behandlung ihrer Gefährtin, riefen und klopften sie aufgebracht an die Tür. Ein paar Minuten lang reagierten sie sich ab, dann verschwanden sie unter Flüchen und Beschimpfungen.

Wir waren sicher, dass sie nur ein Vortrupp waren und dass wir am Abend oder in der Nacht mit einem Angriff zu rechnen hätten. Woher sie auch wussten, was wir hier taten, wir konnten uns ihr Auftauchen nur so erklären, dass sie etwas gegen uns geplant hatten. Wir nahmen uns vor, von nun an jede Nacht mindestens zwei Personen abzustellen, die bei Quimantú nach dem Rechten sahen und notfalls Alarm schlügen, doch als wir uns plötzlich im größten Ausstand der chilenischen Geschichte befanden, brauchten wir alle Kräfte Tag und Nacht im CORFO.

Der Streik begann am 9. Oktober 1972 in Aysén im Süden Chiles als Reaktion darauf, dass die Verteilungsbehörde DINAC eine eigene Transportgesellschaft gründen wollte, um nicht mehr von den privaten Unternehmern abhängig zu sein. Diese sahen sich dadurch angeblich in ihrer Existenz bedroht. Der Chef ihres Verbandes Sindicato general profesional de dueños de camiones, Leon Vilarín, schaffte es innerhalb weniger Stunden, die Fuhrunternehmer im ganzen Land dazu zu bringen, sich den Protesten anzuschließen. Schon am 10. Oktober befanden sich laut *La Prensa* 12 000 Lkw-Besitzer und Fahrer im Ausstand. Sie zogen die Lastwagen an neuralgischen Punkten zusammen und blockierten wichtige Verbindungsstraßen. Lebensmittel, Konsumgüter, Medikamente und Ersatzteile für Fabriken wurden nicht mehr transportiert, und obwohl Vilarín es nicht so deutlich sagte, war jedem klar, was das Ziel dieser Aktion war: Es ging einzig und allein darum, das Land systematisch lahmzulegen, um einen Aufstand gegen die Regierung zu erzwingen. Es gab also keine Forderungen zu erfüllen, keine Bedingungen zu akzeptieren, keinen Streit zu schlichten: Der Streik sollte so lange dauern, bis Allendes Regierung zusammenbrechen würde.

Am Nachmittag des 10. Oktobers landete Stanleys Maschine aus London; das war Zufall, sein Kommen hatte schon lange festgestanden. Obwohl wir über Fernschreiber Kontakt zu ihm gehalten hatten, konnte er von der aktuellen Situation noch nichts wissen, außerdem änderten sich die Dinge stündlich.

Wir waren während seiner Abwesenheit nicht untätig gewesen. Über die Teletypes im CORFO bekamen Óscar, Javier und Mario jeden Tag bis 17 Uhr Daten aus den an das System angeschlossenen Fabriken, die sie in den IBM eingaben und mit Cyberstride auswerteten. Nicht dass unsere Änderungsvorschläge umgesetzt wurden oder wir mit den Daten viel anfangen konnten. Gegen die spärliche Bereitschaft der Arbeiter, die Hilfe unseres Netzwerkes in

Anspruch zu nehmen, hatten wir bislang noch kein wirksames Mittel gefunden.

Am 12. Oktober war der Streik bereits auf 40 000 Protestler angewachsen; selbst Optimisten konnten ihn nicht mehr länger als ein lokal begrenztes Phänomen betrachten. Die Fernsehbilder der Nachrichten zeigten riesige Flächen vor den Toren der Hauptstadt, auf denen dicht an dicht die Lastwagen standen wie ein einziger unüberwindbarer Schild; viele hatten demonstrativ Motorhauben und Ladeflächen hochgeklappt, vielleicht sollte das an wehrhafte Tiere gemahnen, die ihre Nackenhaare oder Stacheln aufrichten. Ich sah Dodges, GMCs, Unics, Fords, auch ein paar deutsche Hersteller wie Krupp und Magirus-Deutz, man hätte es für die Außenpräsentation einer Lkw-Messe halten können, wenn die meisten Modelle nicht schon mindestens zehn Jahre auf dem Buckel gehabt hätten.

Die Auswirkungen des Transportstopps waren schon jetzt spürbar; in den Supermärkten leerten sich die ohnehin dünn bestückten Regale ganz und füllten sich nicht wieder; über die Hälfte aller Geschäfte in Santiago blieb geschlossen. Auch der Busverkehr war so gut wie zusammengebrochen, von den über 5000 im Einsatz befindlichen Bussen in Santiago blieben nur die etwa 600 staatlichen, und so sah es draußen auch aus: Die Menschen hingen buchstäblich an den Außenspiegeln, um zur Arbeit zu kommen.

Dass sich einen Tag später, am 13. Oktober, schließlich auch Ärzte und Ingenieure dem Streik anschlossen, glich einer Verschwörung. Das Fehlen der Ingenieure sollte auch jene Fabriken, die noch produzieren konnten, endgültig in die Knie zwingen. Das Meutern der Ärzte war nicht weniger als eine humanitäre Katastrophe. Die Zahnräder, die Chiles Hauptstadt am Leben hielten, waren innerhalb weniger Tage zum Stillstand gekommen.

»Wir dürfen uns nichts vormachen«, sagte Alfonso. »Diese konzertierten Aktionen sind die Generalmobilmachung für den Putsch. Wenn wir es nicht schaffen, die Grundversorgung aufrechtzuerhalten, dann …« Alfonso schaute in die Runde; wir hatten uns wieder, wie ganz am Anfang des Projektes, im Konferenzsaal des CORFO versammelt. Alfonso war kein Redner, der auf rhetorische Effekte abzielte, aber die waren auch nicht notwendig, um den Ernst der Lage zu begreifen. »Es hängt alles vom Militär ab. Wenn es einen Aufstand gibt – und das wird in zehn, maximal vierzehn Tagen passieren, wenn wir nichts unternehmen –, dann wird das Militär eingreifen.«

»Aber das Militär ist loyal«, sagte ich.

»Prats ist loyal gegenüber der Verfassung. Aber wenn die übrigen Generäle in der Politik der Regierung einen Verfassungsbruch erkennen, dann wird auch er sich gegen Allende wenden müssen. Wir dürfen keinen Anlass dazu geben.«

Stanley zündete sich eine Zigarre an. Er wirkte, vielleicht wegen des langen Flugs, ein wenig durchsichtig und übernächtigt, außerdem hatte er abgenommen. Trotzdem war er, sobald er das Wort ergriff, gleich wieder in seinem Element, und sein chronischer Optimismus erfüllte den

Raum. »Für einen Kybernetiker, liebe Freunde, gibt es keine Störungen. Das ganze Leben ist eine fortlaufende Kette von Operationen der Umwelt, die nicht notwendigerweise kompatibel sein müssen mit den Operationen des Systems. Das heißt, unsere Situation ist zwar unkomfortabel, aber nicht modellfremd. Im Gegenteil, das Viable System Model ist geradezu darauf ausgelegt, den Eintritt des Unerwünschten als Regelfall zu betrachten.« Er lächelte. »Habe ich damit den Odem des Untergangs ein wenig aus diesem Raum vertrieben? Oder soll ich zusätzlich das Fenster öffnen?«

Es gab ein wenig Gelächter, verhalten nur, aber es war ein Anfang.

»Leben, Freunde, heißt, Probleme zu lösen. Wie wollen wir also das vorliegende Problem lösen?«

»Was genau ist denn das Problem?«, fragte ich.

»Eine ausgezeichnete Frage!«, sagte Stanley. »Jedem Lösungsvorschlag sollte zuerst eine fundierte Analyse vorausgehen. Also?«

Ana meldete sich zu Wort. »Die Faschisten versuchen, uns in die Knie zu zwingen.«

»Das mag stimmen, aber Wertungen helfen uns nicht weiter. Als Kybernetiker interessiert uns nicht, was die Umwelt versucht, sondern nur, was sie *tut*. Wir stellen uns auch nicht die Frage, warum die Umwelt tut, was sie tut, sondern ausschließlich die, *wie* sie es tut.«

»Allerdings müssen wir ihre politischen Motive verstehen, um ihre Zukunftspläne zu antizipieren«, sagte Alfonso.

»Das kann man so sehen«, sagte Stanley, ohne sich aus der Ruhe bringen zu lassen. »Wenn wir darüber etwas über ihre Operationen erfahren, ist nichts dagegen einzuwenden. Was sind die Operationen?«

»Die Distributionskanäle sind lahmgelegt«, sagte Ana.

»Präzise: welche Distributionskanäle?«

»Die Transportgesellschaften und der –«

»Welche?«

»Die privaten natürlich«, sagte Hernán. »Es gibt ja nur die privaten.«

»Das stimmt nicht«, sagte Alfonso. »Die DINAC hat in den letzten Monaten Hunderte Lkw gekauft oder geschenkt bekommen.«

»Außerdem requirieren Arbeiter die Lastwagen ihrer Fabriken«, sagte Ana.

»Die wiederum privat sind«, wandte Hernán ein.

»Sind sie nicht. Sie sind enteignet.«

»Sie sind *besetzt*, die meisten davon ohne gesetzliche Grundlage!«

»Bist du jetzt unter die Momios gegangen?«

»Wir wollen nicht miteinander streiten«, sagte Stanley und hob beschwichtigend die Arme. »Wenn wir für den Augenblick alle Wertungen beiseitelassen, dann stellt sich uns nur eine einzige Frage: Wie bekommen wir so schnell wie möglich Kontrolle über unsere Ressourcen?«

Unsere Ressourcen waren überschaubar: Da war die staatliche Transportgesellschaft, da waren einige der Ingenieure, die sich nicht an dem Streik beteiligten, sondern weiterhin die Arbeiter unterstützten, und da waren nicht zuletzt die Arbeiter selbst, die nicht hinnahmen, dass die Bosse sie aus ihren eigenen Fabriken aussperrten. In Maipú und Cerrillos hatten die Werktätigen nicht nur stundenlange Fußmärsche zu ihren Fabriken in Kauf genommen, sondern, als sie diese verschlossen vorgefunden hatten, kurzerhand die Werktore aufgebrochen und die Maschinen angeworfen.

»Das sind wilde Enteignungen«, sagte Alfonso, und ich konnte sehen, wie unbehaglich er sich dabei fühlte, auch wenn ich zu diesem Zeitpunkt noch nicht recht verstand, warum. Ich selbst fand die Prinzipientreue der Arbeiter beeindruckend. Viele der streikenden Unternehmer hatten ihnen sogar Geld dafür geboten, zu Hause zu bleiben, aber sie kamen trotzdem. Sie gingen in dem politischen Bewusstsein zurück an ihre Arbeitsplätze, dass dies die historische Situation war, sich de facto die Produktionsmittel anzueignen – nicht als Phrase, sondern als politische Tat. Diese Leute wollten nicht einfach weiterarbeiten, weil sie nichts Besseres mit sich anzufangen wussten. Sie waren Revolutionäre. Nach anderthalb Jahren in Chile wurde mir erst in diesen Tagen klar, dass all diese Arbeiter weitaus mehr vom historischen Materialismus verstanden als viele der Salonrebellen in Deutschland, und dass sie mit dem Klassenkampf nicht erst bei Allendes Wahl, sondern schon vor vielen Jahren begonnen hatten: Ich war in die entscheidende Phase eines jahrzehntealten Befreiungskampfes geraten. Der überwältigende Teil der chilenischen Arbeiterklasse wurde von niemandem gesteuert, weder von ihren Gewerkschaften noch von Allende. Er steuerte sich selbst.

»Es gibt unglaublich viel Potenzial«, sagte ich. »Wir müssen die Kräfte nur zusammenführen!«

Weil die Arbeiter auf Ingenieure angewiesen waren, fütterten wir Cyberstride mit den Namen derer, die Allende die Treue hielten. So konnten wir sie in einem Rotationsverfahren auf mehrere Fabriken aufteilen, den Rest erledigten die Arbeiter selbst. Ähnlich machten wir es mit den Ärzten und übrigen Fachkräften.

»Wir programmieren Cyberstride um«, sagte ich.

»Ich verstehe immer nur *wir*«, wandte Octavio ein.

»Also Octavio programmiert Cyberstride so um …«

»Mach ich gerne, danke der Nachfrage.«

»… dass die verfügbaren Ingenieure automatisch an diejenigen Fabriken vermittelt werden, die Probleme haben. Und dass deren Anfragen umgekehrt gespeichert und weitergegeben werden.«

»Eine hervorragende Idee«, sagte Stanley. »Wir sollten außerdem von jedem Freiwilligen die wichtigsten Daten speichern, wie Namen, Einsatzzeit, Branche, bei den Fahrern auch Ladung, Kapazität, Aufenthaltsort und Destination. Und via Cybernet verbinden wir das ganze Land mit dieser Datenbank. Auch die, die sich bisher geziert haben, mit uns zu arbeiten.« Er war sich also bewusst darüber gewesen, wie schleppend unser System bisher angelaufen war, hatte seine Zweifel aber überspielt. »An einer landesweiten Tauschbörse für technische Hilfe und Nachschub dürfte jetzt wohl jeder Arbeiter in Chile interessiert sein. Kriegst du das hin, Octavio?«

Er hielt seine beiden Hände hoch. »Did these fingers ever fail?«

Am Morgen des 15. stellten Stanley, Óscar und ich unser Konzept zur Bewältigung der Krise Allendes Kabinett in der Moneda vor. Alfonso begleitete uns durch die Korridore des Präsidentenpalastes.

»Bevor sie uns da drinnen einen Strick daraus drehen«, sagte Alfonso, »muss ich euch noch was sagen. Im Hafen von Antofagasta ist eine Ladung Sprengstoff verschwunden.«

»Was heißt verschwunden?«, fragte Stanley.

Ich wusste bereits, wovon die Rede war. »Wir haben Lastwagen geschickt, um die Kisten abzuholen und zur Kupfermine nach Chuquicamata zu bringen.«

Alfonso nickte. »Es sind auch Lastwagen gekommen. Aber nicht unsere.«

»Damn«, sagte Stanley; es war das erste Mal, dass ich ihn fluchen hörte. »Das bedeutet, dass die unsere Kommunikation anzapfen.«

Alfonso ließ sich weder Vorwurf noch Besorgnis anmerken. »Das Telefonnetz in Chile hat bis zur Enteignung ITT gehört. Und die Kupfergesellschaft hat auch ITT gehört. Und Schiefendecker ist ihr einziger Großkunde für Sprengstoffe. Also …«

»Schiefendecker?«, fragte ich.

»Eine deutsche Firma für Sprengstoffe.«

Wir waren vor dem Konferenzraum angekommen. »Was sollen wir denen jetzt erzählen?«

»Gar nichts«, sagte Alfonso. »Vielleicht wissen sie es noch gar nicht. Und wenn, dann schlage ich vor, dass nicht wir den Transport vermittelt haben.«

Alle Entscheidungsträger aus dem Kabinett der Unidad Popular waren da: ältere, großteils ein wenig graugesichtige Herren, denen gegenüber Alfonso sein Bestes gab, die nähere Bewandtnis unseres Systems darzulegen. Er war mit seinen 28 Jahren bei Weitem der Jüngste in Allendes Umfeld und als Projektleiter im CORFO kein unbeschriebenes Blatt; dennoch sah man ihn, und vor allem uns, wie Außerirdische an. Die Abgeordneten von der Unidad Popular waren über unser Projekt informiert, allerdings sah es nicht so aus, als hätten sie es bislang für besonders relevant gehalten, oder überhaupt begriffen. Für sie waren wir ein paar halbstarke Technokraten, die keine echte Aufgabe hatten, sondern höchstens eine selbsternannte Mission, für die sich bestenfalls andere halbstarke Technokraten interessierten. Vom Viable System Model hatten sie noch nie gehört, und wenn wir ihnen zu diesem Zeitpunkt den Opsroom gezeigt hätten, wären wir sofort wegen Verschwendung von öffentlichen Mitteln von allen Aufgaben entbunden worden.

Stanley hatte auf einem großen Poster illustriert, wie wir während der Krise, in der sich das Land durch den Streik befand, den Informationskreislauf zwischen Regierung, Verwaltung und Industrie organisieren wollten. Es sollte eine Einsatzzentrale in der Moneda geben, am besten in demselben Sitzungsraum, in dem wir uns jetzt befanden, damit alle Funktionäre an den Entscheidungen beteiligt werden konnten.

»Außerdem«, erklärte Alfonso, »richten wir im CORFO fünf Abteilungen ein, die jeweils für einen essenziellen Versorgungszweig zuständig sind: Energie, Güterproduktion, Landwirtschaft, Gesundheit und Transport.«

Diese fünf Abteilungen, für die unter anderen Javier, Hernán und Mario zuständig waren, operierten von einem unbenutzten, fensterlosen Lagerraum im CORFO aus. Dort standen schon zwanzig Telexmaschinen bereit, an denen den ganzen Tag über Statusmeldungen aus den einzelnen Betrieben eingingen, auf dem Höhepunkt des Streiks würden es zweitausend am Tag sein. Der Krach und die Hitze waren infernalisch.

»Im Augenblick«, sagte Alfonso, »geht es überhaupt nicht um Technik. Es geht nur um Kommunikation. Wir müssen alle in Verbindung miteinander stehen. Aber wir dürfen auch nicht alle durcheinanderreden und uns gegenseitig blockieren. Mein Team«, hier hätte er uns ansehen können, tat es aber nicht, vielleicht weil er ahnte, dass wir, und besonders Stanley, bei seiner Formulierung ein wenig zusammenzuckten, »mein Team verfügt über eine Methode, mit der wir Redundanz und Rauschen vermeiden.«

»Was soll das heißen: Redundanz und Rauschen?«, fragte eines der Kabinettsmitglieder skeptisch. »Das hier ist nicht eine Ihrer Versuchsaufstellungen, sondern eine Konterrevolution!«

Alfonso schien eine Sekunde abzuwägen, ob er zu

einem langen technischen Exkurs anheben oder wie ein Politiker antworten sollte. Dann sagte er schlicht: »Wir haben die technischen Mittel, diese Krise in den Griff zu bekommen. Einen anderen Weg sehe ich nicht, um unsere Kräfte zu einen.«

Als wir zurück im CORFO waren und den anderen von der skeptischen, aber immerhin vorhandenen Zustimmung der UP-Fraktion erzählten, schlug Ana vor, den Erfolg zu nutzen und in diesem Fahrwasser auch die Nachbarschaftskomitees an unser System anzuschließen. »Viele der Fernschreiber stehen herum und werden im Moment nicht gebraucht. Wenn alle mitmachen, brauchen wir zwei Tage, um sie zumindest in Santiago zu verteilen, ich kann alle Namen und Adressen über den MIR besorgen.«

Wir standen in der großen Eingangshalle des CORFO, und ich hatte den Eindruck, dass Ana nicht zufällig einen Moment abgepasst hatte, in dem wir allein waren.

»Gut, dass Alfonso das nicht gehört hat«, sagte ich. »Wir haben eben mit Müh und Not die Erlaubnis der Abgeordneten bekommen. Wenn die mitkriegen, dass sich eine Regierungsbehörde an wilden Enteignungen im Robin-Hood-Stil beteiligt, dann weißt du sicher selbst, wie sie reagieren werden.«

»Es sind keine wilden Enteignungen«, sagte Ana.

»Sind es doch. Ich sage ja nicht, dass ich den Vorschlag falsch finde. Aber selbst wenn wir Alfonso nichts davon sagen, wird Óscar nicht einverstanden sein.«

»Ich könnte mit ihm reden«, sagte Ana. Aber die Tatsache, dass sie zuerst zu mir gekommen war, zeigte mir, welche Erfolgsaussichten sie sich versprach. Ich wusste, was sie wollte.

Am achten Tag des Streiks, dem 17. Oktober, hatte ich in der Nacht vielleicht zwei Stunden geschlafen. Wir hatten in einem Aktenlager neben der Einsatzzentrale Decken und Kissen ausgelegt, damit wir uns ausruhen konnten, ohne dafür das CORFO verlassen zu müssen. In dem fensterlosen Raum roch es wie in einem Iltiskäfig. Auch in der Moneda gab es einen solchen Raum, und ich wusste, dass Mitglieder aus Allendes Fraktion und hochrangige Funktionäre in den letzten Tagen ebenso wenig zu Hause gewesen waren wie wir.

Gegen vier Uhr hatte mich Hernán geweckt; schon der markerschütternde Klang seiner Cowboystiefel hatte angekündigt, dass es schlechte Nachrichten gab: Bei Peñaflor waren die Schienen der Eisenbahnlinie in die Luft gesprengt worden, wodurch das regionale Kohlekraftwerk vom Nachschub abgeschnitten war. Durch den Anschlag war ein Personenzug entgleist; glücklicherweise hatte der Lokführer den Schaden im Gleisbett frühzeitig erkannt und rechtzeitig bremsen können, sodass niemand verletzt worden war. Dennoch war der Zug aus den Schienen gesprungen und blockierte die Strecke. Schweres Bergungsgerät war nötig, aber nicht verfügbar. Also mussten Lastwagen den Transport der Kohle übernehmen, um Puerta Sur am Netz zu halten, das wiederum einen Großteil der Industrieregion Maipú im Südwesten Santiagos mit Energie versorgte: einen Schlachthof, zwei Konservenfabriken,

Großbäckereien, viele metallverarbeitende Betriebe, die für die Ersatzteilproduktion der Schwerindustrie unverzichtbar waren. Die Lastwagen, die wir für den Transport der Kohle requirieren wollten, wurden wiederum für den Transport dieser Ersatzteile gebraucht.

»Wir haben denen eine Lösung versprochen«, sagte ich zu Hernán.

»Wir sind keine Zauberer, Juan. Auch du nicht.«

»Es muss irgendwie gehen. Fünfzig Lastwagen sind zu wenig. Wie ist der Filter eingestellt?«

»Was denn für ein Filter?«

»Die Fahrzeugklasse. Wir haben bisher nur Lkws bis zwanzig Tonnen Höchstladung im Programm, richtig? Wir nehmen noch Pritschenwagen mit dazu, egal was.«

»Du willst Wagen nehmen, mit denen normalerweise Geflügel transportiert wird? Wir werden nur noch schwarze Hühner essen.«

»Wenn wir das Kraftwerk nicht wieder zum Laufen bekommen, werden wir gar nichts mehr essen.«

»Ist ein überzeugendes Argument. Aber die Pritschenwagen reichen immer noch nicht.«

»Wir kalkulieren eine andere Route. Die Fahrer machen einfach einen Umweg. Erst fahren sie die Kohle, dann den Nachschub.«

»Du kannst die Leute nicht zwanzig Stunden fahren lassen.«

»Das ist kein Problem. Können wir nicht auf den Pfad der letzten Aufenthaltsmeldungen im Zielgebiet zurückgreifen? Wir senden eine Anfrage an alle betreffenden

Fahrer. Wenn wir wissen, wo sie sind und wann sie bei der nächsten vernetzten Station ankommen werden, dann kann Cyberstride sie den Lastwagen zuordnen.«

»Selbst wenn das klappt –«

»Warum sollte es nicht klappen? Wir passen die Parameter an und schicken eine standardisierte Nachricht an alle angeschlossenen Fabriken, dass abkömmliche Fahrer sich bereithalten sollen, um das Kraftwerk anzufahren.«

»So weit so gut. Aber die Lkws brauchen auch Sprit«, sagte Javier.

»Wir können uns nicht um alles kümmern«, sagte Hernán.

»Doch«, sagte ich. »Ob wir es können oder nicht, wir müssen. Die Leute da draußen haben keine andere Möglichkeit. Sie zählen auf uns. Das ist die Reihenfolge: Die Fahrer, die jetzt unterwegs sind, fahren ihre Touren zu den Fabriken zu Ende. Dort wechseln sie die Fahrer. Die schicken wir erst zum Hafen, um die Ladung abzuholen, und dann rechnet Cyberstride ihnen unterschiedlichen Routen zum Kraftwerk aus, nämlich solche, an denen Tankstellen liegen. Es ist im Grunde nichts als ein kombinatorisches Optimierungsproblem.«

»Selbst mit dem Computer brauchen wir Tage, um dafür eine Logistik zu errechnen.«

»Nicht, wenn wir die Zahl der Stationen auf maximal zehn beschränken, das ergibt etwas um die zweihunderttausend mögliche Routen.«

Octavio stöhnte. »Der IBM wird trotzdem Stunden brauchen, um optimale Touren zu errechnen!«

»Dann sollten wir besser keine Zeit mehr verlieren!«

Die Aktion hatte Erfolg: Viele Arbeiter aus den entweder verstaatlichten oder wild besetzten Betrieben meldeten sich freiwillig und stellten obendrein ihre eigenen Fahrzeuge zur Verfügung; ich wechselte mich mit Javier dabei ab, den IBM mit ihren Daten zu füttern, damit sie so schnell wie möglich einsatzbereit waren.

»Óscar soll auch mit den Vorarbeitern telefonieren«, sagte ich. »Ihm hören sie zu.«

»Ach ja«, sagte Hernán. »Das ist die zweite schlechte Nachricht: Óscar hat die Masern.«

»Was ist los? Seit wann?«

»Seit gerade.« Meine erste Panik verflog rasch, als sich herausstellte, dass alle anderen die Masern bereits gehabt hatten. Aber meine Niedergeschlagenheit blieb: Óscar hatte, auch weil er bei den Kommunisten war, einen hervorragenden Draht zu den Arbeitern, ganz zu schweigen davon, dass er die technischen Abläufe, ob sie die Fernschreiber oder den IBM betrafen, kannte wie kein Zweiter. Wir hatten unseren Mastermind verloren.

»Wie lange wird er ausfallen?«

»Zwei Wochen. Minimum.«

Es half nichts, wir mussten Entscheidungen treffen, auch ohne Óscar.

Ich sah mir an, welche Lkws wo verfügbar waren, und dirigierte alles, was wir hatten, auf dem kürzesten Weg zum Hafen in Valparaíso, um die Kohle in Empfang zu nehmen, wobei ich die Tankstellen auf den Routen dorthin ebenfalls mit Nachschub versorgte, wofür ich wiederum Tankwagen auftreiben musste. Gerade in der letzten Woche hatte ein Lastwagenhersteller der Regierung zehn Tankwagen geschenkt, die die Arbeiter in Sonderschichten produziert hatten, mit anderen Worten: in ihrer Freizeit. Und jetzt standen diese Fahrzeuge nutzlos auf dem Hof der Fabrik, weil die Behörden sich mit der Zulassung Zeit ließen.

»Kann man das Verfahren nicht irgendwie beschleunigen?«, fragte ich Mario. »Wir brauchen sie.«

»In Chile kann man nichts beschleunigen, schon gar nicht im Streik.«

»Ich würde eher sagen, das ist Sabotage. Dieser ganze Beamtenapparat, das sind doch alles Momios!« Ich überlegte fieberhaft, was wir tun konnten, um diese Wagen so schnell wie möglich auf die Straße zu bekommen, und rief Alfonso an.

»Können wir die nicht trotzdem einsetzen?«

»Aber sie sind nicht zugelassen«, sagte Alfonso.

»Besondere Umstände erfordern besondere Maßnahmen«, sagte ich.

Alfonso versprach, das mit dem Verkehrsminister zu klären und schnellstmöglich zurückzurufen. Es wurde Abend, es wurde Nacht, Alfonso meldete sich nicht. Gegen zwei Uhr am Morgen klingelte er mich aus dem Schlaf. Er klang aufgeregt.

»Das Problem hat sich von selbst gelöst«, sagte er. »Sozusagen.«

»Wieso? Ist der Streik vorbei?«

»Das nicht. Aber der Präsident wird in fünf Stunden den Ausnahmezustand ausrufen.«

Ich sah noch nicht, wie das unser Problem löste, immerhin hatte ich noch Sekunden vorher tief geschlafen. »Und das soll gut sein?«

»Und ob. Damit übernimmt Allende die Kontrolle über das Militär. Das bestens ausgestattet ist. Tausende Transportfahrzeuge. Von den Hubschraubern will ich gar nicht anfangen.«

»Heureka«, sagte ich leise.

Am 20. hatten wir ein weiteres Treffen mit dem Kabinett. Wirtschaftsminister Vuskovic kam ohne große Umschweife zum Grund dafür, dass man uns unangekündigt herbestellt oder besser gesagt: -zitiert hatte. »Compañero, ich möchte Ihnen herzlich danken für Ihr Engagement und für Ihre originellen Ideen. Compañero Acuña sagte uns, dass Sie Compañero Fuentes würdig vertreten. Es ist Ihrem und dem Organisationstalent Ihres Teams zu verdanken, dass wir die schlimmsten Versorgungsengpässe überbrücken konnten.«

Ich fühlte mich geehrt, andererseits hörte ich da irgendwo ein Aber, und tatsächlich folgte es sofort.

»Allerdings ist uns zu Ohren gekommen, dass Ihr … Apparat auch Risiken birgt.«

»Was denn für Risiken?«

»Das Dynamit, das letzte Woche gestohlen wurde …«

»Wenn ich Sie unterbrechen darf«, sagte Stanley. »Wie jedes Kommunikationssystem ist natürlich auch unseres anfällig dafür, angegriffen zu werden. Das liegt in der Natur der Sache. Ich habe allerdings dieses Ereignis zum Anlass genommen, mir ein Verschlüsselungssystem …«

»So etwas darf nicht geschehen!«, rief ein Abgeordneter dazwischen.

»Allerdings muss man auch sehen«, wandte sich Alfonso an die Fraktion, »dass es keineswegs sicher ist, dass der Diebstahl über unsere Kommunikationskanäle vorbereitet wurde. Es gibt auch andere Möglichkeiten.«

»Zum Beispiel?«

»Korrupte Hafenbehörden. Bestochene Mitarbeiter der Kupfergesellschaft. Der Fantasie sind hier wenige Grenzen gesetzt. Außerdem glaube ich sagen zu können, dass die Probleme, die unser System gelöst hat, bei Weitem diejenigen übertreffen, die es verursacht. Wir reden hier von einem Verhältnis von eins zu mehreren Tausend.«

»Das ist ja alles schön und gut«, sagte Vuskovic zögerlich. »Aber uns ist zu Ohren gekommen, dass Sie diese neuen Industriekordons unterstützen, zu denen sich die besetzten Fabriken jetzt zusammenschließen … kurz, dass Sie nicht autorisierte Organe der kommunalen Selbstverwaltung in Ihr System aufgenommen haben. Ist das zutreffend?«

Ich warf Alfonso einen Blick zu, teils um mich zu überzeugen, wie er davon erfahren haben konnte, vor allem aber, um herauszufinden, was ich jetzt sagen sollte. Da Alfonsos Miene absolut unbewegt blieb, sagte ich, was ich vertreten konnte, und das war die Wahrheit. »Das ist richtig, Compañero Minister. Allerdings unterliegen die meisten dieser Fabriken dem Interventionsgesetz der Regierung und gelten daher nicht als besetzt. Oder täusche ich mich?« Ich sah abermals Alfonso an; er wollte sich nicht offen positionieren, aber ich spürte seine Zustimmung.

Minister Vuskovic lächelte. »Sehen Sie, Compañero … Die Arbeiter beginnen damit, sich komplett von der Legislative abzukoppeln. Wir verlieren die Kontrolle über sie. Diese Industriekordons sind wie ein Staat im Staat, verstehen Sie? Wir kommen dadurch in große Schwierigkeiten. Das Mandat des Präsidenten sieht vor, die Verfassung zu schützen, er hat das bei seiner Vereidigung gelobt. Wie Sie wissen, haben wir eine sehr starke Opposition …«

»Wir müssen nicht drum herumreden«, sagte der Innenminister, der sich jetzt erhob und sein Jackett zuknöpfte. »Wir dürfen den Konservativen nicht noch mehr Angriffsfläche bieten, indem wir anarchistische Kräfte unterstützen. Das muss aufhören. Sofort!«

Es entspann sich eine unübersichtliche Debatte, in der jeder etwas zu sagen hatte, meist alle zugleich.

»Was war das denn da drinnen?«, fragte ich, als ich mit Stanley in den Innenhof der Moneda trat und an den Palastwachen vorbei auf die Plaza de la Constitución trat. Sie war von lichten Bäumen umstanden, in denen die Vögel sangen; es war ein warmer Tag.

»Politik«, sagte Stanley knapp und nahm sich eine Zigarre aus der Hemdtasche. Es war sein letzter Tag in Chile, am nächsten Morgen ging sein Flug zurück. Stanley war seit Beginn des Streiks für mich seltsam unsichtbar geblieben. Drinnen hatte er erneut behauptet, an einem Verschlüsselungssystem zu arbeiten; Resultate standen allerdings noch aus. Offenbar vertraute er bei der Bewältigung der Krise auf Óscars und nun mein Verständnis des Systems. Möglicherweise, so dachte ich manchmal, hatte er bereits ein wenig den Überblick verloren, immerhin hatten wir das System auch in seiner Abwesenheit weiterentwickelt. Doch ich hatte mich getäuscht.

»Du treibst ein gefährliches Spiel«, sagte er nach einer Weile.

Ich versuchte, mir nichts anmerken zu lassen, wahrscheinlich wirkte das aber nur scheinheilig. »Was meinst du?«

»Du weißt sehr gut, was ich meine.«

Ich spürte, wie ich errötete, ich hoffte, Stanley würde es der Sonne zuschreiben. Plötzlich konnte ich mir nicht erklären, wie ich die Unverfrorenheit besessen haben konnte, die Ausweitung von Cybernet auf eigene Faust zu betreiben, als handele es sich hier um nichts als um eine kleine Vertraulichkeit zwischen Ana und mir. Ich kann nicht einmal sagen, dass ich mich achtlos und blind in diese Situation gebracht hatte, um sie zu beeindrucken. Ich hielt es für den logischen nächsten Schritt und konnte mir nicht vorstellen, dass Stanley eine andere Haltung dazu haben könnte.

»Für mich sieht es ein wenig so aus«, sagte Stanley, »als sei dir die Mühe lästig gewesen, mich nach meiner Meinung zu fragen.« Er wirkte nicht wütend, aber ich war ziemlich sicher, dass er zumindest enttäuscht war. Alles, was wir hier taten, hatte bei ihm seinen Ursprung, in seinem Kopf. Er war the brain of the firm.

»Weiß Alfonso davon?«, fragte er. Ich schüttelte den

Kopf. Das schien ihn zu erleichtern, so als ob ihm die Vorstellung, ich hätte mich mit Alfonso gegen ihn verbündet, gänzlich unerträglich gewesen wäre.

Neben uns, auf der Calle Morandé, zog sich in ungeordneter Prozession ein kleiner Demonstrationszug entlang des Platzes. Inzwischen war das ein alltägliches Bild, man sah nur nicht immer auf Anhieb, ob für oder gegen Allende demonstriert wurde. Mittlerweile waren die meisten Menschen einfach gegen den Streik und die katastrophale Versorgung. Die Demonstranten vor uns allerdings waren Allende-Anhänger, das merkte man an ihrer Ausgelassenheit; sie sprangen im Takt auf und nieder und riefen immer wieder: »Wer nicht mitspringt, ist ein Momio!«

»Ich habe an einem Strategiepapier gearbeitet«, sagte Stanley. »Eine Art Bestandsaufnahme. Ich wollte es vor der Abreise dem Präsidenten vorlegen. Darin plädiere ich dafür, Cybernet auf die kommunalen Selbstverwaltungen auszuweiten, darüber hinaus auch auf die Landbesetzer. Ich denke, dass in den Volksbewegungen gewaltige Ressourcen liegen und somit das Potenzial zu einer wirklich machtvollen sozialen Bewegung. Einer *Revolution*. Wir haben die technischen Möglichkeiten, das umzusetzen.«

Ich wartete; ich spürte, dass er noch nicht fertig war. Es war durchaus denkbar, dass er sich seine Abrechnung mit mir für den Schluss aufgehoben hatte, dass erst jetzt der Ärger aus ihm hervorbrechen würde, darüber, dass ich ihn hintergangen und mit meiner Treulosigkeit einen sorgfältig ausgearbeiteten Plan vereitelt hatte. In der Sekunde, bevor er weitersprach, brach all die Scham wieder über mir zusammen, die sich bis hinter den Horizont meiner Kindheit zurückgezogen hatte.

Doch dann lächelte er, mein Herzschlag setzte wieder ein, und Stanley sagte: »Und du weißt doch, was der Generalvorwurf gegen den technischen Fortschritt ist. Die Techniker, so sagt man doch, scheren sich nicht um moralische Grenzen. Sie setzen immer um, was technisch möglich ist.«

Sofort begriff ich, dass das eine Absolution war; fast hörbar atmete ich aus.

»Und … was sagt Alfonso dazu?«, fragte ich.

»Er ist entsetzt.«

Wir gingen zur Alameda, änderten allerdings die Richtung, als wir aus der Entfernung Rauch aufsteigen sahen und die Schüsse der Granatwerfer hörten, die Tränengas abfeuerten; auch dort hinten war also Protest im Gange, vielleicht sogar gegen denselben Zug, den wir gesehen hatten. Stanley schien die plötzliche Geräuschkulisse allerdings nicht im Geringsten abzulenken.

»Was heißt das für uns?«, fragte ich vorsichtig.

Stanley sah mich prüfend an, ich weiß nicht, ob er seine Entscheidung in diesem Moment traf oder erst nachdem er wieder nach London zurückgekehrt war. Vielleicht hatte er die Verantwortung innerlich längst abgegeben; dass ihm gleichgültig war, was wir tun würden, glaube ich nicht. Ich bin überzeugt, das Gegenteil war der Fall.

»Ich verstehe, dass sie uns an die Leine legen wollen«, sagte er. »Aber das wäre nicht richtig.« Er zog an seiner Zigarre und legte mir seine große Hand auf die Schulter.

»Ich kann dich nicht dazu anstiften, dich über Anweisungen hinwegzusetzen, Juan. Aber ich kann dich auch nicht daran hindern. Schon gar nicht, wenn ich nicht mehr hier bin.«

In diesem Moment ahnte ich, dass wir Stanley nicht wiedersehen würden. Dieses Gespräch war unser Abschied.

»Was wirst du tun?«, fragte mich Ana, als ich mit ihr darüber sprach.

Ich zuckte die Achseln. »Ich sehe es wie Stanley. Die strategischen Überlegungen der Politiker sind mir ziemlich egal. Jeder will etwas anderes.«

Ana nickte. »Und?«

»Naja. Wir haben hier gewisse Möglichkeiten, und ich finde es eine Verschwendung, diese Möglichkeiten ungenutzt zu lassen.«

Ana nickte wieder, sagte aber nichts.

»Was?«, fragte ich.

»Kannst du es nicht einfach sagen?«

Ich hatte nicht die geringste Ahnung, was sie meinte. »Was sagen?«

»Du redest immer um den heißen Brei herum. *Es wäre, man könnte, es hat den Anschein.* Da sind Leute, die haben nichts mehr zu essen, jetzt, in diesem Augenblick, ganz in unserer Nähe und auch weit weg von uns. Wir haben sie kennengelernt! Immer, wenn wir da waren, dann war es für uns gar keine Frage, ob wir in Warenlager einbrechen und die Lebensmittel mitnehmen dürfen. Wir haben es einfach getan. Warum diskutieren wir jetzt darüber?«

»Setzt du mich unter Druck?«, fragte ich. »Ich bin derjenige, der die Verantwortung trägt.«

»Ja«, sagte Ana und senkte den Blick, »entschuldige. Aber was befürchtest du? Gerade du?«

»Darum geht es nicht. Ich kann mich nicht einfach einer Regierungsanweisung widersetzen.«

»Du hast eben selbst gesagt …«

»Ich weiß, was ich gesagt habe, okay? Ich weiß selbst, was richtig ist und was ich tun will. Ich lasse mich nur nicht unter Druck setzen.«

»Okay«, sagte sie lächelnd, stellte sich auf die Zehenspitzen und gab mir einen Kuss auf die Wange. »Claro.«

Von Stanleys Traum des papierlosen Büros waren wir in diesen Tagen weit entfernt. Wir hantierten mit Landkarten, Stadtplänen, handgeschriebenen Notizen und den Telex-Ausdrucken. Die Lochstreifen, die die Fernschreiber ohne Unterlass ausspien, sammelten wir in Kartons, wohin sie durch Pappröhren geleitet wurden. Der Bedarf an diesen Röhren wuchs mit steigendem Datenaufkommen, was die Folge hatte, dass uns das Toilettenpapier ausging, dem wir sie entnommen hatten.

Wir verschickten und empfingen täglich Hunderte Fernschreiben an die Fabriken unserer jeweiligen Abteilungen, der IBM war pausenlos im Einsatz, wofür er eigentlich überhaupt nicht ausgelegt war. Es herrschte eine mörderische Hitze, und das Rattern der Fernschreiber und Zeilendrucker war ein unablässig dröhnendes Hintergrundgeräusch. Je mehr Arbeit man beiseiteschaffte, desto mehr wuchs nach. Dennoch war kaum jemand von uns jemals wirklich erschöpft, und wenn wir uns entschieden zu schlafen, dann meist nur, weil uns jemand dazu überredete.

Javier erzählte mir, dass er Enrique aus der Papeles Industriales Pacifico am Telefon gehabt habe.

»Was wollte er?«, fragte ich.

»Er sagt, sein Betrieb sei jetzt auch in der Hand des Volkes.«

Ich lächelte. »Sieh an. Lass mich raten.«

Javier lächelte ebenfalls. »Er will an unser Netz angeschlossen werden.«

»Ist er doch längst.«

»Ja. Aber er hat seinen Fernschreiber nicht angekriegt.«

Wir lachten. »Sag ihm, wir helfen ihm, wenn er uns im Gegenzug eine Palette Klopapier schickt.«

Plötzlich ging das Licht aus. Inzwischen passierte das öfter, es lag an der dezimierten Belegschaft der Kraftwerke, natürlich auch an Nachschubschwierigkeiten. Ich griff mir die Taschenlampe, um den Generator im Keller anzuwerfen. Wer immer damit an der Reihe war, durfte sich auf dem Weg eine Dose Cola aus dem Automaten im ersten Stock genehmigen, der bei Stromausfall ungefragt die vorderste in der Reihe ausspuckte. Auch der Ausnahmezustand entwickelt seine Routinen.

Als ich wieder heraufkam, stand Ana mit einem Kuchen vor mir, auf dem viele Kerzen brannten. Ich hielt das im ersten Moment für eine Erwiderung auf meine Gefälligkeit, was mir völlig falsch vorgekommen wäre. Schon wollte ich das Geschenk zurückweisen, aber dann sagte Ana strahlend: »Happy birthday!«

Ich mache mir nichts aus Geburtstagen. Abgesehen davon erkannte ich aber die liebenswürdige Geste, dass Ana nicht nur an meinen Geburtstag gedacht, sondern mir sogar einen Kuchen gebacken hatte, zumal das in Zeiten der Krise eine wirkliche Herausforderung war. Die Lebensmittelrationen, die man per Karte in der Woche zugeteilt bekam, waren karg: 150 Gramm Fisch, 500 Gramm Reis, drei bis vier Eier, 25 Gramm Kaffee. Dazu nur wenig Mehl, Zucker, Fett, Gemüse und Obst. Man könnte nahtlos fortfahren in der Aufzählung: Es gab kaum mehr Seife und Waschmittel zu kaufen, auch keine Streichhölzer und kein Toilettenpapier, Marmelade und Butter nur auf dem Schwarzmarkt, Milch nur für Kinder und Bedürftige. Wir machten zwar die Nächte dafür durch, dass weiterhin Kühlschränke und Waschmaschinen produziert wurden, aber schon vor dem Importstopp hatten jeweils 100 000 Stück gefehlt, und die Versorgungslücke wurde immer größer statt kleiner. Noch ärger war der Rückstand in der Textilproduktion: Trotz der notdürftigen Versorgung mit Energie und Stoffen stockte die Produktion bei Yarur, bei Sumar, bei Hirmas und Bellavista, und zwar weil es keine Reißverschlüsse mehr gab. Weil ein Nagel fehlte, ging ein Königreich verloren, und hier fehlten mehr als nur Nägel: Die Bierproduktion zum Beispiel war zum Erliegen gekommen, weil die ČSSR und die BRD 45 000 Tonnen Malz zurückhielten; die letzte Rechnung war nicht bezahlt worden. Das hatte nichts mit unserem System zu tun, sondern mit den hunderttausend anderen Problemen, die die Regierung daneben noch bewältigen musste.

Und deswegen war Anas Kuchen das aufmerksamste und wertvollste Geschenk, das mir jemals gemacht worden war. Als wäre das nicht genug, rief sie jetzt über das Tickern und Klackern der Fernschreiber hinweg, sodass alle es hören mussten: »Heute ist Juans Geburtstag. Egal was hier los ist, wir machen pünktlich um 20 Uhr Schluss und gehen tanzen, und wer etwas dagegen hat, der soll sich an mich wenden!«

Der Einzige, der Widerspruch einlegen wollte, war ich. »Wir haben hier …«, begann ich.

»Nichts da«, sagte Ana kategorisch. »Ihr seid seit Tagen nicht hier herausgekommen! Du hast jetzt noch den ganzen Tag Zeit, um Chile zu retten, aber heute Abend wird getanzt!«

Das Telefon klingelte, mechanisch nahm ich ab. »Die Lastwagen fahren in diesem Moment vom Hof«, sagte Alfonso. Ich bedankte mich, legte auf, lächelte; für ein paar Sekunden fühlte ich mich sieben Meter groß.

»Also gut«, sagte ich und blies die Kerzen aus. »Lass uns tanzen gehen!«

Es war ein Konzert von Tiempo Nuevo, einer sehr bekannten Combo, die in diesen Tagen auf allen politischen Großveranstaltungen spielte, heute Abend allerdings in einem kleinen Club in Bellavista. Sechs bis acht Leute standen auf der Bühne, und alle spielten Instrumente, die nur so ähnlich aussahen wie welche, die auch ich kannte: eine Blockflöte, nur schriller, eine Gitarre, nur kleiner, eine Art Ratsche. Die Musik, die sie damit machten, war größtenteils euphorisch, ich kann es nicht anders sagen, aufgedreht bis zur Hysterie, die Texte natürlich pro Allende und Klassenkampf. Aber jetzt störte mich die Agitation noch weniger als sonst, im Gegenteil: Die Parolen formulierten ja nur das, was uns sowieso den ganzen Tag umgab, ohne dass wir Politik dazu gesagt hätten. Zum ersten Mal in meinem Leben tanzte ich, ein ganzes Konzert lang; ich hatte gar nicht gewusst, dass ich das konnte. Ich fühlte mich bedeutend; alles, was man tat, und sei es nur Tanzen, war plötzlich ein grundsätzlicher Lebensausdruck, der nicht nur das einzelne Leben, sondern das aller betraf. Vielleicht war es eine transzendente Erfahrung, dazu ein bisschen Alkohol, dazu die Hitze und meine Begeisterung für Ana: Es machte mir nichts aus, dass man uns zusammen sah, das heißt: wenn sich überhaupt jemand für uns interessierte. Ihre Haare waren verklebt, auf den Wangen glänzte Schweiß; dann, obwohl sie die ganze Zeit ihre Augen geschlossen gehalten hatte, sah sie mich plötzlich an, nur mich, als hätte sie instinktiv gewusst, wo ich stehe. Ich glaube nicht an Fügungen; ich war nur davon überzeugt, dass unsere Freude identisch war mit der aneinander. Ein unlogischer Schluss, natürlich, etwas anderes werde ich nie behaupten, und hätte ich vernünftig denken können, ich hätte mir die Peinlichkeit erspart. So aber küsste ich sie.

Oder versuchte es zumindest. Ich ging auf sie zu, interpretierte ihren Blick als Einladung, sie hörte auf zu tanzen, um sich meiner Umarmung, so dachte ich, zu öffnen, die ungestüm war, wie ich gleich bemerkte, besser gesagt ungelenk, und sofort fühlte ich mich wie bei einer Parodie des ganzen Vorgangs, unnatürlich und gelenkt, was wiederum an nichts anderem lag, als dass Ana stocksteif geworden war unter meiner abrupten Zudringlichkeit. Ich schreckte zurück, fassungslos vor allem über mich selbst; Ana lächelte verwirrt, eine schreckliche Art von Lächeln, deren Auslöser nicht Fröhlichkeit, sondern gerade deren Gegenteil ist. Obwohl alles tanzte, vergnügt war und nur Sinn für sich selbst hatte, fühlte ich mich ertappt, vor allem von mir selbst: Darum war es mir also die ganze Zeit gegangen. Das hatte ich also gewollt. Obwohl sie nicht zu hören waren, übertönten diese Vorwürfe die Musik; jetzt sah Ana mich bereits an, als hätte ich einen ganz besonders missglückten Ulk versucht, schlimmer noch: als sei ich selbst der Ulk. Ich hatte all die Zeichen, die wir ausgetauscht hatten, für etwas anderes gehalten, jedes Signal entstellt empfangen, jede Nachricht falsch verstanden. Es musste eine vernünftige Erklärung dafür geben, und die vernünftige Erklärung war vermutlich die, dass ich Bedeutung gesucht hatte, wo gar keine war, Verbindungen hergestellt und Schlussfolgerungen gezogen hatte, die von ungültigen Prämissen ausgingen. Im Grunde war das keine große Sache, es kam ständig vor; bloß mir war es noch nie passiert.

Ich stand, die Arme schlaff hinunterhängend, geschlagen mit diesem Blick Anas, der mich in seiner Nachsicht umso vernichtender traf: Wie hast du dich so sehr täuschen können, armer Juan? Was ist nur los mit dir?

Ich drehte mich um und schob mich durch die Tanzenden, durch all die richtig Vergnügten und richtig Verliebten, hinaus auf die Straße, wo ich gierig die Luft einsog und mir, zittrig das Feuerzeug hervorfummelnd, eine Zigarette anzündete.

Ich war hier kein Fisch im Wasser, war es nie gewesen. Allenfalls ein Amphib. So fühlte ich mich: kalt, glitschig, mit zu kurzen Stummelbeinen und schuppiger Haut.

Jemand rief mich. Auf der anderen Straßenseite lehnte eine Gestalt an einer Gaslaterne. »Hast du auch eine für mich?«, fragte sie auf Spanisch; ich erkannte Emilio an seiner Stimme. Ein kleiner Schock durchfuhr mich, ein umfassendes, überwältigendes Gefühl, überführt zu sein.

Er machte keine Anstalten, auf mich zuzukommen, also überquerte ich die Straße, grüßte und hielt ihm die Schachtel hin. Ich war bereit, alles zu akzeptieren, was Emilio zu sagen haben würde, selbst eine Prügelei hätte ich in Kauf genommen; nicht aus Wut gegen Emilio, sondern weil ich sie verdient hatte.

Ich gab ihm Feuer. Eine Weile rauchten wir schweigend. Dann sagte er: »Weißt du, meine Familie wohnt unten in Cerrillos.«

Ich nickte.

»Was ihr beide gemacht habt, du und Ana, also …« Er machte eine Pause. Seine Stimme war ein wenig quäkend, als sei er mitten im Stimmbruch, aber es lag große

Ernsthaftigkeit darin. »Ich wollte euch danken dafür. Dir.«

Er war verlegen.

»Du meinst …«, begann ich zögernd. Ich hielt das für eine Finte, Ironie; ich dachte wirklich, als Nächstes würde er mich schlagen. Ironie war allerdings nicht seine Sache.

»Ich meine, dass das sehr nützlich ist, was ihr euch da ausgedacht habt. Dieses Computerzeug. Ana meint, du bist so was wie ein Organisationsgenie.«

Er sprach langsam, und ich hatte keine Mühe, ihn zu verstehen; er sagte tatsächlich *genio organizador*. Es ging ihm ein wenig schwer über die Lippen, aber er sagte es.

»Gracias«, sagte ich.

»Gut, also … hör zu. Ich weiß dein Engagement zu schätzen. Das wollte ich sagen. Es ist egal, woher man kommt. Che war Argentinier, und er war der wichtigste Mann für Kuba nach Fidel. Für einen Revolutionär zählt nur eine Sache, nämlich sein Glauben an die Revolution. Seine Überzeugung.« Er pochte mit dem Finger auf seine Brust. »Die Überzeugung ist wichtig, nicht deine Herkunft.«

Ich wollte etwas entgegnen, aber da wandte er sich schon ab. Er ging ein paar Schritte, blieb dann wieder stehen und drehte sich noch einmal um. »Für einen Revolutionär zählt nichts anderes. All diese … privaten Geschichten … die lenken nur ab.«

Er schien noch immer nicht fertig zu sein, aber jetzt, als

habe er schon zu viel gesagt, nickte er mir einen Abschiedsgruß zu und stieg in sein Auto.

Ich war wie betäubt. Die Straße war leer bis auf ein paar Nachtschwärmer und die unvermeidlichen Hunde. Ich setzte mich Richtung Ñuñoa in Bewegung; ich war nicht richtig betrunken, nur benommen, von Emilios Ansprache nicht weniger als vom Alkohol. Und zugleich fühlte ich mich beschämt und geehrt, eine seltsame Mischung, die sich mehr oder weniger gegenseitig aufhob.

Irgendwo öffnete sich die Tür einer Bar, und heraus drang *I can see clearly now*, nur ein paar Takte lang: *I can see all obstacles in my way.* Ich dachte: Jetzt sehe ich klar, tatsächlich. Ich dachte: Libido ist Sirenengesang. Ich dachte die Wörter *Überzeugung* und *Herkunft* und *Revolutionär* und hatte dabei eine intensive, mich restlos ausfüllende Empfindung, die ich heute, vielleicht ein wenig ungelenk, *Überzeugungsgefühl* nennen würde. Es fühlte sich überwältigend echt an: die Abwesenheit jeden Zweifels. Trotzdem frage ich mich, ob mein Überzeugungsgefühl aus den Wörtern *Überzeugung* und *Herkunft* und *Revolutionär* hervorging, oder ob das Gefühl zuerst da war. Es ist ein ungelöstes philosophisches Problem, und ich maße mir keine Antwort an. Ich weiß nur, dass ich jetzt weniger darüber weiß als jemals zuvor. Vielleicht geht Überzeugung notwendig aus der Wahrheit und ihrem Erkennen hervor, und die Wörter sind unauflösbar mit dieser Erkenntnis verbunden. Vielleicht war die Wahrheit, dass ich etwas gefunden hatte, das ich mein Leben lang gesucht hatte, und dass ich dafür auf etwas zu verzichten bereit war, das ich zwar nicht gesucht, aber dennoch gefunden hatte. Vielleicht war ich aber auch schon immer jemand gewesen, der gar nicht weiß, was er fühlt, und deswegen aus den Umständen schließt, was er fühlen soll. Vielleicht. Alles verschwimmt in einem großen Vielleicht. Aber entscheiden muss man sich doch.

1110

AN ODER AUS

Der U-Bahn-Tunnel lag im Dunkeln. Nur ein schwacher Schimmer Tageslicht drang hier herunter; schon nach wenigen Schritten in Richtung Finsternis konnten wir nicht einmal mehr die Konturen der Werkmaschinen und gestapelten Bahnschwellen erkennen. Es stank; irgendwo in dieser Dunkelheit musste ein Tier verendet sein, vielleicht ein Hund, der auf der Suche nach etwas Essbarem hereingekommen und dann, nachdem die Bauarbeiter den Tunnel verlassen und mit einem Bauzaun wieder verschlossen hatten, hier unten verhungert war.

Jochen entzündete sein Feuerzeug und dann, wie um die nutzlose Funzel zu rechtfertigen, eine Zigarette. Ich hustete; nicht wegen des Rauchs, sondern weil ich es schon die ganze Zeit tat. Ich war krank, und natürlich konnte ich nicht erwarten, durch das Herumlaufen erst in der trockenen Innenstadthitze und dann in der zugigen Kälte hier unten gesünder zu werden. Ich verstand nicht einmal, warum wir hierhergekommen waren. Jochen hatte mir eine Geschichte erzählt, die damit geendet hatte, dass er die Bänder mit den Verbindungsdaten und der Cyberstride-Software aus ihrem vorübergehenden Versteck hinter der Trennwand des Lastenaufzugs geholt hatte, als der IBM demontiert worden war. Sie lagen, eingewickelt in mehrere Lagen Plastikfolie, unter einer offenbar abgezählten oder sonst wie markierten Bahnschwelle.

Niemand beobachtete uns, als wir die Rampe emporgestiegen und am Bauzaun vorbei Santiagos Alltag wieder betraten. Zwei Blocks weiter die Alameda hinunter stand ein Artilleriewagen, um den herum allerdings keinerlei Bewegung auszumachen war. Überhaupt floss der Verkehr gemächlich dahin, niemand schien das Risiko eingehen zu wollen, auch nur durch Hupen auf sich aufmerksam zu machen. Wir stiegen in Jochens Käfer ein und fuhren los.

Ich fragte ihn mehrfach, warum er im Besitz der Bänder sei, und erhielt darauf immer dieselbe vollständige und widerspruchsfreie Antwort. Ich brachte es nur nicht fertig, diese mehrfachen Auskünfte anders als bruchstückhaft zu registrieren, sodass ich mir die komplette Antwort nachträglich aus Fragmenten zusammensetzen musste. Jochen war, so viel hatte ich bereits vorher geahnt, nicht aus sozialistischem Idealismus nach Chile gekommen. Eine Woche nachdem er unserer Gruppe vorgestellt worden war, hatte er Kontakt zu einigen hohen Offizieren aufgenommen. Vielleicht war es auch umgekehrt, ich weiß nicht; jedenfalls stand er nun auf einer Gehaltsliste. Und bezahlt werden wollte er unter anderem für die Bänder.

Aber dann hatte sich, kurz vor dem Putsch, die Stimmung verändert, das Schlingern der Ereignisse warf immer neue Leute in die Nähe des Ruders, und offenbar wurde

Jochens zugesicherte Ausreise in Zweifel gezogen. Er beschloss, ein Faustpfand zurückzubehalten, um, sofern man sich der gemeinsam getroffenen Vereinbarung nicht mehr erinnern wollte, seinen Weg in den Westen abzusichern. Am Tag der Demontage unseres Computers, als Brauer Anstalten gemacht hatte, die Trennwand des Aufzugs aufzubrechen, hatte Jochen die Bänder bereits in Sicherheit gebracht und abgewartet, bis die Gelegenheit günstig erschien, das Pfand einzulösen. Die Konstellation, die er sich dafür als ideal vorgestellt hatte, war offenbar noch nicht eingetreten, ich weiß nicht, worauf er noch gewartet hatte. Dafür war aber etwas anderes und für Jochen noch Günstigeres geschehen: Auf irgendeinem dunklen, verwinkelten und für mich undurchsichtigen Pfad hatte er den schwedischen Botschafter kennengelernt, einen Mann namens Edelstam, der in der Chronik des Putsches eine überaus prominente Rolle spielte, nämlich die eines Helden. Er hatte sich den Panzern entgegengestellt, als diese die kubanische Botschaft angriffen, und sie durch Aufziehen der schwedischen Flagge kurzerhand unter den Schutz seiner Regierung gestellt, mit der sich die Junta nicht anzulegen wagte. Er hatte die Tore seines Konsulats geöffnet und so Hunderten Chilenen Asyl verschafft. Das alles konnte man in diesen Tagen natürlich aus keiner Zeitung erfahren. Der Mann hatte sich mit nichts als der dünnen Rüstung seiner schwedischen Staatsbürgerschaft zwischen das Militär und die Flüchtlinge gestellt. Manchmal, so hatte er in jenem Interview gesagt, das jetzt vor mir liegt, müsse man selbst als Diplomat wie ein Mensch handeln.

Jochen ließ mich vor dem Kongresszentrum aussteigen.

»Du kommst nicht mit?«, fragte ich ihn, ohne überhaupt schon eine Vorstellung davon zu haben, wobei er mich hätte begleiten sollen. Würde ich jetzt dort hineingehen und die Bänder abgeben? War das mein Plan?

Er schüttelte den Kopf. »Ich weiß nicht, was *du* tust, aber ich muss noch packen.«

Ich setzte den Rucksack auf, spürte das Gewicht der Bänder darin.

»Wofür?«, fragte ich, ohne mit einer Antwort zu rechnen.

»Heute Abend werde ich in einem Flugzeug sitzen. Überleg es dir. Ich könnte dir hier raushelfen.«

Ich nickte. »Warum tust du das?« Ich meinte nicht seine Flucht, mit der war ja zu rechnen gewesen. Ich meinte das andere.

Er zuckte die Schultern, als hätte er darüber noch nicht nachgedacht.

»Wenn ich du wäre, würde ich die Bänder nicht persönlich abgeben. Such dir einen Jungen von der Straße, gib ihm ein paar Escudos. Ich sehe keinen Grund, warum du heute Nachmittag hier sterben solltest.«

Ich weiß noch, dass mich seine Lakonie aufmunterte, ein kaum wahrnehmbarer Trost. Ja, dachte ich. Warum sollte man heute Nachmittag hier sterben?

Auf der anderen Seite wusste ich, dass ich, egal wie ich es betrachtete, nie wieder loswerden würde, was geschehen war. Ana, die vor meinen Augen … und die mich auf der anderen Seite um unsere Freundschaft betrogen hatte, oder um das, was ich dafür gehalten hatte. Der Glaube, den sie in mir geweckt hatte. Der Widerspruch dieser Gefühle war entsetzlich. Ich konnte Ana nicht verachten. Aber lieben, wenn ich es je getan hatte, konnte ich sie auch nicht mehr.

Meine Schultern und Arme waren angeschwollen, Kälteschübe wechselten sich mit heftigen Schweißausbrüchen ab, dazu der Husten. Hätte ich in diesen Momenten entschlossen am Leben gehangen, dann wäre ich keinen Meter mehr gegangen, sondern zum nächsten Krankenhaus gefahren. Ich wusste, wie ernst mein Zustand war, und konnte mir immer besser vorstellen, wirklich *vorstellen*, was Sterben bedeutet. Es hatte nichts mehr von dem dunklen Skandal, für den ich es immer gehalten hatte, sondern markierte nur noch das Kollabieren des Stoffwechsels, gefolgt vom Verstummen von Herz und Verstand. Das war viel, aber es war auch schon alles.

Jochen sagte zum Abschied etwas Prophetisches, ich habe noch sein spöttisches Lächeln vor Augen, als hätte er meine Gedanken gelesen. »Man sollte die Sache mit dem Tod nicht verklären. Nach deinem Tod können eigentlich nur zwei Dinge geschehen: Entweder, du wirst bald vergessen sein. Oder aber die Hinterbliebenen erzählen dieses und jenes über dich, was dann nachträglich zu deiner Rolle in dieser Geschichte wird. Du wirst eine Figur darin, erfunden von anderen. Dazu hättest du aber nicht einmal wirklich gelebt haben müssen. Was ich damit sagen will, ist Folgendes: Was zählt, ist das Leben, und sonst nichts.«

»Und deswegen machst du dich jetzt auf zum Flughafen«, sagte ich.

»Nicht zum Flughafen. Der Treffpunkt ist die schwedische Botschaft, um sechs. Du weißt Bescheid.«

»Du machst es dir ziemlich leicht«, sagte ich.

»Oder du ziemlich schwer.« Er stieg ein und zündete den Motor.

»Ich möchte die Welt nicht so sehen wie du, Jochen.«

Er lächelte aus dem Fenster. »Wenn du es dir schon aussuchen kannst, dann sei nicht dumm.« Er blinkte und fädelte sich in den Feierabendverkehr. Ich sah dem Käfer nach, völlig überzeugt davon, ihn zum letzten Mal gesehen zu haben.

Vor mir erhob sich dieser kantige Koloss aus Stahl und Beton, den ich mal schön gefunden hatte und dem doch schon im Entwurf seine jetzige Hässlichkeit eingeschrieben gewesen sein musste. Überall war Militär.

Ich stand minutenlang auf der anderen Straßenseite, der doppelläufige Strom der Alameda zwischen mir und dem Gebäude. Einige Wachleute waren bereits auf mich aufmerksam geworden. Ich erwachte aus meiner Taubheit, und die Bedeutung dessen, was ich da in meinem Rucksack trug, kam mir wieder schwer zu Bewusstsein. Es war nicht Angst, die mich zurückweichen ließ. Mir war nicht unbedingt klar, dass ich ein paar Meter vor dem Hauptquartier jenes Regimes stand, das über Leichen gehen würde, um zu bekommen, was ich hatte. Was überhaupt mit mir geschehen würde, war mir damals, in diesen Momenten, vollkommen egal. Aber ich konnte nicht einfach hinübergehen und das alles beenden: Es ging um so viel mehr, als nur eine Fundsache abzugeben.

Ich ging ein paar Minuten Richtung Osten und setzte mich auf eine Bank oberhalb des Mapocho. Es war vielleicht drei Uhr am Nachmittag; in meiner Erinnerung waren keine Geräusche zu hören, ganz so wie an einem Sonntag, obwohl es ein Dienstag war, wie der Tag des Putsches. Es muss laut gewesen sein, vor Leben und Verkehr, aber ich hörte die inwendige Stille in all der organisierten Hektik: die tiefe Ratlosigkeit inmitten des Lärms.

Was Ana erlitt, erwartete Tausende. Es erwartete all jene, die die Respektlosigkeit besessen hatten, sich mit dem Terror der Profiteure nicht abfinden zu wollen, ob als Wahlhelfer der UP, als Lebensmittelverteiler in den Nachbarschaftszentren, als Fabrikbesetzer, Transportfahrer oder Kommunikationstechniker. Jeder von ihnen hatte jetzt eine genau lokalisierbare Position auf einem Magnetband, eine unfehlbare binäre Signatur. Und diese Signatur würde zugänglich sein von Dawson bis Chacabuco, überall in diesem riesigen abgelegenen Land, das die Junta mit ihren Folterhäusern überziehen würde, wo alles, was einen Menschen von seiner bloßen Signatur unterschied, geleugnet wurde.

Ich blickte auf eine der Brücken über den Mapocho, nicht weit von jener, auf der ich mir die Wunde zugezogen hatte. Zeit verging. Es hätte immer so weitergehen können. Immer wieder verlor ich für Sekunden das Bewusstsein, es war nicht unangenehm in der milden Frühlingssonne, obgleich ich dringlicher als je zuvor fühlte, dass etwas auf mich wartete. Dass etwas *von mir erwartet wurde*. Ich musste anfangen zu denken. Wie soll man Klarheit gewinnen, wenn man nicht denkt? Denken heißt, eines vom anderen zu unterscheiden, bis die Dinge in ihren Einzelteilen fassbar werden. Und in ihrem Verbundensein.

Ich spürte den Rucksack auf meinem Schoß, und wie um mit irgendetwas anzufangen, stellte ich mir die Frage, was Jochen dazu bewegt haben mochte, mir das Pfand seiner Ausreise zu überlassen. Er war jemand, der sich nur für seine eigenen Ziele interessierte, und sein Ziel, die Ausreise, hing an diesen Bändern. Und ich hatte ja mit Jochen außer unserer Sprache kaum etwas gemein. Aus welchem Grund sollte er mir mit einem so selbstlosen Geschenk helfen? Die Antwort, das kam mir intuitiv, war Ana: Er hatte es wegen Ana getan. Und das wiederum, so schloss mein Gefühl (von dem man, zumal im Fieber, nicht unbedingt exakte Wissenschaft erwarten sollte), konnte nur bedeuten, dass Jochen ein besonderes Verhältnis zu ihr gehabt haben musste.

Diese Gedanken trieben mich, während ich tatenlos dasaß, in ein unbeschreibliches hysterisches Selbstmitleid, das in meiner siechen Dumpfheit einen idealen Nährboden fand. Ich schreibe das nicht zur Rechtfertigung, auch wenn das Wortgeklingel es vermuten lässt. Man muss der Tatsache Rechnung tragen, dass die Dinge immer aus mehreren Richtungen zusammenströmen, um zu jener Geschichte zu werden, die man sich dann für den Rest seines Lebens erzählt.

Auf der Brücke vor mir hielt eine große Chrysler-Limousine mit offenem Verdeck. Auf dem Rücksitz saßen eine elegante Frau mit Sonnenbrille und eine schöne Dogge. Der Fahrer stieg aus, ging um den Wagen herum und öffnete die Tür. Die Dame – man musste sie eine Dame nennen, allein ihres Kleides wegen – stieg aus und beobachtete eine Weile das Panorama des östlichen Stadtgebietes mit den majestätischen Bergen im Hintergrund. Dann nahm sie eine Kamera hervor und schoss einige Bilder, es war eine geradezu besitzergreifende Geste. Der Fahrer wartete die ganze Zeit über reglos bei der geöffneten Tür, ebenso der Hund; seine Aufmerksamkeit schien einzig auf die Frau gerichtet. Schließlich stieg sie wieder ein, und ohne dass ein weiteres Zeichen nötig gewesen wäre, setzte der Chauffeur die Fahrt fort.

Ich musste an meine Mutter denken. Bei meinen immer seltener werdenden Besuchen während meines Studiums hatte sie wieder und wieder von mir verlangt, meinen Vater zum Verkauf des Hauses zu bewegen. Ich sagte zu ihr: Wozu willst du es besitzen, du wohnst doch darin! Aber sie fürchtete, dass er zurückkehren und ihr wieder nehmen würde, was sie inzwischen ganz für sich allein beanspruchte. Sie hatte das Haus längst nach ihren Bedürfnissen umgebaut, einen Durchbruch zwischen Stube und Küche veranlasst, einen Kamin eingebaut, die Laube meines Vaters entfernt; nur den Aprikosenbaum hatte sie stehen lassen. Sie hatte einen neuen Mann kennengelernt, der bei ihr eingezogen war, in der Auffahrt stand neben ihrem Alpha Romeo jetzt ein Mercedes. Mit dem Eigentümervertrag wollte sie ihren Aufstieg besiegeln: in die Sphäre jener Menschen, die ihres eigenen Glückes Schmied sind, selbst um den Preis der Kälte. Sie war meine Mutter, meine Liebe zu ihr war ab Geburt programmiert. Und so fragte ich, obwohl ich missbilligte, was sie von mir verlangte, meinen Vater bei jedem meiner Besuche, ob er es sich überlegt habe oder überlegen wolle.

»Überlegen?«, fragte er dann mit seinem angestrengt forschenden Blick. Ich gab mir keine besondere Mühe, ihn von irgendetwas zu überzeugen, ich war ja nur Bote. Ein Meldegänger. Ich wollte einfach nur mit ihm draußen sitzen, ihm dabei zusehen, wie er seine selbstgedrehten Zigaretten rauchte, die Tischlerarbeiten begutachten, die er in der Werkstatt hergestellt hatte, ohne dass ich etwas darin hätte erkennen können. Ich stellte die Frage und gab mich mit dem »Nein«, das er jedes Mal mit der größten Klarheit zum Ausdruck brachte, zufrieden.

Als er zum ersten Mal im Garten auftauchte – meine Mutter sah ihn eines Abends genau an der Stelle, wo seine Laube gestanden hatte –, rief sie die Polizei. Sie brachten ihn zurück in die Anstalt; als ich ein paar Tage später von dem Vorfall hörte, fuhr ich gleich hin. Sein Anblick erschütterte mich: Sein Gesicht wirkte grau und verwildert, als habe dahinter ein archaischer Kampf stattgefunden, dem keinerlei Beruhigungsmittel mehr Einhalt bieten konnte. Was es auch gewesen war, das ihm bislang so etwas wie eine Identität verliehen hatte, war bei diesem Besuch, der mein letzter gewesen war, desertiert, wie es schien; was blieb, war ungeordneter Rückzug und Auflösung. Er stammelte. Dass er mich erkannte, war nicht auszuschließen, aber auch nicht anzunehmen. Es war das erste Mal, dass ich wirklich Mitleid mit ihm hatte – ein Bewusstsein davon, dass es mein *Vater* war, den ich da, ohne überhaupt jemals an ihn geglaubt zu haben, aufgab. Ich schämte mich.

Eine Woche später verschwand er zum zweiten Mal aus der Klinik. Meine Mutter sah ihn am nächsten Morgen aus dem Badezimmerfenster. Er hing an dem Aprikosenbaum, wo seine wuchernde Laube in die Natur übergegangen war. Unter ihm faulte das Obst.

Meine Mutter habe ich zum letzten Mal gesehen, nachdem sie nicht auf seiner Beerdigung erschienen war. Ich war wütend bis zur Verachtung. Sie tat so, als habe es nie zur Debatte gestanden, dass »sie und Franz«, wie sie sich ausdrückte, zur Trauerfeier kommen würden. Wie sie mir darlegte, dass ihre beruflichen Verpflichtungen mit dem Termin der Bestattung unvereinbar gewesen seien, fragte ich mich zum ersten Mal, ob nicht sie diejenige mit der viel ernsteren Krankheit war. Dadurch wurde mir klar, dass meine Verachtung gar nicht sie betraf. Für sie empfand ich Scham und Mitleid. Die Verachtung hingegen betraf mich selbst.

Ich musste eingeschlafen sein. Als ich erwachte, stand die Sonne viel tiefer und begann, die Gletscher der Anden rot zu färben. Ich war zur Seite gekippt und lag auf der Bank wie ein Obdachloser. Nach ein paar Augenblicken fiel mir mein Rucksack ein, der auf meinem Schoß gelegen hatte. Da war er nicht mehr.

Soweit ich mich erinnere, war ich nicht erschreckt. Ich blieb einfach liegen, zu erschöpft, um mich zu bewegen, im Grunde froh darüber, von der Last befreit zu sein. Alles, was ich brauchte, war darin gewesen, ein wenig Wäsche, Geld, natürlich meine Aufzeichnungen, die ich vor Jochens und meinem Aufbruch hinter der Treppenverkleidung hervorgeholt hatte; acht Quarthefte, in denen, wie es mir vorkam, mein ganzes Leben bis hierher festgehalten war.

Und die Bänder.

Momente der Klarheit zeichnen sich dadurch aus, dass sie das, was vor einem liegt, so deutlich zeigen, als sei es schon geschehen. Ich sah Brauer und Falcón, diese Leute, die sich aus einem falschen Leben in meines verirrt hatten, unerträglich abstoßende Gestalten. Es war vollkommen unwahrscheinlich, dass sie mich nach Ablieferung der Bänder wieder würden gehen lassen, warum sollten sie auch. Vielleicht würden sie noch einen halbherzigen Versuch machen, meine Mitarbeit oder wenigstens einige zusätzliche Informationen zu gewinnen, aber vermutlich würden sie nicht einmal mehr das tun. Ich hatte nur noch diesen einen Zweck für sie. Ich würde, sobald dieser erfüllt wäre, einfach verschwinden, wie Óscar, wie Hernán, wie Emilio. Und wie Ana.

Ich musste mich innerhalb der nächsten halben Stunde auf den Weg machen, wenn ich noch an diesem Abend das Land verlassen wollte. Und das wollte ich doch?

Bis dorthin, wo ich die schwedische Botschaft vermutete – ich kannte die genaue Adresse nicht –, waren es etwa vier Kilometer Richtung Osten, immer die Alameda entlang in Richtung der Berge. Ich würde das zu Fuß nicht schaffen, aber mit etwas Glück würde ich ein Colectivo oder sogar ein Taxi erwischen.

Was ich noch nicht wissen konnte, war, welches Durcheinander vor der Botschaft herrschen würde. Sie würde weiträumig umstellt sein, und nur durch einen unwahrscheinlichen Glücksfall würde ich in ihr Zuflucht finden.

Das alles wusste ich noch nicht, konnte es ja nicht wissen. Was mir hingegen deutlich vor Augen stand, war meine Flucht als abstrakte Idee und dass sie einfach gelingen *musste*. Es war wie ein empörtes, aus tiefster Überzeugung bewegtes Abwinken: Hier würde ich weder bleiben noch sterben, in diesen unaussprechlichen Verhältnissen, dieser Umkehrung alles Lebenswerten. Ich würde die Bänder abgeben, als meinen letzten Beitrag, und dann gehen. Ich nannte es nicht Flucht.

Ich sah unter mich; der Rucksack war lediglich heruntergerutscht.

Dass ich keinen Pass hatte, fiel mir erst auf, als ich bei der Botschaft ankam und in das Chaos geriet, das entstanden war, als der Bus mit den Botschaftsflüchtlingen gerade abfahren wollte. Es war eine absurde Szenerie: Ich stieg aus dem Taxi, während der Busfahrer unablässig hupte, weil ein Armeefahrzeug vor ihm den Weg versperrte, und während Soldaten mit ihren Gewehrkolben gegen die Scheiben hämmerten und die verängstigten Insassen zum Aussteigen aufforderten, bezahlte ich den Taxifahrer, der sofort wendete und mit quietschenden Reifen davonfuhr. Ich begriff, dass niemand sich um das Botschaftsgelände kümmerte; alle Angehörigen des diplomatischen Corps waren mehr oder weniger offensiv damit beschäftigt, den Soldaten ihren schweren Fehler begreiflich zu machen für den Fall, dass sie den unter diplomatischem Schutz stehenden Bus und damit die Souveränität der schwedischen Krone beschädigten.

Ich ging einfach hinein, fast schlendernd und beinahe unbehelligt; lediglich eine der Hausangestellten begegnete mir auf halbem Weg zum Haus, eilte aber gleich weiter in Richtung des Tumults auf der Straße. Auf den Gedanken, irgendwie in den Bus zu gelangen, kam ich gar nicht, es war zu offensichtlich sinnlos.

Der Botschafter befand sich, wie mir sein Sekretär, ein gewisser Lundquist oder Landquist, mitteilte, nicht im Gebäude, sondern im Bus, um die Flüchtlinge sicher zum Flughafen zu eskortieren. Mir ging auf, dass es für mich weitaus günstiger gewesen wäre, in diesem Bus zu sitzen, denn Lund- oder Landquist bestand nun darauf, meinen Pass zu sehen. Ich erklärte ihm kurz, dass ich auf der Flucht sei, nannte meinen Namen, bat um Kontaktaufnahme zur deutschen Botschaft. Der Sekretär versuchte, mich abzuwimmeln, doch ich weigerte mich entschieden, das Gelände zu verlassen, ich sagte, dass ich meinen Tod zu erwarten hätte, falls ich in die Hände des Militärs gelangen würde. Das schien ihn ein wenig zu besänftigen, auch wurde er endlich aufmerksam auf meinen Zustand. Man wies mir einen Raum zu, in dem ich auf die Rückkehr

Edelstams warten sollte, vermutlich befürchtete der Sekretär eine ansteckende Krankheit bei mir.

Über die folgenden zwei Tage waren etliche Gespräche notwendig, um den deutschen Botschafter telefonisch nicht nur von meiner Identität zu überzeugen, sondern auch zum Ausstellen eines provisorischen Reisedokuments zu bewegen, mit dem ich das Land würde verlassen können. Am frühen Morgen des 7. Oktober 1973, an dem es schon um fünf Uhr früh drückend heiß war, holte mich ein Attaché namens Klausner ab, ein etwas zugeknöpfter, grundsolider Mann. Er händigte mir meinen Pass aus und machte Anstalten, mir die nächste Bushaltestelle zu empfehlen, falls ich zum Flughafen wolle. Ich setzte dem Mann auseinander, dass ich keine guten Ratschläge, sondern diplomatischen Schutz benötigte, weil man mich ansonsten spätestens am Flughafen verhaften würde. Er sah mich an wie einen Tramp, der nicht nur eine Mitfahrgelegenheit, sondern auch noch Unterkunft in einem Sternehotel verlangt hatte.

»Was meinen Sie, warum ich mich in die Botschaft geflüchtet habe?«, fragte ich Klausner rhetorisch; der Mann führte nicht zum ersten Mal ein solches Gespräch und zog eine Braue hoch. »Weil ich Angst habe«, sagte ich; das Einzige, was mich durch die Passkontrollen bringen könne, sei diplomatische Autorität.

»Und was kann ich da für Sie tun?«, fragte Klausner mich ruhig. »Haben Sie nicht gesehen, was das für Leute sind?«

»Glauben Sie mir, ich weiß, was das für Leute sind«,

sagte ich. »Deswegen weiß ich auch, dass ich es alleine nicht aus diesem Land schaffen werde. Man sucht mich.«

»Weswegen sucht man Sie?«

»Das tut nichts zur Sache.«

»Wenn wir Ihnen helfen sollen, tut es das sehr wohl.«

Der deutsche Botschafter Luedde-Neurath hörte aufmerksam an, was ich ihm zu erzählen hatte: von Cybernet, von Brauer, vom Verschwinden. Er tätschelte meine Schulter und sagte, er wolle sich etwas hergerichtet, im Übrigen habe man ein Gästezimmer hergerichtet, ich gehöre ins Bett. Das stimmte, obgleich mein Zustand sich bereits besserte. Ich hatte die Penicillinbehandlung, die im Krankenhaus begonnen worden war, in den letzten beiden Tagen fortgeführt, die infektiösen Schwellungen waren bereits im Abklingen begriffen; was fehlte, waren Ruhe und Erholung. Schon die Toilette aufzusuchen, die sich gleich neben dem Gästezimmer im ersten Stock befand, erforderte eine ungeheure Willensanstrengung, nicht zu reden von den inneren Debatten, die ich mit meinem Körper ausfocht, mir noch zwei oder wenigstens eine Minute Aufschub zu gewähren.

Ich reiste aus im Schutz eines deutsch-niederländischen Ärzteteams, das seinen Hilfeeinsatz anlässlich des Regimewechsels auf Geheiß der neuen Machthaber beenden musste. Die deutsche Botschaft bezahlte das Flugticket bis zur Destination Amsterdam und stellte mir einen Ministerialpass mit dreimonatiger Laufzeit aus. Da mit diesem keinerlei Immunität verbunden war, änderte man meinen Namen in Dr. Heinz Esser, medizinischer Fachreferent der Bundeszentrale für gesundheitliche Aufklärung. Auf diese Urkundenfälschung in staatlichem Auftrag war Klausner verfallen, mit dem mich, wie sich gezeigt hatte, unser beider enges Verhältnis sowohl zu Ulm (er war dort geboren) wie auch unsere tiefe Sympathie für den chilenischen Präsidenten verband. Klausner hatte von unserem Projekt keine Kenntnis gehabt, sich aber interessiert von mir Bericht erstatten lassen. Ich erzählte gleichwohl nicht alles; was mich belastete, ließ ich weg. Was Klausner indes hörte, nahm ihn, so glaube ich, durchaus für mich ein. Der Botschafter nahm mir das Gelöbnis ab, das heikle Dokument gleich nach meiner Einreise in Deutschland zu vernichten, andernfalls er mir sogar aus der Hölle heraus »einheizen« werde, wie er sagte, auch wenn mir mehreres an diesem Bild ungereimt vorkam.

Ich landete in Amsterdam Schiphol am 9. Oktober um acht Uhr abends nach über zwanzigstündiger Reise. Mit einem Taxi ließ ich mich unverzüglich zur Notaufnahme des Medisch Centrum Jan van Goyen bringen, weil ich der Überzeugung war, während des Fluges eine Thrombose im linken Bein entwickelt zu haben. Der Verdacht stellte sich als falsch heraus, aber man behielt mich da, um die bakterielle Infektion weiter zu behandeln.

Als ich nach drei Tagen aus dem Krankenhaus entlassen wurde, ging ich eine Weile ziellos, wie beseelt. Amsterdam kam mir vor wie eine Traumwelt, und kurz dachte ich darüber nach, einfach hierzubleiben. Ich hatte niemanden vermisst während der letzten Tage, ich wollte mit niemandem mehr reden.

Ich ging mit meinem kleinen Rucksack, dessen Gewicht auch ohne die Bänder noch schwer auf meinen Schultern lastete, bis heute lastet, vorbei am Rijksmuseum, über eine kleine Brücke, über noch eine, und stand an der Prinsengracht. Es war ein herrlicher Herbsttag, kühl, aber sonnig, einer dieser Herbsttage, über die Rilke geschrieben hat. Während meiner Behandlung hatte ich überwiegend geschlafen. Hin und wieder hatte ich an Ana gedacht, an Hernán und Óscar, die vielleicht nicht mehr lebten, an Stanley, der jetzt irgendwo in London seinem alten Leben nachging. Erst jetzt begriff ich, welches Privileg es war, wieder in ein altes Leben zurückzukönnen, auch wenn man ihm einmal entfliehen wollte. Ich sah die friedlichen Menschen, die in Anzügen oder Freizeitkleidung an mir vorübergingen, zur Arbeit, zum Friseur, vielleicht nur spazieren; ein paar von ihnen liefen wie auf dem Trimmdich-Pfad, man nannte das jetzt Joggen. Von Terror und Folter waren diese Menschen so weit entfernt, dass sie darüber niemals nachdenken würden, wenn nicht eine Meldung im Radio oder in der Zeitung ihnen hin und wieder ein verständnisloses Kopfschütteln abnötigen würde. Das Gefährlichste, was ihnen passieren konnte in dieser zivilisierten, traumhaft schönen Stadt, war, auf einem welken Buchenblatt auszurutschen. Ich fühlte den Frieden, der hier herrschte, in jeder kleinen Welle, die an die Hausboote der Prinsengracht plätscherte. Wenn man diesen Fußgänger dort sah, wie er Kleingeld aus seiner Hosentasche abzählte und an einem Stand seine Tageszeitung kaufte, dann hatte man das Gefühl, es sei nie anders gewesen und könne auch gar nicht anders sein. In Chile war es auch einmal so gewesen; ich hatte es erlebt.

Und plötzlich musste ich dieselben Gedanken denken, die mir schon auf der Bank am Mapocho durch den Kopf gegangen waren, als ich mich langsam von ihr erhoben hatte, weil ich dachte, dass es damit anfangen musste, egal, wie ich mich entscheiden würde. Ich nahm den Rucksack vom Boden auf, schwankte, geradezu schockiert von seinem beharrlichen Vorhandensein. Der Gedanke an Anas Gesicht, ihren Körper, die Art, wie ihre Augenlider beim Zuhören zitterten, erzeugten kaum eine Regung in meinem Inneren; was in mir vorging, verlor sich wie in einer dicken Dämmschicht.

Bei denjenigen, hinter denen Brauer und Barrientos und Falcón her waren – die Signaturen –, war es dasselbe. Auch für ihre Gesichter und Körper hatte ich weder Bild noch Regung. Ich wusste nur, es gab sie, zu Tausenden. Leute wie Emilio, wie Alfonso, Leute wie die zahllosen Menschen in den Poblaciónes, die OMO und Kartoffeln in den Komitees verteilten, oder die einfach nur verängstigt zu Hause saßen und gar nichts taten. Während ich auf der Bank saß, hielt ich ihr Leben in meinen Händen. Noch waren sie nichts als Zahlenfolgen auf einem Magnetband, ohne Körper, Gesicht oder ein Leben, das sie verlieren konnten. Sobald ich die Bänder aber dem Militär übergäbe, würden echte Menschen aus ihnen werden, Menschen mit ihren Familien, die sie aufrichtig und auf der Basis wirklichen Vertrauens liebten, Menschen, die die Quena spielen konnten oder die Charango, die gemeinsame Pläne hatten, welche sie wiederum höchstens für eine Sache zu opfern bereit wären, die größer und bedeutender wäre als sie. Menschen, die nicht wissen konnten, dass ich hier saß mit ihrem Leben in meinen Händen, die sich aber vielleicht schon bald, auf eine Parrilla geschnallt, ihrer Würde beraubt und sterbend, fragen würden, wie sie dort hingekommen waren.

Die Antwort war – ich. Ich, hier, jetzt, am 3. Oktober 1973, um 18 Uhr.

Nur wer seine individuellen Interessen überwindet, wird dem Sozialismus zum Sieg verhelfen.

Was war mein Interesse? Ich wusste es nicht, hatte es noch nie gewusst. Vielleicht war mein Herz leer. Aber auch darauf kam es nicht an; ich war hier, und das Dilemma würde nicht verschwinden.

Auf welcher Grundlage soll man solch eine Entscheidung treffen – für einen bekannten gegen Tausende unbekannter Menschen? Es ist Zufall, dass man diesen kennt und jene nicht. Ist also auch die Entscheidung von nichts als dem Zufall abhängig? Oder verlangt sie im Gegenteil ein endgültiges Bekenntnis im ewigen Widerstreit zwischen dem Egoisten und dem Altruisten in uns? Wie bleibt man mit sich im Reinen, wenn man denkt wie der Zweite, aber handelt wie der Erste? Sicher, man kann auf seine Liebe verweisen; man liebt nun einmal nicht Tausende von Unbekannten. Nur die eine Liebe bedeutet etwas für das eigene Leben, bedeutet vielleicht alles. Aber warum sollte *objektiv* die Bedeutsamkeit eines einzelnen, mit mir rein zufällig verbundenen Menschen über diejenige Tausender hinausgehen, mit denen ich ebenso zufällig *nicht* verbunden bin? Weil die Liebe einen direkt berührt, die bloß mögliche Bedeutung der Unbekannten aber überhaupt nicht. Die Liebe ist konkret, nicht abstrakt; deswegen halten wir sie für dringlicher, für wahr.

Aber was, wenn sie das gar nicht ist, es nie war?

Ich holte die Magnetbänder aus meinem Rucksack hervor. Sah nach links und nach rechts. Es waren nicht viele Passanten unterwegs: eine ältere Frau mit einem kleinen Hund, eine junge Mutter mit Kinderwagen und einer weinenden Tochter. Weiter hinten sah ich ein paar Kinder, die langsam in meine Richtung kamen.

Es war nicht kompliziert. Etwas völlig anderes, als Hunderte von Lastwagen und Tausende von Arbeitern gleichzeitig über ein Netzwerk zu koordinieren, das das ganze Land überspannt, mit einem mathematischen Algorithmus, der für die meisten Menschen unbegreiflich ist. Es gab genau zwei Möglichkeiten: die Bänder über die Brüstung in den Mapocho werfen oder warten, bis die Kinder hier waren.

Ana oder die Menschen, so unwirklich das auch schien. Wirklich würde nur das werden, was ich tat.

1111

- - - - - - - - - - - - - -

ECHTZEIT

Der Verkehr am Morgen des 11. Septembers 1973 unterschied sich nicht von dem an anderen Arbeitstagen um halb acht. Später würden die Leute sagen, dass jeder gewusst habe, was an diesem Tag passieren würde, doch nur einige wenige konnten es wirklich wissen. Alfonso hatte noch zwei Tage zuvor den Präsidenten in seinem Wochenendhaus gesehen. Allende hatte für den Montag geplant, die Volksabstimmung anzukündigen, die die aufgepeitschte Stimmung beruhigen sollte, doch der neue Oberkommandierende der Armee, Augusto Pinochet, hatte Allende überredet, sie um zwei Tage nach hinten zu verschieben. Da wusste Alfonso, dass das exakt die beiden Tage waren, die die Faschisten für ihre letzten Vorbereitungen benötigten.

Es hatte eine Generalprobe gegeben. Bereits am 29. Juni hatte sich die 2. Panzerdivision unter General Super erhoben und die Moneda umstellt. Die Aktion war miserabel vorbereitet und koordiniert, die Unterstützung der anderen Offiziere blieb aus, und ohne eines ihrer Geschütze abgefeuert zu haben, konnte General Carlos Prats die abtrünnige Division innerhalb weniger Stunden zum Aufgeben zwingen. Ebenfalls innerhalb weniger Stunden hatte sich der zivile Widerstand formiert: Die Arbeiter hatten ihre Fabriken besetzt und sich sofort verteidigungsbereit gemacht, nicht zuletzt, weil wir die Nachricht sofort in Umlauf gesetzt hatten.

Als ich an diesem 11. September kurz vor acht Uhr im CORFO ankam, waren Ana, Hérnan, Octavio, Óscar und alle anderen schon da, aber niemand wusste etwas Handfestes über das, wovon alle nur dunkel ahnten, dass es heute geschehen würde. Einzig Mario hatte beobachtet, dass sich eine halbe Stunde zuvor bereits eine Traube von Journalisten vor der Moneda versammelt hatte. Außerdem waren die Telefonverbindungen in andere Teile des Landes unterbrochen. Das geschah ständig und musste nichts heißen, aber es passte ins Bild.

Um Punkt acht Uhr wurde das Radioprogramm unterbrochen, und zwar auf allen Frequenzen gleichzeitig. Eine Stimme, die von da an öfter zu hören sein würde, verlas mit monotoner Stimme ein Kommuniqué.

»Die Streitkräfte und die Carabineros Chiles erklären, erstens: Der Präsident der Republik hat sein Mandat umgehend an die Streitkräfte und die Carabineros abzugeben. Zweitens: Die Streitkräfte und die Carabineros haben sich vereinigt, um Chile vom marxistischen Joch zu befreien. Unterzeichnet: Augusto Pinochet Ugarte, Oberbefehlshaber des Heeres.«

Man hatte bewusst gewartet, bis die Arbeiter ihren Dienst in den Fabriken angetreten hatten; nun verbot man ihnen, sich aus diesen wieder zu entfernen.

Niemand sagte ein Wort. Wo ich auch hinsah, erblickte ich Trauer. Nicht Bestürzung, wie wenn etwas Unvorhergesehenes passiert; eine Trauer, die drei Jahre Zeit gehabt hatte, sich auf diesen Moment vorzubereiten. Ich dachte an Ana und dass es vernünftig von ihr war, nicht mehr hierherzukommen. Ich konnte nur hoffen, dass sie gewarnt war. Sie und Emilio. Sie würden beide untertauchen, dessen war ich mir absolut sicher.

Unser Verhältnis hatte sich nach jenem Tanzabend vor knapp einem Jahr verändert; ich bemühte mich, für Ana das zu sein, was man einen guten Freund nennt, und ich glaube, es gelang mir. Natürlich hatte mich ihre Zurückweisung verletzt; in den ersten Tagen danach hatte ich mich, bloßgestellt und gedemütigt, wie in einen Panzer zurückgezogen. Aber das ging vorbei. Ich akzeptierte ihre Beziehung zu Emilio, auch wenn ich sie weder verstand noch den Eindruck hatte, dass Ana darin besonders glücklich war. Ich akzeptierte ihre Entscheidung, wie ich all ihre anderen Entscheidungen auch akzeptierte. Es tat mir gut, wenig zu wollen.

Damals befanden wir uns auf dem Höhepunkt des Oktoberstreiks. Wir führten einen Kampf an vielen Fronten: gegen die Unternehmer, gegen die Transportleute, gegen alle die, die sich in ihrem blinden Hass auf Allende miteinander verbündet hatten. Der Streik forderte nicht nur all meine Kräfte, er forderte alles von uns als Team. Nur durch unseren unablässigen Einsatz und vor allem unseren Glauben an seinen Erfolg konnten wir eine Summe bilden, die viel mehr war als die Einzelteile, aus denen sie bestand. Es gab nichts, worum wir uns nebenher hätten kümmern können, all unsere Aufmerksamkeit war auf diese eine Sache konzentriert.

Nach dem Ausfall Óscars sowie Stanleys Abreise war ich derjenige mit der größten Verantwortung. Ich war schon immer ein gewissenhafter Mensch gewesen, als Schüler, als Sohn, als Student; jetzt verschrieb ich mich dem Ziel mit einer Ausschließlichkeit, wie ich es zuvor noch nicht erlebt hatte. Obwohl unser Ziel ein äußerliches war, noch dazu in einem fremden Land, hatte ich es mir vollkommen zu eigen gemacht. Mir war, als würde sich ein einziger großer Organismus gegen die drohende Ungerechtigkeit stemmen, die der Sturz Allendes bedeutet hätte. Wir standen alle gemeinsam auf der richtigen Seite. Die Solidarität, die uns vereinte, ließ mich Anas Zurückweisung vergessen, erschien mir sogar als etwas, wofür das romantische Versprechen immer nur blasses Surrogat sein kann.

Auch die Faschisten mobilisierten ihre letzten Kräfte. Um die Linke zu schwächen, nahmen sie das gesamte Land als Geisel; dass aus dieser Selbstzerfleischung niemand als strahlender Sieger hervorgehen konnte, spielte für sie längst keine Rolle mehr. Wo unter den Linken der glühende Idealismus bisweilen ihr gesundes Urteilsvermögen außer Kraft setzte, besorgte dies bei den Rechten ihr Hass auf jeden, der ihre Vorherrschaft infrage stellte. Ihre Angriffe auf Treibstoffleitungen und Lebensmittelkonvois rissen nicht ab, die Schießereien auf den Straßen, die Hetzkampagnen in der rechten Presse: Sie hatten die letzte Phase dieses Klassenkampfes eingeläutet. Doch die Solidarität der Arbeiter und der Versorgungskomitees half, ihrer Blockade zu widerstehen.

Ende Oktober erschien ein großer Artikel im *Mercurio*, der mit GEHEIMPLAN CYBERNET überschrieben war. In reißerischen Dreiwortsätzen wurde unser Projekt darin als »Kommunistenmaschine« bezeichnet, die die Staatskontrolle übernehmen und die gesamte Gesellschaft unterjochen wolle. Effektvoll waren daneben zwei Fotos platziert, von denen das eine die Aushebung eines Waffenlagers durch Soldaten, das andere eine zerstörte Hochspannungsleitung zeigte. Im Grunde fasste das den Ton und die Absicht des Artikels erschöpfend zusammen; sachlich stimmte daran nicht eine einzige Zeile. Die Autorin des Artikels war eine gewisse Yolanda Wilkinson; ich brauchte einen Moment, um mir ihr Gesicht zu vergegenwärtigen, wie sie sich im Garten von Anas Eltern angeregt mit Stanley unterhalten hatte. Als sie sich, anders gesagt, von ihm über die Einzelheiten unseres Projekts ins Bild setzen ließ.

Ich versuchte, nicht zu viel darüber nachzudenken, was Stanleys Geltungsbedürfnis damit zu tun hatte, dass nun Journalisten das CORFO bestürmten und uns zum Gegenstand ihrer abgekarteten Kampagne machten. Ich werfe Stanley nichts vor, aber ich sah bereits kommen, was wenige Wochen später tatsächlich eintreten sollte: Im Dezember 1972 wiederholte Stanley per Telex aus London seine Forderung nach mehr Beteiligung der Volkskomitees – und einem höheren Honorar. Beides konnte die

Regierung nicht erfüllen, und Stanley musste das gewusst haben. Sein nächster Besuch, der für denselben Monat geplant gewesen war, wurde mehrmals verschoben, bis schließlich niemand mehr davon sprach.

Alfonso und Stanley hätten sich vermutlich nicht mehr getroffen. Schon allein aus terminlichen Gründen: Allende hatte Alfonso nach dem Streik zum Wirtschaftsminister gemacht; bereits im Dezember begleitete er den Präsidenten zur Generalversammlung der Vereinten Nationen nach New York.

Ich sah Allendes Rede zusammen mit dem Team im Fernsehen; in einem Interview im UNO-Gebäude sahen wir sogar kurz Alfonso im Bild. Ich war stolz – auf Alfonso, darauf, irgendwie dazuzugehören, und natürlich auf Allende, der für seine lange, faktenreiche und mitreißende Rede von den Delegierten stehende Ovationen bekam. Allende hielt sie nicht wütend, nicht vorwurfsvoll, nicht klassenkämpferisch; er sagte ganz einfach, wie es in diesem geschichtlichen Augenblick um sein Land stand.

»Meine Herren Delegierten, ich klage vor der Weltöffentlichkeit die ITT an, in meinem Vaterland den Bürgerkrieg heraufbeschwören zu wollen. Das ist das, was wir als imperialistische Intervention bezeichnen.

Die ITT hat zugegeben, dass sie die Regierung der Vereinigten Staaten ersucht hat, in die politische Entwicklung einzugreifen. Ich habe hier das Dokument mit dem Datum vom Oktober 1971, das die 18 zu diesem Plan gehörigen Punkte enthält. Vorgesehen waren die wirtschaftliche

Erdrosselung, die diplomatische Sabotage, die Organisation eines sozialen Chaos, die Schaffung einer Panikstimmung unter der Bevölkerung, damit, wenn die Regierung abgesetzt wäre, die Streitkräfte sich veranlasst sähen, die demokratische Ordnung aufzuheben und eine Diktatur zu errichten.

Wir haben es mit einer direkten Konfrontation der großen supranationalen Gesellschaften und der Staaten zu tun. Aber diese Gesellschaften handeln nicht nur gegen die ureigensten Interesse der Entwicklungsländer, sondern ihre unkontrollierte Unterdrückungspolitik richtet sich ebenso gegen die Industriestaaten, in denen sie sich niedergelassen haben. Einmal mehr steht die internationale Solidarität der Werktätigen einem gemeinsamen Feind gegenüber, dem Imperialismus.«

Am meisten bewegte mich ein Satz, den er später in derselben Rede sagte. Er klang ganz unscheinbar, aber in seiner Nüchternheit vollkommen zwingend. »Meine Herren Delegierten, das chilenische Volk hat genügend politische Reife erlangt, um sich mit Mehrheit für die Ablösung des kapitalistischen Wirtschaftssystems durch das sozialistische zu entscheiden« – ganz so, als ergäbe sich diese Entscheidung bei unvoreingenommener Betrachtung mit absoluter Notwendigkeit. So sah es Allende, bis zum Schluss.

Es waren weder unser Projekt noch unsere Unnachgiebigkeit, noch unsere solidarische Hingabe gewesen, die den Streik beendet hatten, so gern ich auch eine solche Heldengeschichte erzählen würde. Es war die politische

Räson Allendes gewesen, ein Winkelzug, den er in den kommenden Monaten noch mehrmals anwenden sollte: Er machte Zugeständnisse, indem er ein paar unliebsame Leute aus seinem Kabinett warf und dafür ein paar hineinholte, auf die sich alle verständigen konnten. Seine wirkungsvollste Maßnahme war, den Oberbefehlshaber der Streitkräfte, General Carlos Prats, zum Innenminister zu machen. Prats bekannte sich zur Verfassung und kündigte an, den Streik notfalls mit Hilfe der Streitkräfte zu beenden, auf deren Rückhalt er zu diesem Zeitpunkt noch zählen konnte. Es dauerte keinen halben Tag, da gab der Unternehmerverband das Ende des Ausstands bekannt.

Das fühlte sich für uns im ersten Augenblick wie ein Sieg an, doch unser Freudentaumel wich schnell dem Bewusstsein, wie klein der Beitrag war, den wir dazu geleistet hatten. Wir konnten von Glück sagen, dass Allende eine politische Lösung gefunden hatte; viel länger hätten wir nicht durchhalten können, wir alle nicht. Unserem Netzwerk zum Trotz, das sich über das ganze Land ausgedehnt, innerhalb kürzester Zeit Tausende Kilometer überbrückt und uns nahezu in Echtzeit am gleichzeitigen Geschehen an über zweihundert Orten hatte teilhaben lassen – trotz dieser technischen Verästelung in die feinsten Kapillaren der zivilen Selbstverwaltung war das Land so gut wie erledigt. Im November 1972 war die Versorgungslage katastrophal wie nie, die Inflation entwertete das Geld in rasendem Tempo, Importe von lebenswichtigen Gütern wie Medikamenten oder auch nur Reis waren de facto unmöglich geworden. Allende hatte ein Land gerettet, das längst auf lebenserhaltende Maßnahmen angewiesen war.

Und ich bekam Ärger.

Ich bekam Ärger mit Alfonso, weil ich vorsätzlich die Weisung des Kabinetts missachtet hatte, die Militärfahrzeuge nicht zur Versorgung der kommunalen Selbstverwaltung und enteigneten Fabriken einzusetzen.

»Es fällt mir sehr schwer, erkennen zu müssen«, sagte Alfonso in Óscars Büro zu mir, »dass du den demokratisch gewählten Kongress und Souverän des chilenischen Volkes für derartig irrelevant hältst, dass du dich einfach so über dessen Anweisungen hinwegsetzt.«

»Ich habe mich nicht darüber hinweggesetzt«, sagte ich.

Alfonso wartete darauf, dass ich etwas Substanzielles hinzufügen würde.

»Du weißt doch selbst, dass Cyberstride rein quantitativ arbeitet. Wenn ich hundert Lkws zur Verfügung habe, dann kann ich mir die nicht nach Farbe aussuchen.«

»Dann ist es also die Schuld unseres Systems? Dann müssen wir es also so betrachten, dass nicht wir uns über den Kongress hinweggesetzt haben, sondern dass unser System sich über *uns* hinweggesetzt hat? Glaubst du, dass das – selbst wenn es stimmen würde – auf den Kongress einen signifikant vertrauenerweckenderen Eindruck machen würde? Dass unser System seine eigenen, von uns nicht zu kontrollierenden Entscheidungen trifft?«

»Nein«, sagte ich.

»Juan«, sagte Alfonso. »Du kannst mir glauben, dass ich die politische Realität in diesem Land weitaus besser kenne als du. Ich teile die Meinung des Kongresses nicht in allen Punkten, aber ich respektiere ihn als Entscheidungsgremium, denn ein anderes haben wir nicht. Es ist inakzeptabel, dass sich ein untergeordneter Techniker Entscheidungen von so weitreichender politischer Bedeutung anmaßt.«

»Ich habe …«

»Lass mich das klar sagen, denn dein Verhalten zeigt mir, dass du es noch nicht verstanden hast: Die Christsozialen, die bisher unser Verbindungsglied zum Mittelstand gewesen sind, haben sich längst auf die Seite der Nationalpartei geschlagen, auch wenn sie es noch nicht zugeben. Gemeinsam können sie jetzt jedes unserer Gesetze abschmettern. Wir brauchen aber ihre Zustimmung täglich, für Handelskredite, für lebenswichtige Importe, dafür, dieses Land nicht kollabieren zu lassen. Diese Leute verlangen als unser mindestes Entgegenkommen, dass wir das Privateigentum schützen. Und was tun wir? Wir tun hinter ihrem Rücken das genaue Gegenteil und benutzen noch dazu das Militär dafür, obwohl auch unser Überleben davon abhängt, dass es neutral bleibt! Wenn das weitergeht, Juan, dann gibt es einen Bürgerkrieg! Verstehst du, wovon ich spreche?«

Auch wenn ich Alfonso nicht widersprach: Besonders neutral verhielt sich das Militär nicht, im Gegenteil legte es die Gesetze nach eigenem Gutdünken aus. Nachdem die Regierung ein Gesetz gegen den Privatbesitz von Waffen verabschiedet hatte, um die Opposition zu schwächen und den Terror einzudämmen, nutzte die Armee die neuen Befugnisse hauptsächlich dazu, gegen die linken Selbstverwaltungen und Arbeiter vorzugehen. Täglich fanden Razzien statt, vereinzelt wurden dabei Menschen verletzt oder sogar getötet. Der Fluss der Ereignisse war voller Strömungen und Wirbel; wenn man sich nicht vorsah, konnte man nur zu leicht darin ertrinken.

Auch Óscar hielt, nachdem er genesen und wieder ins CORFO zurückgekehrt war, mit seiner Kritik an mir nicht hinterm Berg. Er brachte neue Anweisungen von Alfonso mit und wirkte, alles in allem, nicht allzu erfreut, mich zu sehen. Mir gefiel schon nicht, dass er mich in sein Büro zitierte, als hätte ich mich vor ihm zu verantworten; ich konnte schließlich alles, was ich getan hatte, vor mir selbst verantworten.

»Pass auf«, sagte ich, um nicht wieder in meiner Ecke zu bleiben. »Dass Alfonso sauer ist, kann ich verstehen. Er muss im Kongress den Kopf hinhalten, er setzt seine Karriere aufs Spiel.«

»Es geht ihm nicht um seine Karriere«, sagte Óscar, als hätte ich ihn persönlich beleidigt.

»Kann sein. Aber all die Ideen, die wir in den letzten zwei Wochen umgesetzt haben, kommen ja nicht aus heiterem Himmel. Ich habe nichts anderes gemacht als das, wovon Stanley von Anfang an gesprochen hat. Weißt du noch? Mitbestimmung. Teilhabe. Transparenz.«

Vor uns lag ein Memo, das gestern verschlüsselt über den Fernschreiber aus London gekommen war. Stanley setzte darin die Ansprüche unseres Projekts nochmals herauf, indem er »die gleichberechtigte Einbeziehung aller gesellschaftlichen Kräfte in die politischen Entscheidungsprozesse als absolute Voraussetzung für den kybernetischen Wandel im Denken der Menschen« forderte. Mir erschienen die Formulierungen hochgestochen, wenn auch inhaltlich voll zutreffend. Óscar hingegen fasste das Papier mit spitzen Fingern an.

»Stanley ist aber nun mal nicht hier«, sagte er. Es klang wie ein Vorwurf. Es klang wie: »Stanley hat hier überhaupt nichts mehr zu sagen.«

Ich empfand das als Unverschämtheit. »Stanley ist der Grund, aus dem wir uns hier unterhalten«, sagte ich, und wenn darin anklang, dass ich für eine Unterhaltung mit Óscar ansonsten keinen Anlass gesehen hätte, dann war das nicht zu ändern.

»Er kennt aber die tatsächlichen Gegebenheiten nicht! Er ist ein Wissenschaftler und Berater, kein Manager!« Wie ich nun erfuhr, war Óscar inzwischen nicht nur die Finanzplanung und Buchhaltung von Cybernet zugefallen, sondern auch die operative Leitung. Seine erste Direktive war, dass das System in Zukunft deutlich weniger aktiv ausgerichtet sein würde.

»Was soll das heißen?«

»Das heißt, dass wir uns nicht mehr in den Transport einmischen, das ist Sache der DINAC. Und was die Fabriken angeht, so stellen wir ihnen lediglich statistische Daten über die Ersatzteil- und Rohstoffbestände auf dem Markt zur Verfügung. Mehr nicht.«

»Mehr nicht? Das ist absurd! Das ist, als hätte man einen Ford Mustang und würde damit nur im Schritttempo fahren.«

»Niemand in Chile fährt einen Ford Mustang«, sagte Óscar. »Davon abgesehen treffe ich hier nicht die Entscheidungen. Ich setze sie nur um. Wir haben immer noch ein wegweisendes Projekt an der Schnittstelle von Wissenschaft und Technik.«

»Wie aufregend«, sagte ich.

»Es geht hier nicht um dein persönliches Abenteuer, sondern um ein nützliches Instrument zur Wirtschaftsförderung.«

»Es *war* nützlich. Wir haben die Faschisten damit kleingekriegt!«

»Nein. Haben wir nicht. Allende hat einen Kompromiss ausgehandelt. Wir haben niemanden kleingekriegt.«

»Einen Kompromiss«, sagte Ana, »erkennt man immer daran, dass er den Mächtigen hilft!« Sie war wütend, das verstand ich; ich verstand nur nicht, warum auf mich. Ganz abgesehen davon, dass ich mit der Entwicklung auch nicht einverstanden war, konnte ich nichts daran ändern. Auch Stanley konnte nicht helfen, mit seinen immer avantgardistischeren Ideen über die Beteiligung der Arbeiter und seinen finanziellen Forderungen hatte er all seinen Einfluss verspielt. Das zumindest war die kolportierte Version. Es konnte allerdings ebenso gut sein – und das hielt ich nicht für weniger wahrscheinlich –, dass es Alfonso gewesen war, der seinen Einfluss begrenzt hatte.

Cybernet war klinisch tot. Es wurde lediglich künstlich am Leben gehalten, weil Alfonso einzelne Teile davon nützlich fand, etwa die Wirtschaftssimulation und die statistischen Erhebungen. Der Teil aber, mit dem wir aktiv in die Produktionsverhältnisse eingreifen konnten, wurde eingestellt. Nachdem Allende das Kriegsrecht wieder aufgehoben hatte, beteiligte sich das Militär nicht mehr an Transportaktionen; die privaten Unternehmen taten es nur, soweit die Bezahlung stimmte. Alles schleppte sich der letzten großen Vorstellung entgegen.

Der Opsroom, an dem wir ein ganzes Jahr gearbeitet hatten und der einsatzbereit im Keller von Quimantú stand, würde niemals seinen eigentlichen Zweck erfüllen. Ich erinnere mich, dass ich noch ein einziges Mal dort hinfuhr, kurz nachdem Allende in den Kongresswahlen bestätigt worden war. Ein letztes Aufbäumen der Unidad Popular: Alle, links wie rechts, hatten damit gerechnet, dass die Wahl zugunsten der Konservativen ausgehen würde, die Bourgeoisie war extrem siegessicher gewesen, schien doch Allende politisch am Ende. Doch dann wurde die UP mit einer knappen Mehrheit im Kongress bestätigt, und eine Million Menschen gingen auf die Straße, um Allende zu feiern. Für ein paar Tage im März 1973 flammte die Hoffnung wieder auf, dass es doch noch einmal einen Neustart würde geben können. Ich schloss das Verlagsgebäude auf, ging nach unten, schaltete das Licht ein, und dort stand er, unwirklich, wie eine Kulisse, aber doch so gut wie einsatzbereit: der Opsroom, den ich gezeichnet, zusammengeschraubt und verdrahtet hatte. Ich setzte mich in einen der Stühle, strich mit der Hand über die kühle Kunststoffoberfläche, spürte dem Druckpunkt der Tasten nach, mit dem die Anzeigen auf den Bildschirmen gesteuert werden sollten. Ich stellte mir vor, wie wir die Anlage in der Moneda mit dem IBM koppeln würden und wie auf den Bildschirmen tatsächlich aktuelle, genau in diesem Moment erhobene Daten erschienen, ein irrwitziger, vielleicht nie wahr werdender Traum: dass ein einzelner Mensch – ich – aus diesen Sesseln heraus die Produktion steuern könnte wie ein Schiff, unterwegs in unbekannten Gewässern, mit einer Fracht, die so schnell und sicher wie möglich in den Zielhafen gelangen musste. Ich stellte mir vor, wie Allende vor hohen Würdenträgern, live im Radio übertragen, die Einweihungsrede halten würde, die Stanley für ihn geschrieben hatte.

»Jetzt, da Sie das erste Mal in diesem Raum stehen, werden sie ihn wahrscheinlich ziemlich merkwürdig finden. Aber ich kann Ihnen aus eigener Erfahrung versichern, dass das, was Sie hier sehen, keine Science-Fiction ist, sondern Science-Fact. Diese Anlage funktioniert wirklich, und jeder von uns kann verstehen, auf welche Weise sie das tut. Denn wir sollen diejenigen sein, die sie nutzen werden. Ja, Compañeros: Wir werden diese Maschinen nutzen – nicht umgekehrt. Der Mensch wird durch die ausgefeilte Technik, die Sie hier sehen, nicht entmenschlicht werden. Die Entmenschlichung findet an Orten wie diesem erst dann statt, wenn die Macht dieser Technik in falsche Hände gerät und dazu genutzt wird, das Volk zu unterdrücken und auszubeuten. Wir alle müssen gemeinsam daran arbeiten, dass so etwas niemals geschieht.«

Der Augenblick, in dem diese Rede wirklich gehalten

werden würde, schien möglich. Nicht nah, aber möglich. Doch er sollte nie kommen.

Stattdessen wurden die Krawalle, der Notstand und der Terror schlimmer als je zuvor. Die Faschisten waren nach der Machtdemonstration der Linken wie entfesselt.

Einige Tage nach der Wahl gab es einen Überfall an der Chile, dessen Zeuge ich wurde. Ich hatte an diesem Tag eine meiner Designklassen von 10 bis 12 Uhr am Vormittag gehabt; nach Ende des Kurses machte ich mich auf zur Bushaltestelle, bemerkte aber, dass ich eines meiner Bücher liegen gelassen hatte, das ich für die Vorbereitung der nächsten Stunden benötigte. Also kehrte ich zurück. Als ich den Campus betrat, hörte ich einen Tumult im Innern des Gebäudes; es klang ungewöhnlich laut und wütend, also ging ich nachsehen. Im Treppenhaus wurde deutlich, das die Geräusche aus einem der oberen Stockwerke kamen; es klang nach einem Kampf. Kurz spielte ich mit dem Gedanken, von der Verwaltung aus die Polizei zu verständigen, aber dann dachte ich doch eher an einen Streit unter Studenten, die sich wegen irgendeiner Lappalie aufspielten. Bis ich im Flur des ersten Stocks ankam und die Maskierten sah.

Sie waren mit Eisenstangen bewaffnet und schlugen auf die Studenten ein, die teils flohen, sich teils aber auch mit erhobenen Armen vor den Hieben zu schützen suchten. Die dunklen Hemden und die unübersehbaren Armbinden mit dem Zeckenemblem der Angreifer ließen keinen Zweifel daran, dass sie Mitglieder der Patria y Libertad waren.

Straßenkämpfe gehörten in diesen Wochen zur Tagesordnung, meistens provoziert durch Demonstrationen, die die Linken für oder die Rechten gegen Allende veranstalteten. Die Requisiten waren dieselben wie in Deutschland: Wasserwerfer, Tränengas, Steine. Allerdings, etwas war anders. Während sich in Deutschland linke Studenten und Polizisten gegenüberstanden, waren es hier drei Parteien: die Linken gegen die Rechten, dazwischen der Staat. Die Kämpfe waren heftiger und erbitterter als in Deutschland, immer wurden Reifen oder sogar Autos angezündet, Fensterscheiben zerschlagen, und wenn die Staatsmacht die Kontrolle zu verlieren drohte, dann wurde scharf geschossen.

Der Hass, den ich bei diesem Überfall spürte, war mir unerklärlich. Ich sah einen der Angreifer vor mir, der auf eine junge Frau einschlug, die vor ihm am Boden kniete und es unter den Schlägen nicht schaffte, von ihm wegzukommen. Ohne nachzudenken hielt ich die Brechstange, die er über den Kopf gehoben hatte, fest und riss sie ihm aus der Hand. Obwohl ich Angst vor ihm hatte, wagte ich nicht, meinerseits zuzuschlagen; eine solche Waffe konnte tödlich sein. Der Mann, ebenfalls maskiert, stand wie erstarrt vor mir, abwartend, zu welcher Handlung ich ansetzen würde. Und während ich mich damit begnügte, ihn in Schach zu halten, ohne mir Gedanken darüber zu machen, wie es jetzt weitergehen würde, war die Frau aufgestanden und hatte dem Schläger, begleitet von einem Wutschrei, die Maske heruntergerissen.

Es war ein Student. Nicht aus einer meiner Klassen,

überhaupt kannte ich den Mann nicht; aber die Art und Weise, wie die Frau ihn ansah und nach Worten rang, machte klar, dass sie in ihm einen Kommilitonen erkannt hatte, jemanden, mit dem sie gelernt, gelacht und vielleicht in der Mensa zu Mittag gegessen hatte.

Der Mann rannte weg, und bald verlor sich der Angriff. Ein paar Verletzte blieben zurück, mehrere hatten Prellungen und Knochenbrüche davongetragen. Mir war es nur dieses eine Mal geschehen, andere erlebten das zweimal die Woche. Wir alle zusammen erlitten es täglich.

Den Grund, warum die anderen aus unserem Team an diesem Dienstagmorgen des 11. September pünktlich zum Dienst ins CORFO gekommen war, kenne ich nicht. Ich weiß nur, warum ich gekommen war.

Es war nicht so, dass wir schon das Vibrieren der Stahlketten auf dem Asphalt spürten, als wir die Ansprache Pinochets im Radio hörten. Wir wussten nur, dass dieses Vibrieren so nah war, dass wir jetzt handeln mussten, sofort. »Sie kommen, sie kommen!«, als wüsste es nicht ohnehin jeder, wurde es immer wieder gerufen. Wir verfielen nicht in Panik, jedenfalls nicht äußerlich. Natürlich versuchten wir, die Compañeros zu warnen, alle Compañeros, überall. Doch die Leitungen waren tot. Wir konnten niemandem helfen, höchstens uns selbst, und auch das war eine Illusion.

Ich kann nicht behaupten, dass ich nie an Flucht gedacht hätte. Aber ich tat es, wie man an die Mondlandung denkt, als ein Ereignis, das gleichermaßen vorstellbar wie unvorstellbar ist. Ich hatte zu keinem Zeitpunkt irgendwelche Schritte unternommen, das Land zu verlassen, war nicht einmal in die Nähe des Flughafens gekommen. Was mich schmerzte und was ich unbedingt widerlegen zu müssen glaubte, war, dass Ana mir einen solchen Schritt offenbar zutraute.

In großer Eile machten wir uns daran, die Verwaltungsunterlagen des CORFO zusammenzutragen und zu verbrennen; Personalakten, Projektanträge, Namen und Daten von Fördergeldempfängern. Dies alles waren nicht nur, aber hauptsächlich Anhänger der Unidad Popular, und wenn wir auch noch nicht wussten, in welchem Ausmaß sie verfolgt werden würden, so war uns doch allen klar, dass genau das passieren würde.

»Warum vernichten wir dann nicht alles?«, sagte Hernán. »Ich meine, sie kommen sowieso hier rein, früher oder später.«

»Nur über meine Leiche!«, rief einer der CORFO-Dienstältesten aus der zweiten Etage, Ernesto Villarón. Er sah aus, als würde er demnächst ohnehin an Bluthochdruck sterben, und steckte sich eine Zigarette an der nächsten an. Er wollte uns wahrscheinlich nur Mut machen, aber dass wir sie »in die Flucht schlagen« würden, daran glaubte niemand. Ernesto hatte, wie wir alle, die Schlagzeile in *El Siglo* vom Sonntag gelesen: ALLE MANN AUF GEFECHTSSTATION! Sein Heldenmut sprang nicht auf uns über. Zu unserer Verteidigung hatten wir genau zwei Waffen im Haus, die beide noch mit Schwarzpulver funktionierten; von kampferprobten Männern konnte keine Rede sein. Was nicht bedeuten sollte, dass der Gegner kampferprobt war: Die nämliche *El Siglo* hatte, als im Juli die Folterungen loyaler Offiziere ans Licht gekommen waren, darauf hingewiesen, dass die chilenische Armee seit über hundert Jahren nicht mehr zum Schuss gekommen war. Auch auf der anderen Seite wollte man sich beweisen.

»Sie haben Panzer«, erinnerte Pedro Vuskovic, als könne man das leicht vergessen; kurz nach dem Oktoberstreik hatte er die Leitung des CORFO übernommen, nachdem Alfonso zum Wirtschaftsminister ernannt worden war. Ich habe mich nie gefragt, welche Ränke dort in den politischen Hinterzimmern geschmiedet worden waren, doch dass Vuskovic kein großer Unterstützer eines Projekts war, das sein politischer Rivale initiiert hatte, konnte mich nie wundern. »Your system is not going to stop tanks and planes and bigger strikes. If they are killing us, your concept is worthless«, hatte er gesagt, und wir hatten dazu nur stumm nicken können. Spätestens ab dem 27. Juli 1973 konnten wir uns von der Richtigkeit dieser Einschätzung selbst überzeugen, als die Transportunternehmer einen neuen Streik begannen. Wieder beteiligte sich das gesamte bürgerliche Lager, und diesmal war der Streik sogar noch besser organisiert und wurde noch breiter unterstützt als der erste. Das Entscheidende war: Diesmal beteiligten sich auch die Kupferarbeiter, die den Löwenanteil von Chiles Nationaleinkommen erwirtschafteten.

Dieser Streik war nicht mehr aufzuhalten. Am 24. August, einen Monat nach seinem Beginn, sah sich Allende gezwungen, erneut das Kabinett umzubilden. Prats musste zurücktreten, weil er den Rückhalt verloren hatte; ob den Allendes oder den seiner Offiziere, weiß ich nicht. An seiner Stelle wurde General Augusto Pinochet Oberbefehlshaber der Streitkräfte. Er schwor den Eid auf die Verfassung und schüttelte dem Präsidenten im Fernsehen die Hand. Knapp drei Wochen später ließ er Bomben auf ihn abwerfen.

Mir kommt immer wieder das Bild der Welle in den Sinn, das Ana später, nach dem Putsch, heraufbeschwören sollte, als wir gemeinsam in meinem Bett lagen und uns vor der Realität zu verkriechen versuchten, um wenigstens einen Augenblick lang das Gefühl zu haben, als ginge es nur um uns und als sei das wichtig. Die Welle war der Putsch, von dem jeder wusste, dass er alles verschlingen würde, wenn er einmal da wäre: unsere Arbeit, die Hoffnung, letztlich alles, was uns verband – genauso, wie die Krabbenfischer jetzt wussten, dass sie ertrinken würden. Seht nur!, riefen wir paralysiert, die Fischerboote am Horizont! Seht ihr, wie sie zersplittern? Was das für Kräfte sein müssen! Das kann niemand überleben! Unaufhaltsam rollte die Welle heran, immer näher, wir wussten, die Wassermassen würden mit unvorstellbarer Gewalt über uns hereinbrechen. Aber seltsam: Wir hatten keine Angst. Da kam diese Welle, doch wir dachten, dass sie nicht uns beträfe, sondern nur die, die vor ihr flohen. Vielleicht muss man so denken, vielleicht ist man das gewohnt und von seiner Gewohnheit so überzeugt wie von all dem Wissen, das man über die Welt zu haben glaubt. Und so starrt man auf die Welle, als sei das Starren schon die Rettung, und denkt, dass für eine Entscheidung noch Zeit bleibt. Dabei ist die Entscheidung längst gefallen. Und erst wenn man schon das Salz in der Luft schmecken kann, gibt der Körper – nicht der Verstand – den Befehl zum Laufen. Dann erst läuft man, schneller und schneller, panisch plötzlich, und spürt den kalten Griff des Wassers hinter sich wie einen gewaltigen Vorwurf: Warum hast du dich nicht früher entschlossen?

Und zum Klagen ist dann keine Zeit mehr. Plötzlich ist die Welle – von einer Sekunde auf die andere, ohne Vorbereitung und sanften Übergang – zur Wirklichkeit geworden, nicht nur zu deiner, sondern zu der jedes einzelnen Menschen, der ganzen Gemeinschaft. Du schwimmst und kletterst zwischen den Trümmern, du drückst die anderen unter Wasser, um selbst oben zu bleiben. Du kämpfst verzweifelt ums Überleben, zum Angsthaben bist du zu beschäftigt. Vielleicht überlebst du noch ein paar Minuten, das ist alles, was noch zu gewinnen ist. Die Welle hat dich unter sich.

Und gleichzeitig begreift man nicht und wird es nie begreifen, was diese Welle eigentlich *ist*. Natürlich, sie entsteht im Wasser, durch die Mechanik der Moleküle und des Windes, durch Verdrängung, durch Ursache und Wirkung. Doch was die Welle *ist*, erkennt man nicht. Es ist keine Frage von Intelligenz: Die Routinen des Denkens sind es, die einen dumm machen vor der Welle. Man kann mit ihnen das Wasser nicht fassen, ist ohne Halt, in einem Strudel ohne Unten, ohne Oben, und so gehen einem die

Worte aus wie die Luft. Noch eben war man unbeteiligt fasziniert; jetzt geht man unter, und niemand wird es sehen.

»Wir können«, sagte Óscar, »nicht einfach alles, was wir hier gemacht haben, vernichten.«

»Wir schlagen sie in die Flucht«, brüllte Ernesto. Ein paar seiner Kollegen hatte er damit anstecken können; sie wuchteten Schränke und Regale vor die Fenster, trugen Werkzeuge aus dem Keller zusammen, mit denen sie sich notdürftig bewaffneten. Staub tanzte aufgeschreckt in den Lichtbündeln, die durch die zu Scharten verengten Fenster fielen.

Im Radio stellten sie Allende das Ultimatum: Bis elf Uhr müsse er die Moneda verlassen, andernfalls werde der Palast bombardiert.

»Das ist Irrsinn«, sagte Óscar. »Die haben Bomben, und wir verteidigen uns mit Schaufeln!«

»Hast du eine bessere Idee?«, fragte Hernán.

Die Zeit für Ideen war vorbei, ich konnte es in den Gesichtern der Freunde lesen: Sie waren froh, etwas tun zu können, und sei es, Papiere zu verbrennen. Aber es diente einzig dazu, das Nachdenken zu vermeiden, das Horchen darauf, ob die Wände schon zitterten.

»Ich habe eine bessere Idee«, sagte Ana, die plötzlich neben uns stand; im ersten Moment traute ich meinen Augen nicht. Es war dumm und gefährlich von ihr, hierherzukommen; dennoch freute sich ein Teil von mir, sie zu sehen. Sie sah nicht ängstlich aus. »Wenn wir alles, was wir haben, zerstören, dann gehen wir in die Diaspora«, sagte sie. »Dann sind wir zerstreut und wehrlos. Wenn wir

Glück haben, schaffen es ein paar von uns ins Ausland. Aber diejenigen, die hierbleiben und kämpfen, müssen sich neu organisieren. Im Untergrund. Alles, was wir dazu brauchen, passt in einen Koffer: die Software, die Datensätze, ein paar Unterlagen. Wenn wir es schaffen, das in Sicherheit zu bringen …«

»Ist das deine Idee?«, fragte ich. Im ersten Moment erschien sie mir absurd, größenwahnsinnig und von jemandem eingeflüstert, der selbst nicht in Gefahr war. Aber selbst wenn Ana mit Emilio darüber gesprochen hatte, selbst wenn die Idee tatsächlich von ihm stammte …

»Natürlich ist das meine Idee. Was denn sonst?«

»Schlag dir das aus dem Kopf«, sagte Octavio. »Das ist viel zu gefährlich!«

»Es ist zwar gefährlich«, sagte ich. »Aber Ana hat recht: Sie werden alles mitnehmen oder zerstören, was sie hier finden. Es ist unsere einzige Chance!«

»Niemand verlässt das Gebäude!«, rief, nein: krakeelte Ernesto. »Wir kämpfen hier alle gemeinsam.«

»Ich höre, hier ist von Kampf die Rede?« Jochens Auftritt hätte nicht unerwarteter sein können. Dass Ana uns beistehen wollte, wunderte mich nicht; niemand hätte an ihrer Solidarität gezweifelt. Mit Jochen aber hatte niemand mehr gerechnet. Es sollten noch einige Tage vergehen, bis ich verstand, dass er tatsächlich früher aufgestanden war: um die Bänder auszutauschen, die die Junta am meisten interessieren würden. »Womit wollt ihr noch mal kämpfen? Mit Gardinenstangen?«

»Was machst du hier?«, fragte ich; dass ich damit so

ziemlich alles an ihm infrage stellte, fiel bestimmt nicht nur mir auf. Er lehnte im Türrahmen und wollte wohl den Eindruck vermitteln, er habe Situationen wie diese schon öfter erlebt.

»Ich meine ja nur: Es gibt nicht mal Gardinen. Anas Vorschlag ist der einzig sinnvolle. Ich wollte gerade dasselbe vorschlagen.«

»Nein«, sagte Ana, »was ich sagen wollte, ist …«

»Besonders die Bänder«, unterbrach Jochen sie und nahm eines davon aus dem Ständer. »Wir sollten die wirklich hier rausschaffen. Ich biete mich an.« Er begann damit, die Bänder vom Ständer zu nehmen und auf einen Haufen zu legen.

»Haben sie dir ins Gehirn geschissen?« So oder ähnlich fragte Ernesto.

Ich war angesichts Jochens Dreistigkeit vollkommen sprachlos.

»Ich glaube nicht«, sagte Ana, »dass du derjenige sein solltest …«

»Ach nein?«, wandte sich Jochen schneidend zu ihr um. »Habt ihr schon mal dran gedacht, dass ich gute Chancen habe? Ich denke an die deutsche Botschaft. Ein ziemlich sicherer Ort, meint ihr nicht?«

»Das kommt überhaupt nicht infrage«, sagte Óscar, und es klang wie ein Machtwort. »Du hast einen Pass aus einem sozialistischen Land, du bist Mitglied einer sozialistischen Partei. Was werden sie wohl mit dir machen, wenn sie dich mit diesem Material erwischen?«

Ich war froh darüber, dass Óscars fundierter Einwand

mir ersparte, Jochen öffentlich und in aller Deutlichkeit das Misstrauen auszusprechen.

»*Ich* könnte gehen!«, sagte Ana.

»Die deutsche Botschaft wäre ein sicherer Ort.«, sagte Óscar, ohne sie zu beachten.

Wir warteten ab, denn dass er noch etwas sagen wollte, war offensichtlich.

Zwei oder drei Jagdflugzeuge flogen über uns hinweg, noch ziemlich hoch; wir wussten, dass sie das nächste Mal tiefer fliegen würden.

»Ich werde gehen«, bestimmte Óscar. »Ich bin der Leiter des Projekts. Ich trage die Verantwortung.« Es war ihm anzusehen, dass er es nicht vorschlug, weil er sich einen persönlichen Vorteil davon versprach; jeder wusste das. Mochte er auch ein Pedant sein, ein Opportunist war er nicht. Und es war auch kein Vorschlag gewesen, sondern eine Entscheidung.

»Ich denke, ich sollte mitkommen«, sagte ich.

»Es reicht, wenn einer geht«, sagte Óscar.

»Juan hat recht«, sagte Ana. »Wenn du es wirklich zur deutschen Botschaft versuchen willst, dann muss er dabei sein.« Sie sah sich um. »Ich weiß nicht, wie ihr darüber denkt, aber Juan war immer loyal zu uns. Ich vertraue ihm hundertprozentig.«

Nicken, zustimmendes Gemurmel; es war unübersehbar, dass der Vorschlag von der Mehrheit gutgeheißen wurde.

»Also schön«, sagte Óscar und knallte einen Koffer auf den Tisch. »Dann los. Wir haben nicht viel Zeit.«

Zwanzig Minuten später hatten wir uns am Hinterausgang zur Calle Ramon Nieto versammelt. Wir trugen weder Proviant bei uns noch Waffen; nur den Koffer. Es waren noch keine Soldaten zu sehen, aber sie würden da sein, wo wir hinwollten.

Ana hatte uns ihren Wagen angeboten, doch Óscar wollte es zu Fuß versuchen, durch Nebenstraßen, verwilderte Brachen, Gärten.

»Es wird Zeit«, sagte er.

Ich zog Ana einen Schritt zur Seite.

»Danke«, sagte ich leise.

»Wofür? Wir müssen uns bei dir bedanken.«

»Ich dachte nicht, dass du mir vertraust.«

Sie wirkte ehrlich verwundert. »Wieso sollte ich dir nicht vertrauen?«

Ich wusste nicht weiter. Die Zeit drängte.

»Ich kann mir niemanden vorstellen, bei dem das Material besser aufgehoben wäre«, sagte Ana.

»Wirklich?«, fragte ich; sie lächelte nur. »Was auch immer geschieht, Ana …« Ich suchte nach Worten, die in der gebotenen Kürze zum Ausdruck hingen würden, wie ernst ich es meinte. Was ich fand, waren weniger Worte, als ein langer Blick. Ana erwiderte ihn, erst jetzt fiel mir auf, dass stets ich es gewesen war, der den Blick zuerst von ihr abgewandt hatte. Aber nicht jetzt. »Ich werde niemals zulassen, dass die Faschisten diesen Koffer bekommen. Um nichts in der Welt.«

»Ich weiß«, sagte Ana.

»Pass auf dich auf«, sagte ich.

Sie nickte. Erst jetzt lösten wir unseren Blick voneinander; sie stellte sich auf die Zehenspitzen und küsste mich.

Óscar drängte. »Wir müssen gehen, Juan. Jetzt!«

In der Ferne hörten wir das Rumpeln der Panzer.

NACHWORT UND DANK

Dieser Roman basiert, wie man so sagt, auf wahren Begebenheiten. Richtiger (allerdings auch weniger griffig) müsste es heißen: Dieser Roman ist das, was ein Erzähler aus den bruchstückhaften Überlieferungen historischer Ereignisse gemacht hat, zu denen das vielgestaltige Handeln lebendiger Menschen zuvor zusammengeströmt war. Das Projekt SYNCO – so sein spanischer Name – mit all seinen technischen Limitierungen und Hindernissen, von denen hier einige geschildert wurden, ist historisch tatsächlich belegt, ebenso wie etwa der Besuch Fidel Castros in Chile, der große Streik von 1972 und natürlich der Putsch ein Jahr später. Die meisten Figuren meines Romans sowie ihre Handlungen und Motive sind allerdings entweder erfunden oder so stark verfremdet, dass sie von Erfindungen nicht zu unterscheiden sind. In seinen Harvard-Vorlesungen *Das Handwerk des Dichters* hat Jorge Luis Borges für diesen im Grunde unverschämten Standardfall des Erzählens eine versöhnliche Wendung gefunden: »Diese Geschichte ist historisch apokryph, aber vom Wesen her wahr.« Versöhnlich schon, aber ein rhetorischer Hütchentrick: Was etwa »apokryph« bedeutet, wissen ohne Wörterbuch höchstens ein paar Altphilologen, und das generöse »Wesen« entpuppt sich bei genauem Hinsehen als Schlüssel zu einer Tür ohne Zimmer. Der Satz trägt alle Hoheitszeichen der Evidenz und ist darunter doch völlig nackt. Genau darin offenbart er allerdings die Wahrheit über Literatur – wenigstens vom Wesen her.

Davon einmal abgesehen hätte dieses Buch ohne die bereitwillige Hilfe des damaligen SYNCO-Teams nicht geschrieben werden können. In erster Linie danke ich Gui Bonsiepe in Florianópolis (Brasilien), Raúl Espejo in Lincoln (England) sowie ganz besonders Guillermo Toro in Santiago de Chile, die mich nicht nur an ihrem Wissen über und ihrer anhaltenden Begeisterung für das Projekt teilhaben ließen, sondern mir während meines Aufenthaltes in Chile 2013 auch einen noch immer lebendigen Eindruck der Ereignisse Anfang der siebziger Jahre vermitteln konnten. Nicht weniger danke ich meinen weiteren Interviewpartnern in Santiago, die ebenfalls zum Kernteam von SYNCO gehörten: Pepa Foncea (Grafikdesign), Sonia Mordojovich (Koordination), Isaquino Benadof (Programmierung), Rodrigo Walker, Tomas Kohn und Alfonso Gomez (Industriedesign und Telekommunikation).

Im Goethe-Institut Santiago de Chile danke ich für ihre freundliche Unterstützung Volker Redder, Maitén Arns, Isabel Mardones, Martin Lemmich und Sarah Fritschle.

Von Herzen danken möchte ich außerdem Carolina Toro, Heidrun Breier, Michael Weiss, Sabine Baumann, Klaus Schöffling, Saskia Herklotz und Thorsten Dönges.

Die Niederschrift des Romans wurde großzügig gefördert durch ein Arbeitsstipendium des Berliner Senats.

Die Zitate Allendes auf den Seiten 12 f., 18, 102 f. und 329 f. stammen aus dem Band *Chile, Volkskampf gegen Reaktion und Imperialismus. Aus Reden des Präsidenten der Republik Chile, Salvador Allende Gossens*. Ostberlin: Staatsverlag der DDR, 1973.

Die einzige Ausnahme ist Allendes Einweihungsrede des Opsrooms auf Seite 338; diese und unzählige andere inspirierende Details entstammen Sebastian Vehlkens Magisterarbeit *Environment for Decision – Die Medialität einer kybernetischen Staatsregierung*, der ich ebenso viel zu verdanken habe wie der bislang einzigen publizierten Monografie zum Thema von Eden Medina: *Cybernetic Revolutionaries. Technology and Politics in Allende's Chile*. Cambridge: MIT Press 2011.

Kommentare, Kritik oder Fragen können gesendet werden an:
gegen_die_zeit@posteo.de

Sascha Reh

Gibraltar

Roman

464 Seiten. Gebunden.

ISBN 978-3-89561-086-8

»Ein kluges Buch eines klugen Schriftstellers. Sascha Rehs Roman lässt sämtliche Werteblasen in kunstvoll wechselndem Schreibstil immer wieder anders zerplatzen.«

Florian Kessler, Süddeutsche Zeitung

»Bei Sascha Reh ist die Finanzkrise Geschichte – und was für eine! Sascha Reh beeindruckte 2010 mit seinem Debütroman *Falscher Frühling* über eine Familienkrise. Ausgezeichnet wurde er damals für sein erzählerisches Niveau, die intellektuelle Tiefe und den artifiziellen Aufbau – alles Eigenschaften, die auch *Gibraltar* aus den Frühjahrsneuerscheinungen herausragen lässt.«

Maren Keller, KulturSPIEGEL

»Rasant und nah an dem, was unsere Zeit umtreibt. Ein Gegenwartsroman.«

Christoph Schröder, Journal Frankfurt

»*Gibraltar* zeigt auf überzeugende Weise modellhaft, wie sehr letztlich (wir) alle mit dem Finanzsystem verstrickt sind und, bei aller Kritik, von ihm profitieren.«
Oliver Pfohlmann, Der Tagesspiegel

»Ein glänzend geschriebener und ungemein vielschichtiger Roman.«
Verena Lugert, annabelle

»*Gibraltar* bricht die Finanzkrise auf einen Familienkosmos herunter, ohne sich auf eindeutige Antworten zu den verhandelten Krisen und ihren Ursachen festzulegen. Reh seziert dafür das Seelenleben seiner Protagonisten mit analytischer Feinheit und ebenso feinem Humor.«
Tim Caspar Boehme, die tageszeitung

»Packend beschreibt der Autor die Gedankenwelt eines Spekulanten, der hochriskante Geschäfte mit griechischen Staatsanleihen macht.«
Stefan Sprang, Hessischer Rundfunk

Schöffling & Co.

Sascha Reh

Falscher Frühling

Roman

368 Seiten. Gebunden.

ISBN 978-3-89561-085-1

Falscher Frühling erzählt von einer Nacht, in der der Alltag dreier Menschen auseinanderbricht, und von einer Begegnung, die sie wieder zu einer Familie macht.

»Rehs Roman ist ein leidenschaftliches und humorvolles Plädoyer für die Lebendigkeit des Theaters – und ein Beweis für die suggestive Kraft der erzählenden Literatur.«

Judith Leister, Frankfurter Allgemeine Zeitung

»Der intellektuell höchst erfreuliche Erstling schafft pures Lesevergnügen. Ein Wurf von angelsächsisch-routiniertem Zuschnitt, auf den das inflationär verwendete Etikett des ›handwerklich Perfekten‹ endlich einmal zutrifft. Der Roman ist so unterhaltsam, ernst und komisch, dass einem ob der vielen Talente des Autors Angst und Bange werden könnte.«

Sybille Mulot, Spiegel Online

»Dieser sehr kunstvoll, ja schön gebaute Roman ist überhaupt
von einer ungeahnten Welthaltigkeit, sein philosophischer,
dem Leben angeschmiegter Realismus dürfte gespeist
sein vom Zweitberuf des Autors,
der in Berlin als Familientherapeut arbeitet.
Leben, Liebe und Theater sind hier nicht gespiegelt,
sondern ebenso gründlich wie spielerisch reflektiert.«
Jens Dirksen, Westdeutsche Allgemeine Zeitung

»Diesen drei, aus gemeinsamen Enttäuschungen,
Hoffnungen und Wünschen verbundenen Figuren,
gibt der bereits mit Preisen ausgezeichnete Sascha Reh
eine (Theater-)Bühne, auf der sie ohne quietschig-bunte Effekte
erzählen und sich ausbreiten können. Ein kluger,
unaufdringlicher, fast weiser Spätsommerroman.«
Jan Drees, WDR

Schöffling & Co.